2W

D0561873

La belle
désenchantée

MEREDITH DURAN

La belle désenchantée

*Traduit de l'américain
par Béatrice Pierre*

Titre original
WICKED BECOMES YOU

Éditeur original
Pocket Books
A division of Simon & Schuster, Inc.,
New York

Pour Rob, Betsey et Stella,
avec tout mon amour

REMERCIEMENTS

Ma sincère gratitude va à ceux dont l'aide, les encouragements et la confiance m'ont accompagnée durant l'écriture de ce livre : Margaret et Bob McGuire ; Steven Kosiba, qui a traversé des continents pour conférer avec moi sur les toits du Rajasthan ; Stephanie Rohlfs ; Liz Carlyle ; Megan McKeever et l'équipe de Pocket Books, qui encaisse les mauvais coups avec tant d'élégance ; et Lauren McKenna, dont l'ingéniosité s'avéra d'autant plus incroyable que la moitié de la planète nous séparait. Vous avez tous permis à ce livre de voir le jour, et je remercie chacun sincèrement.

Prologue

Prologue

L'Angleterre ne l'aimait décidément pas ! songea Alex. À Southampton, il avait été accueilli par le tonnerre. Des arbres fendus par la foudre s'étaient effondrés sur la route, interrompant la circulation. Sa baignade matinale s'était muée en lutte acharnée contre un courant perfide. Et, maintenant, alors qu'on aurait pu s'attendre à une tempête, voilà que le soleil émergeait ! Tous les vitraux s'éclairèrent d'un coup, inondant l'église de couleurs chatoyantes.

Les poignées cuivrées du cercueil se mirent à scintiller elles aussi.

Il posa un genou sur le prie-Dieu, dont le coussin dégageait un agréable parfum de lavande. Obéissant à une habitude d'enfant, il joignit les mains, mais aucune prière ne lui vint à l'esprit. Il se sentait étrangement loin de la scène qu'il était en train de jouer.

Quelle ironie ! Toute son enfance, il avait lutté pour juguler ses émotions – et il n'y parvenait qu'aujourd'hui, alors que sa maladie avait depuis longtemps disparu. Le visage impassible, il fulminait intérieurement.

Cette mort était inutile, et Richard s'était comporté comme un imbécile.

C'est toi qui es à blâmer, lui souffla une voix intérieure – ce qui était totalement stupide, bien sûr.

Il regarda ses doigts se crisper et les jointures blanchir. Bon, le mélodrame remplacerait les prières, car il ne se rappelait pas le dernier mot amical de Richard. Mais il se souvenait très bien de sa colère et de ses accusations, de ses froides répliques, et de l'odeur de la lettre de Gwen qui brûlait dans l'âtre. Ce qu'il avait fait ensuite était inexcusable.

Connaissant l'inexpérience de son ami, Alex l'avait envoyé se jeter dans la gueule du loup. Cela faisait des jours et des jours que Richard réclamait une vie plus mouvementée. Lorsqu'il avait demandé à s'associer à la société d'armement d'Alex, il n'avait pas réalisé que cette association impliquerait de travailler. Quel était l'intérêt de faire des bénéfices si on ne pouvait rien dépenser ?

« Alors, vas-y ! lui avait dit Alex, mais sans moi. Si tu crois que je veux séduire ta sœur, tu préféreras sans doute prendre quelqu'un d'autre. »

Sans un mot de plus, Alex avait reporté son attention sur une liasse de rapports financiers – comme si ces affaires d'argent étaient plus importantes que le sort de son ami.

Richard était allé dans ce casino qui n'était cité dans aucun guide, et fonctionnait en dehors de tout contrôle, pour faire la preuve de son audace et de son courage. « Tu n'as pas à te vanter, avait-il dit à Alex en partant. Malgré tes idéaux élevés, tu n'es qu'un lâche. Tout le monde peut gagner trois sous, Ramsey. Tout le monde peut jouer au rebelle… »

Il avait fini la soirée avec la lame d'un couteau entre les côtes.

— Quel idiot tu as été ! murmura Alex.

Et aussi le meilleur ami qu'un homme puisse espérer avoir.

Richard était le seul garçon à lui avoir adressé la parole lors de son premier trimestre au collège Rugby. Le seul qui l'avait encouragé lorsqu'il avait fait le vœu de devenir quelqu'un. Son propre frère avait ricané : « Tu es un imbécile, un rêveur. C'est toi le cadet, n'oublie pas ! »

« Tu es un chef ! avait dit Richard. Bâtissons ensemble un empire ! D'accord ? »

Alex posa les mains sur le bois froid et lisse du cercueil. Les vers s'en régaleraient bientôt.

— Tu étais le meilleur de nous tous, dit-il d'une voix calme.

Il inspira lentement et retira sa main.

— Je veillerai sur ta sœur, n'aie pas peur.

Pensant soudain à la jeune femme, il se releva. Gwen se tenait de l'autre côté de la nef, ses cheveux d'un roux profond formant une couronne éclatante dans la lumière qui tombait d'un vitrail. Les sœurs jumelles d'Alex l'entouraient, ce qui n'empêchait pas les vautours de planer tout près : amis ou relations du défunt venus présenter leurs condoléances, cherchant à imprimer leur visage dans la mémoire de la jeune fille afin d'en tirer éventuellement profit plus tard.

Il se fraya un chemin à travers la foule. Il reconnut peu de visages mais, comme d'habitude, tous semblaient le connaître. On le suivait des yeux en chuchotant derrière son dos. Les bribes de conversation qui lui parvinrent lui arrachèrent un soupir ; certes, ses péchés étaient nombreux, mais la rumeur en exagérait l'importance.

Il perçut également d'autres propos : des invitations aux courses d'Ascot, au match annuel Eton-Harrow, sur le Lord's Cricket Ground... Richard n'avait jamais cherché à avoir de relations prestigieuses, mais, dès le premier mois de sa première Saison, sa sœur Gwen les attirait sans peine.

La mort de son frère empêcherait Gwen de se marier durant au moins un an. Des domaines continueraient à s'effondrer, des terres à être vendues aux enchères, tandis que la fortune de la jeune fille demeurerait inaccessible.

L'une des sœurs d'Alex l'intercepta alors qu'il se dirigeait vers la sortie. La vue des yeux rouges de Belinda lui serra le cœur et l'agaça.

Il se força à inspirer profondément. Il était stupide de s'emporter contre Bel. « Tu préfères rester un paria », lui avait dit un jour Richard – avec admiration, se souvenait Alex. Mais Richard avait omis un élément capital : Alex pouvait aller au bout du monde, l'amour de ses sœurs le ligotait plus fermement que des chaînes. Leurs lettres le poursuivaient tout autour du globe. Elles s'étaient mis en tête que sa présence leur serait un réconfort – une *bénédiction*, même – si seulement il s'installait en Angleterre. Et elles le croyaient sans doute encore.

Sa colère était ridicule. Il prit la main de Belinda et la serra. Elle était froide et inerte.

— Tu te sens bien ?

Elle acquiesça et se rapprocha.

— Gwen a été malade dans la voiture, murmura-t-elle. Il faudrait qu'elle s'assoie.

Il jeta un coup d'œil derrière elle. Une douairière au visage austère parlait à Gwen, en lui pétrissant le bras. En réponse, la jeune femme esquissa un sourire convenu.

Vraiment, il y avait quelque chose d'impressionnant dans la façon dont elle tenait son rôle. Au mépris des convenances, les gens se pressaient autour d'elle sans attendre qu'elle sorte de l'église. La Saison battant son plein, il n'y avait pas de place dans leurs emplois du temps surchargés pour toutes les étapes d'un enterrement et de la réception qui devait suivre.

— Et, toi, ça va bien, Alex ? demanda Belinda en scrutant son visage.

Son ton inquiet le troubla jusqu'à ce qu'il remarque qu'elle désignait sa gorge. Ah... Il lâcha sa main. Treize ans s'étaient écoulés depuis la dernière fois qu'il avait haleté comme un poisson tiré hors de l'eau, mais ses sœurs continuaient à s'inquiéter.

— Je vais très bien, répondit-il en s'efforçant de rester aimable. Mais tu as raison. Gwen doit se reposer avant la suite.

— Essaie, toi. Lorsque je le lui ai demandé, elle a répondu que les gens trouveraient grossier qu'elle se retire.

— Ton erreur a été de demander, ajouta-t-il en se dirigeant vers la jeune femme.

La douairière s'éloigna. Écartant son autre sœur, Alex toucha le coude de Gwen.

— Mademoiselle Maudsley, dit-il cérémonieuscment à l'adresse des gens qui les entouraient et dont les opinions semblaient tant compter pour elle, un mot, je vous prie...

Elle se tourna vers lui.

— Monsieur Ramsey...

Le sourire qu'elle lui adressa était aussi vide d'expression que les autres, et ses grands yeux bruns ne le regardaient pas vraiment.

— Comment allez-vous ?

— Aussi bien que possible.

Le sourire de la jeune femme disparut.

— Cela doit être pénible pour vous aussi, dit-elle d'une voix mal assurée. De tous les gens présents ici, vous êtes l'un des rares à partager mon chagrin. Richard était si... si fier de votre amitié.

— Et moi de la sienne. Venez avec moi un instant, s'il vous plaît.

Comme elle hésitait, il prit sa main et la posa sur son bras.

— J'ai quelque chose à vous donner de la part de votre frère. Je pensais vous l'envoyer mais peut-être que l'avoir dès maintenant vous donnera de la force.

Comme il lui faisait traverser la foule, les jumelles sur leurs talons, il prit soudain conscience de sa main sur son bras. Un contact léger, qui éveilla ses sens comme une allumette grattée dans l'obscurité. La fameuse lettre qu'elle lui avait envoyée était anodine, un mot de politesse à un ami de la famille. Richard ne s'était même pas donné la peine de la lire. La trouver sur le bureau d'Alex l'avait conforté dans les soupçons qu'il nourrissait – Alex s'en rendait compte à présent – depuis des mois. « Tu l'encourages ! avait-il crié. Eh bien, tu ne poseras plus les yeux sur elle ! »

La stupeur avait rendu Alex incapable de répondre avec tact. « Doux Jésus ! avait-il lâché, exaspéré, je ne m'intéresse pas aux collégiennes. C'est une très gentille fille qui sourit à tout le monde et ne critique personne. Ce qui en fera un parti de choix, mais pour moi c'est l'ennui garanti... »

Ses dénégations s'appuyaient sur des faits. Hélas, elles n'étaient pas sincères.

Il jeta un coup d'œil sur la jeune femme, qui affichait un air serein en dépit de cernes noirs sous les yeux. « Elle ne songe à rien d'autre qu'aux robes et aux soirées ! » s'était un jour esclaffé Richard. Mais, lors de leurs rares rencontres – pour les fêtes de Noël chez les sœurs d'Alex ou bien lors de grandes chasses – Alex avait noté d'autres choses. Par exemple, Gwen lisait beaucoup sans toutefois s'en vanter. Elle possédait un sens aigu de l'observation. Son optimisme béat n'était pas de l'inconscience, mais une réelle volonté de voir la vie du bon côté. Elle s'y était exercée avec une discipline toute militaire, si bien que son frère lui-même était dupe.

Alex comprenait que l'on s'impose une telle discipline. Il en connaissait le coût. Et, lors de leurs rares rencontres, il se demandait ce qu'elle aurait pu être, si elle n'avait pas décidé de se créer un personnage de parfaite jeune fille du monde. Si elle n'avait pas été la sœur de Richard. Si elle n'avait pas été si sage...

Alex était un homme curieux. Il aurait aimé arracher son masque, découvrir ce qui se cachait derrière son sourire poli. Forcer son front à se froncer et l'encourager, dans le noir, à murmurer toutes les pensées incongrues qu'elle refoulait énergiquement. Il lui dirait de se laisser aller : les bonnes manières et les vertus inutiles ne l'intéressaient pas. Que s'efforçait-elle de renier ? « Montrez-le-moi, aurait-il murmuré. Voyons ce qu'on peut en faire... »

Mais elle avait résolu d'adhérer aux valeurs du milieu vers lequel ses parents la poussaient. Et lui n'avait nulle envie d'une relation durable. Il avait passé toute son enfance ligoté, limité, piégé ; aujourd'hui, il voulait la liberté.

Il avait dit la vérité à Richard : il n'avait jamais encouragé sa sœur.

Comme ils passaient sous une arcade et entraient dans une petite pièce, Gwen lâcha son bras. Sans mot dire, il sortit une bague de sa poche.

Les yeux de la jeune fille s'écarquillèrent et s'emplirent de larmes.

— Je...

Pinçant les lèvres, elle prit l'anneau doré et l'examina à la lumière d'une fenêtre.

— Je croyais qu'elle avait été volée, murmura-t-elle.

— La police italienne l'a retrouvée. Je l'ai reçue ce matin.

L'assassin de Richard avait été jugé et condamné, une nouvelle qu'Alex ne donnerait qu'après avoir consulté ses sœurs.

Les doigts de Gwen se refermèrent, et elle pencha la tête.

— Oh..., dit-elle, et une larme roula sur sa joue.

À cette vue, Alex sentit un poignard s'enfoncer dans sa poitrine, libérant un flot de chagrin pur, que ne teintait ni regret ni doute. Et il dut plaquer la main sur le mur pour garder son équilibre.

Par habitude, il vérifia qu'il pouvait respirer. Une petite inspiration prudente, à laquelle ses poumons réagirent comme il le fallait.

Une autre larme franchit les paupières de la jeune femme. Pourquoi les jumelles ne la prenaient-elles pas dans leurs bras ? Bel et Caro regardaient ailleurs, pensant à tort que le chagrin de Gwen demandait à être ignoré. Il s'éclaircit la gorge.

— Pardonnez-moi, Gwen. Ce n'était pas le bon moment.

Elle secoua la tête avec véhémence. Le poing qui tenait la bague se porta sur sa poitrine.

— Si, dit-elle d'une voix rauque. C'est la chose la plus précieuse que nous possédons. Elle appartenait à mon père. Et Richard la portait…

— … toujours, acheva-t-il quand il comprit qu'elle n'y parviendrait pas.

Elle fit oui de la tête. Puis, avec un sanglot étouffé, elle se jeta dans les bras de Caroline.

Alex hocha la tête à l'adresse de ses sœurs et sortit en reculant. Plusieurs personnes se tordirent le cou pour voir ce qui se passait derrière lui. Un sourire sarcastique retroussa les lèvres d'Alex, et les curieux se détournèrent.

Si lui suscitait leur attention, ce n'était rien en comparaison de la curiosité avide dont cette pauvre enfant était l'objet. Avec sa société d'armement, il s'était bâti ce qui pouvait passer pour une petite fortune, mais il s'était aussi fait une réputation qui décourageait les individus en quête de gains faciles. En revanche, Gwen était une page vierge : jolie, fabuleusement riche, issue de parents inconnus… Maintenant que la mort de son frère la laissait sans famille, elle était un butin qui ne demandait qu'à être ravi.

Il appuya le coude sur le chambranle afin de bloquer la vue sur la pièce. L'un de ces faquins l'obtiendrait, bien sûr. Richard l'avait prévu. « Jure-moi que tu veilleras sur elle, avait-il balbutié. Que tu veilleras à ce qu'elle soit... heureusement installée dans la vie. Par amour de moi. »

Était-ce un châtiment que lui avait infligé Richard ? Alex l'ignorait. Mais l'objectif était clair. Les Maudsley n'avaient jamais tenu secrets leurs plans pour Gwen. Un beau mariage serait le triomphe final de tous leurs efforts. À défaut d'un prince de sang, seul un homme titré conviendrait. Les Maudsley n'avaient pas bataillé et gagné leurs lettres de noblesse pour moins que cela.

Il avait juré, et respecterait son serment. Lui-même n'avait pas de projets en ce qui la concernait.

Mais lui trouver un mari ? Que Dieu lui vienne en aide !

1

Gwen n'aimait pas les vendredis ; ils étaient trop souvent pluvieux. Mais ceux d'avril 1890 lui furent tous favorables. Le premier vendredi du mois, un message arriva d'un admirateur anonyme, délicatement arrosé de larmes et embaumant la rose. Le second vendredi, elle supervisa la construction de la dernière pagode dans le parc de Heaton Dale. Et le troisième vendredi, sous un soleil trop radieux pour la saison, trois cents des membres les plus huppés de la bonne société londonienne entraient à la queue leu leu dans l'église où allait se dérouler son mariage avec le vicomte Pennington.

Gwen attendait, debout dans une petite antichambre que réchauffait bien inutilement une flambée. La cérémonie aurait dû commencer depuis une heure déjà, mais les invités étaient trop occupés à se retrouver pour consentir à s'asseoir. Les plus vifs esprits de Londres se réunissaient, certains pour la première fois depuis la dernière Saison, car, selon l'un des chroniqueurs mondains qui avait déjà conçu son texte, « Seule l'angélique Mlle Maudsley, que tout le monde adore, pouvait rassembler une telle foule avant la Pentecôte ».

Gwen inspira à fond et leva les yeux sur la fenêtre au-dessus d'elle. Elle aurait préféré se trouver déjà sur le côté de la nef, en train de recevoir des félicitations. Ou bien dehors. L'air de cette petite pièce était étouffant.

Les murs donnaient l'impression de se resserrer sur elle. Que lui arrivait-il ?

Elle se mordit la lèvre. Son malaise était seulement dû au feu, qu'un domestique ne cessait d'alimenter. Et peut-être *un peu* aussi au souvenir de l'autre fois, et de l'autre fiancé. Il avait fallu des mois de succès mondains pour que les journaux renoncent à la citer comme « Mlle M., si affreusement trahie par le perfide lord T… ».

Néanmoins, bien qu'elle soit plus élégante que jamais, ce corset allait tout simplement la faire mourir d'asphyxie. Et sa robe, incrustée d'innombrables perles, pesait au moins quinze kilos. On pourrait se noyer, engoncée dans un vêtement pareil ! Et ces chaussures à talons hauts lui comprimaient horriblement les pieds.

Elle inspira de nouveau à fond. *C'est le plus beau jour de ma vie…*

Oui, ça l'était. Mais ses pieds l'élançaient quand même. Sur sa droite, un tabouret la tentait, mais elle renonça à s'asseoir : sa traîne n'y survivrait pas.

Des fous rires se firent entendre dans la pièce. Les quatre demoiselles d'honneur, toutes de rose et d'ivoire vêtues, s'étaient agglutinées contre la porte, le nez collé à une fissure.

— Oh, Seigneur, glapit Katherine Percy. J'en *meurs* ! Elle a planté des plumes de faisan dans son chapeau !

— Sidérant, dit lady Anne.

— Lady Embury est arrivée ? demanda Gwen.

Quatre visages se retournèrent, bouches bées.

— Tu es étonnante, dit Katherine. Comment l'as-tu deviné ? Oui, c'était elle !

Gwen pressa la main sur son estomac noué. Dire que lady Embury et elle avaient passé une matinée entière à dessiner un chapeau *sans plume* ! À quoi servait de demander conseil si l'on refusait d'en tenir compte ?

22

— Oh, regardez ! s'écria Lucy en pressant l'épaule de Katherine. Ton fiancé, Gwen !

Le dos de lady Anne devint rigide comme un tisonnier tandis qu'une vague de soulagement envahissait Gwen. Elle s'aperçut qu'une partie secrète d'elle-même s'était préparée à une seconde débâcle après celle infligée par lord Trent.

Eh bien, ses nerfs allaient peut-être se calmer, à présent. Le jour dont elle rêvait depuis des années était enfin venu.

Charlotte Everdell lui jeta un coup d'œil.

— Il est si beau, Gwen ! Je trouve que le vicomte est l'homme le plus séduisant de Londres.

Elle parvint à sourire. Thomas n'était pas *vraiment* beau. Ce mot convenait mieux à l'angélique blondeur de M. Cust, ou à Alex Ramsey, dont les yeux bleus contrastaient avec sa peau sombre, ses cheveux noirs et ses pommettes saillantes. Et alors ? Une femme sensée n'accordait pas beaucoup d'importance à l'aspect physique. M. Cust, après tout, était un voyou et Alex un dévoyé ; elle passait rarement cinq minutes avec lui sans se mordre la langue de peur de répliquer vertement à quelque raillerie. Alex était donc la preuve vivante que, sans bonnes manières, l'aspect physique était de peu d'importance.

Heureusement, les manières de Thomas étaient comme son visage : agréables. Il n'avait pas de menton mais le compensait par une jolie barbe, brune comme ses cheveux. Ses yeux verts étaient doux et ses lèvres minces faites pour sourire. Et il l'aimait ! N'était-ce pas le plus important ? Il le lui avait affirmé une centaine de fois au moins. Dans une heure, elle aurait de nouveau une famille à elle – une *vraie* famille...

— Je ne le vois plus, dit Katherine.

— Il est au pied de l'autel ? demanda Gwen.

— Non, pas encore. Oh, Gwen, quel beau mariage ! je suis si heureuse pour toi !

— Nous le sommes toutes, dit Lucy. La plus gentille fille d'Angleterre et le plus bel héritier du royaume ! On dirait un conte de fées.

Charlotte applaudit.

— Oh, dis-nous, Gwen, est-ce que tu ne l'aimes pas *follement* ?

— Mais bien sûr que si ! intervint sèchement lady Anne. Vraiment, quelle question idiote à lui poser le jour de son mariage...

Charlotte se rencogna. Lucy lui tapota le bras tout en jetant un regard entendu à Gwen. Lady Anne avait nourri un terrible béguin pour Thomas la saison dernière. Elle ne pouvait se l'offrir, bien sûr ; les domaines de son père près de Lincoln étaient aussi lourdement hypothéqués que ceux du jeune homme. Mais, bal après bal, elle ne l'avait pas quitté des yeux.

Gwen en avait conçu un réel sentiment de culpabilité. Jusqu'au jour où lady Anne l'avait chargée de tricoter dix chandails pour l'orphelinat de lady Milton avant qu'on emmène les gamins en excursion à Ramsgate. Dix en un mois ! Gwen n'était pas une machine ! « C'est une merveilleuse occasion de prouver votre dévouement », lui avait dit lady Anne. Sauf que ce n'était pas la première fois qu'elle promettait des choses impossibles de la part de Gwen. La saison passée, peu après la première visite que lui avait faite Thomas, elle avait dû broder trente mouchoirs pour la vente de charité de lady Milton, laquelle avait lieu moins de trois semaines plus tard. Il était évident que ces tricots étaient la dernière tentative de lady Anne pour empêcher Gwen de siéger au comité de l'œuvre...

Néanmoins, Gwen l'avait remerciée en souriant et avait commandé tout un mérinos. Un comportement délirant était pardonnable lorsqu'on avait le cœur brisé. Mais, quand les journaux parlaient d'elle comme de « l'amie de cœur de tout le monde » et vantaient « son bon caractère inné », ils ignoraient les efforts constants qu'exigeait cette position.

Peut-être qu'elle arrêterait le tricot une fois mariée.

Et la broderie, par la même occasion.

Quelle idée enivrante ! Oserait-elle seulement ?

Comme on frappait à la porte, les demoiselles d'honneur reculèrent dans un sursaut. Tante Elma entra en souriant. Voyant oncle Henry apparaître derrière elle, Gwen sentit sa bouche s'assécher.

— C'est le moment ? murmura-t-elle.

— Eh oui, ça y est, ma chérie, s'écria tante Elma avec enthousiasme. Je suis venue chercher tes demoiselles d'honneur.

Celles-ci se tournèrent vers Gwen et sortirent tout en lui soufflant des baisers.

La porte se referma, et il ne resta plus qu'elle et oncle Henry.

Maintenant que les bavardages de ses amies ne le couvraient plus, le brouhaha de la nef parut prendre de l'ampleur, tel le grondement d'une foule impatiente. Pourtant, trois cents personnes, ce n'était pas énorme…

— Eh bien, voilà ! dit-elle avec un enjouement forcé.

Henry Beecham n'était pas bavard. Il s'éclaircit la gorge, lissa sa moustache argentée et reprit l'inspection de ses chaussures.

Gwen ne put réprimer un sourire. Lorsqu'elle avait débarqué chez lui pour la première fois, il l'avait accueillie de la même manière, en touchant sa moustache. Sa femme, Elma, l'avait prié de dire quelque chose de peur que Gwen ne le croie muet.

— Bon, eh bien, voilà ! avait-il lâché et, de la semaine, Gwen n'avait plus rien entendu de sa part.

À treize ans, elle avait trouvé son silence troublant. Effrayant, même. Dix ans plus tard, s'il se mettait à soliloquer, elle appellerait un médecin…

Elle était contente qu'il la conduise à l'autel. Son frère avait payé les Beecham pour assurer leur éducation mais très vite, ils s'étaient pris d'affection pour elle. Depuis la mort de Richard, Henry et Elma étaient pour elle ce qui se rapprochait le plus d'une famille.

Mais ce ne serait plus le cas dans une demi-heure. À midi, elle aurait une vraie famille. Laquelle serait quand même achetée...

Quelle affreuse idée ! Elle secoua la tête pour la chasser – précautionneusement afin de ne pas déranger son voile. Ce mariage n'avait rien à voir avec l'arrangement que son frère avait établi avec les Beecham. Le vicomte l'*aimait*. Et si elle admirait son rang dans la société, ce n'était que naturel. L'arbre généalogique de Thomas était grand et ses aïeux distingués, tandis que celui de Gwen ressemblait à un petit arbuste. Le fait que cet arbuste soit couvert d'or ajoutait à ses attraits, elle le savait. Mais elle ne payait pas Thomas pour être son mari. Quant à ses mobiles à lui... eh bien, ils n'étaient peut-être pas uniquement financiers...

— Une belle journée, n'est-ce pas ? marmonna oncle Henry.

— Oui.

Il lui jeta un bref coup d'œil.

— Un peu nerveuse ?

Gwen sentit sa voix se briser. Elle fit oui de la tête.

Il émit un petit gloussement.

— Tu aurais dû me voir, le jour de mon mariage... J'en étais malade. Mon garçon d'honneur a dû me secouer pour me faire réagir. Je vais te répéter ce qu'il m'a dit : « Si tu places correctement la pierre d'angle, la Providence bâtira la maison. »

Elle parvint à sourire, bien qu'elle trouvât l'adage de mauvais augure. Thomas avait treize maisons, toutes en très mauvais état : une autre ne ferait qu'engendrer des frais supplémentaires.

On frappa à la porte. Oncle Henry se redressa et lui tendit le coude. Elle avait mal aux doigts à force de serrer les poings.

Mais il m'aime, se dit-elle. *C'est l'essentiel. Il m'aime, et je veux ce mariage. Je l'ai toujours voulu.*

Ainsi que maman et papa, et Richard. C'est ce qu'ils voulaient pour moi. Nous le voulions tous.

Je le veux...

Elle s'éclaircit la gorge.

— Je suis prête, lâcha-t-elle en posant la main sur le bras de Henry.

*

Alex arriva sans avoir prévenu et refusa de se faire annoncer, scandalisant le majordome. D'après son expérience, créer un effet de surprise était le meilleur moyen de découvrir la vérité.

Il se dirigea vers le cabinet de travail de Gerry, son frère aîné. Le parfum de sa maîtresse de la veille imprégnait sa peau, et cette odeur, ajoutée à sa fatigue, lui faisait mal à la tête. La dame s'était faufilée dans sa cabine, la nuit dernière, après trente jours de flirt paresseux, et cette migraine était suffisante pour lui faire regretter de s'être occupé d'elle. Ce qui les avait réunis était plus l'ennui qu'un véritable intérêt partagé. Quel mal y avait-il à cela ? Seul, il n'aurait pas réussi à dormir de toute façon. Il se souvenait à peine de ce qu'était une bonne nuit de sommeil.

Curieusement, il avait commencé par voir une bénédiction dans l'insomnie. Que de temps on gaspillait à dormir ! Mais, au bout de cinq mois, il n'en pouvait plus de ces nuits qui s'étiraient et le laissaient les yeux secs et la tête lourde. Hélas, la compagnie de cette femme n'avait pas fait passer le temps plus vite.

Il s'exhorta à se concentrer sur la tâche qui l'attendait. Il aurait été commode de trouver une explication aux actions de son frère, mais rien dans sa maison n'évoquait la pénurie. Les Aubusson élimés n'avaient pas été remplacés par des tapis neufs. Le papier peint ne montrait pas d'espace vide à la place des tableaux. Dans les écuries, où il était allé jeter un œil en arrivant, une nouvelle paire d'alezans tenait compagnie aux deux juments grises. Les voitures étaient bien entretenues. Rien n'avait changé, ce qui rendait la décision de Gerry encore plus sidérante.

La porte était ouverte, et Alex s'arrêta sur le seuil. Pour une raison mystérieuse, il eut l'impression de revoir une scène d'antan : son père, assis à son bureau, examinant les comptes de la maison. La sensation de déjà-vu provoqua la même réaction que jadis – passer devant la porte sur la pointe des pieds afin d'éviter un combat perdu d'avance.

Il soupira. Ce n'était que Gerry, son frère aîné, lequel était le portrait craché du précédent comte de Weston, trapu et large comme un petit taureau. Avec quelques différences de comportement cependant : Gerry rentrait plus souvent le soir à la maison, mais leur père se serait tiré une balle dans la tête plutôt que de renoncer à un domaine familial.

Une balle qui n'aurait rien changé au sort d'Alex puisque, de toute façon, ce bien ne devait pas lui revenir.

Pourquoi diable était-il ici, alors ?

Cette question, il se la posait depuis Gibraltar, et elle peuplait ses insomnies. La seule réponse était que ses sœurs l'en avaient prié. Il leur rendrait ce service en espérant gagner en échange douze mois de tranquillité.

— Salut, lança-t-il depuis le seuil.

Gerry leva les yeux.

— Oh, Alex !

Il s'apprêta à se lever, mais se retint.

— Nous ne savions pas que tu devais revenir !

— Moi non plus. Ça m'a pris brusquement à Gibraltar. La ville empeste le boudin noir – ça m'a rappelé le pays natal.

Il avait reçu plusieurs télégrammes durant cette escale : deux missives scandalisées de ses sœurs, et une demi-douzaine d'avertissements d'amis qui avaient vu Christopher Monsanto, un escroc notoire, en train de dîner à Buenos Aires avec le ministre du commerce du gouvernement péruvien.

À cette idée, il sentit la fatigue l'accabler un peu plus. Il regretterait probablement de n'être pas revenu immédiatement à Lima.

— Eh bien, fit Gerry en examinant rapidement son cadet de la tête aux pieds. J'avoue que, pour une surprise, c'est une belle surprise !

Comme toujours, cette inspection agaça Alex. Comme toujours, il sourit.

— Vivrai-je ? Ou bien suis-je près du lit de mort ? À ton avis ?

Son frère eut l'obligeance de rougir.

— Tu as l'air à peu près indemne. Assieds-toi.

Alex entra et, au passage, s'empara d'un fauteuil.

— Attention ! jeta son frère. C'est trop lourd.

Doux Jésus ! Alex laissa retomber le fauteuil devant le bureau et s'assit.

— Vraiment, Gerry, tu n'as pas encore remarqué que je te dépasse d'une bonne tête ?

Il avait dépassé et battu son aîné dans un certain nombre de domaines depuis des années, mais, s'il soulevait une bricole, Gerry ne pouvait s'empêcher de crier à l'imprudence.

— En taille, mais pas en poids, et c'est ça qui compte.

Alex jeta un œil sur le ventre protubérant de son frère.

— C'est un point de vue.

— Tu as l'air d'avoir besoin d'un bon repas. Et d'une bonne nuit de sommeil.

Alex haussa une épaule.

— Tu écrivais ?

— Ah... oui, dit Gerry en tripotant le coin de la feuille. Un discours pour demain. Cette sottise avec les Boers... La moitié de la chambre des Lords veut la guerre, acheva-t-il en soupirant.

— Comme c'est nouveau !

Fronçant les sourcils, son frère lui jeta un regard perplexe.

— Je te rappelle, Alex, que nous nous sommes déjà battus dans le Transvaal en 1881.

Gerry ne percevait jamais l'ironie d'une boutade.

— Ah bon ? On ne s'embête jamais, alors ?

Le front de Gerry se dérida lentement.

— Mmm, oui. Quand es-tu arrivé ? Tu as déjà vu les jumelles ?

Si Alex ne l'avait pas guetté, il aurait pu ne pas remarquer la pointe d'inquiétude dans cette dernière question. Gerry ignorait-il que les jumelles lui avaient déjà parlé du domaine de Cornouailles ?

— Pas encore, non.

— Elles vont être surprises de te voir. Elles s'inquiètent terriblement à ton sujet.

— Toujours ?

Il avait espéré qu'avoir des enfants les aurait fait changer, mais ses sœurs semblaient avoir la capacité de s'inquiéter en permanence.

Tendant la main, il prit la plume de Gerry, et joua avec. L'écaille de tortue était de second choix, une pâle imitation de la tortue chinoise, venant probablement de l'île Maurice. Exactement le genre de produit qu'exportait cet escroc de Monsanto...

Du coin de l'œil, il vit Gerry joindre ses doigts, signe d'un sermon imminent. Il sourit et reposa la plume.

— Tu ne peux pas le leur reprocher, dit son frère. Tu n'as pas idée des rumeurs te concernant qui nous sont parvenues.

— Oh, peut-être que si, dit Alex.

— Écoute, bon Dieu ! s'exclama Gerry. Ou plutôt, lis ! Les journaux en sont pleins. Des tissus de mensonges que l'on présente comme des nouvelles financières. Et cette histoire avec la show-girl ! Je m'étonne qu'on ne t'ait pas traîné en justice.

La show-girl ? Alex se rappelait vaguement une relation de New York lui rebattant les oreilles d'une anecdote de ce genre. Bizarre... Il en lançait lui-même quelques-unes afin d'échapper à la plupart des obligations mondaines auxquelles il aurait dû se plier. Mais cette histoire de danseuse n'était qu'un ragot que d'autres gens avaient la gentillesse de faire circuler pour lui. S'il avait payé ces bienfaiteurs inconnus, ils n'auraient pu le servir mieux.

— Je l'ai déshonorée, c'est ça ? demanda-t-il, curieux malgré lui.

— J'ignore quel mot utiliser pour décrire une telle conduite en public !

En public, pas moins ! C'était bien de Gerry de croire ça de lui.

— Oui, eh bien, encore un problème de poumons ! Vois-tu, elle se prétendait contralto. Je dirais maintenant qu'elle était capable d'aller plus haut, avec un bon... protecteur, s'entend.

Gerry émit un bruit méprisant.

— Tu cherches à me choquer ?

— Non. Si j'avais voulu distraire autrui, j'aurais fait du théâtre.

Le regard noir de Gerry faisait sans doute trembler l'opposition pusillanime de la chambre des Lords. Une ou deux fois, lorsqu'ils étaient enfants, Alex avait tremblé. Puis il avait adopté le même regard et s'était félicité de son efficacité sur les conseils d'administration récalcitrants et les inévitables arnaqueurs que ses affaires attiraient comme des mouches. Accompagné d'un sourire, ce même regard faisait céder les femmes – bien qu'il ne l'eût pas hélas ! essayé avec une show-girl. En général, celles-ci préféraient les billets de banque aux sourires. Or, il avait pris pour règle de ne pas acheter les êtres humains.

— Tu vas tomber en syncope, prévint-il gentiment.

Gerry se frotta le front.

— Dis-moi : tu penses vraiment que c'est par hypocrisie que je gaspille ma salive ?

— Non. Je pense que c'est par obstination.

Si cela avait dépendu de sa famille, Alex serait rentré dans les ordres. Le monde changeait ; le blé, la viande et la laine du Nouveau Monde avaient entamé les profits de l'agriculture anglaise. Mais les Ramsey s'en sortaient encore bien, et aucun fils de lord Weston, lui avait souvent dit son père, ne se salirait les mains dans le commerce. Autrement dit, les Ramsey s'accrocheraient au passé et ignoreraient le présent – tant qu'ils en auraient les moyens.

Même enfant, Alex avait trouvé cette philosophie absurde. Il avait passé toute son enfance à la campagne – pour son bien. Eh bien, maintenant qu'il était adulte, il ne fuirait plus le monde.

— Tu peux appeler ça comme tu veux, dit Gerry. Obstination ou optimisme stupide, peu m'importe. Mais je suis sûr d'une chose : si tu continues de mener cette vie d'aventurier, tu le paieras un jour. Tu croiseras l'homme qu'il ne faut pas et tu recevras une balle dans le crâne. Et entre-temps, c'est sacrément embarrassant pour *nous*.

Alex se frotta les yeux : ils étaient secs comme du sable. Il était possible qu'après avoir quitté Oxford, il ait pris plaisir à choquer ces messieurs pompeux – mais, même alors, il ne l'avait fait que par un heureux hasard, jamais délibérément.

— L'histoire avec la show-girl est une pure invention, assura-t-il. Je me conduis toujours bien en public, Gerry. Se conduire mal nuit aux affaires.

Gerry émit un soupir de mépris.

— Oh, oui, attention à la marge bénéficiaire... Mais crois-tu que cela compte, ici, si les histoires qui courent sur toi sont fausses ou vraies ? La façon dont tu vis réellement, on s'en moque. De toute façon, c'est *nous* qui payons !

Alex hocha la tête et fouilla sa poche.

— Un hochement de tête ? s'écria son frère. C'est tout ce que tu as à dire pour ta défense ?

Alex posa un chèque sur le bureau.

Gerry se pencha pour l'examiner, puis leva les yeux, l'air sévère.

— Qu'est-ce que cela veut dire ?

— Tu as besoin d'argent, non ?

— Selon qui ?

Alex se renversa sur son dossier, et croisa les jambes.

— Les vents alizés…

Il regarda autour de lui. Il était resté parti sept mois, d'abord aux États-Unis, puis au Pérou et en Argentine. Entre-temps, sa belle-sœur avait redécoré la pièce. Dans un coin, la sculpture d'un Romain inconnu le fusillait du regard. Un mur entier avait été mangé par un tableau représentant un massacre du XVIIIᵉ siècle, avec tout ce qu'il fallait de sabres étincelants, grimaces d'agonie et yeux fous des chevaux privés de cavaliers.

— Une nouvelle peinture…, remarqua-t-il.

— Oui, grommela Gerry. Achetée dans une vente aux enchères. J'imagine que tu ne l'aimes pas.

— Non, mais elle est tout à fait impressionnante.

— Je sais ce que tu préfères.

— Des gribouillages d'enfants, c'est comme ça que tu les appelles.

Gerry esquissa un sourire.

— Admets-le, Alex. Ça demande peu de talent.

Alex haussa les épaules. Ce qu'exigeait l'art moderne était l'exploration incessante des possibilités de l'imagination, et non le respect des règles établies. Assurément, l'œuvre de Gauguin ne flattait en rien l'image que se faisait de lui un impérialiste britannique.

— Mais je suis sincère ! reprit-il. Ce tableau est frappant. J'admire particulièrement les discrètes flaques de sang. Tu l'as acheté un bon prix, j'imagine ?

La mâchoire de Gerry se crispa.

— J'ai les moyens de m'offrir ça, mais visiblement tu n'es pas d'accord. Je te serai reconnaissant de me dire qui me calomnie.

— Tes sœurs. Tu ne peux le leur reprocher. C'était une réaction tout à fait légitime, lorsqu'elles ont appris que tu avais vendu le domaine de Cornouailles à un certain Rollo Barrington.

— Oh…, fit Gerry en baissant les mains.

Alex attendit. Son frère renonçait rarement à l'occasion de s'écouter parler. Son silence, en ce moment, était éloquent.

— Un type intéressant, ce Barrington, reprit Alex. Je l'ai croisé mais nous n'avons pas été présentés. Il commence à être connu, à force d'acheter des domaines anglais. Le plus curieux, cependant, c'est que personne ne peut dire d'où lui vient l'argent.

Le silence se fit, puis Alex poursuivit :

— Ce qui m'intrigue, c'est que tu n'aies pas d'abord fait appel à moi.

Son frère rougit.

— Parce que je n'ai pas besoin de ton aide.

Alex ne put retenir un petit rire. Si Gerry était en train de mourir de soif et qu'il apercevait Alex à dix mètres d'un puits, il estimerait toujours ne pas avoir besoin de l'aide de son cadet. L'idée ne lui traverserait même pas l'esprit.

— Pour quelle raison as-tu vendu la maison… par provocation ?

— Cette propriété était un boulet, et tu le sais bien. Le loyer ne cesse de baisser.

— C'est vrai.

Mais depuis quand Gerry se souciait-il de sagesse financière ? Il était un anachronisme vivant qui passait son temps libre dans des clubs pour messieurs moisis, fulminant contre le déclin de la nation qui s'enfonçait dans un capitalisme barbare. Son seul réconfort, disait-il souvent, c'était que la plus grande partie de l'Angleterre restait entre des mains civilisées.

Gerry rougit un peu plus.

— Qu'est-ce que ça peut vous faire ? Les jumelles n'y passent jamais une nuit. Et Dieu est témoin que tu n'as jamais prétendu aimer cet endroit.

— Non, je n'aime pas particulièrement Heverley End.

Pour Alex petit garçon, c'était à peine plus qu'une prison – une vaste maison remplie d'échos où on l'avait banni lorsque ses poumons étaient tombés malades.

— Mais admets que ta décision est surprenante. En plus, Bel et Caro l'ont apprise par des commérages. Toi qui trouvais que mes frasques vous mettaient dans l'embarras, tu as fait plus fort.

Gerry baissa les yeux sur son discours à moitié écrit, ses doigts courts s'écartant et se resserrant sans cesse. Il les posa abruptement sur les genoux, hors de la vue d'Alex.

Le geste surprit Alex, et le mit mal à l'aise.

— Dis-moi quel est le problème, dit-il posément. Je le réglerai.

C'était pour cela qu'il était venu, après tout, alors qu'il aurait dû être à des milliers de kilomètres de là, et s'occuper de ses propres affaires.

— Ne te mêle pas de ça.

— Si seulement je le pouvais ! Hélas, j'ai promis aux jumelles de racheter les terres.

Son frère s'abîma dans la contemplation du tableau de bataille.

Alex inspira à fond, retenant son impatience.

— Barrington fera un gros bénéfice en me le vendant. Ma dernière offre représentait le double de ce que la propriété doit valoir. Mais il est vraiment difficile à joindre. Je lui ai envoyé quatre lettres, et n'ai reçu aucune réponse. J'espérais que tu pourrais faciliter nos relations.

— Alex, dit Gerry en le regardant dans les yeux. Je te le répète, ne te mêle pas de ça.

— Peut-être que je t'obéirai, dit-il avec un haussement d'épaules. Je suis paresseux de nature, tu le sais.

Son frère haussa les épaules avec mépris.

— Donne-moi juste une raison pour que je laisse tomber, ajouta-t-il avec un sourire en coin.

Le haussement d'épaules fit place à un sourire méprisant – le genre de sourire qu'Alex voyait sur le visage de tout aîné d'une tribu aristocratique qu'il avait le malheur de rencontrer.

— Apparemment, je dois te rappeler un fait élémentaire, dit Gerry en desserrant à peine les dents. Je n'ai pas à me justifier, ni devant toi ni devant quiconque.

— Tant mieux. J'ai peu de temps.

Les paumes de Gerry se plaquèrent sur le dessus de son bureau.

— Amusant, souffla-t-il. Tu es très amusant, Alex. Un véritable clown. Mais, ne t'en déplaise, c'est *moi* le chef de cette famille. J'ai tous les droits en ce qui concerne les terres. Tu peux le rappeler aux jumelles. Et tu pourras te mêler de mes affaires le jour où tu me laisseras gérer les tiennes.

Il émit un rire méchant, qui rappela brièvement la petite brute qu'il avait été au collège.

— Ce serait formidable ! Rafler le thé des Chinois. Faire suer le burnous, je ne sais où... Seigneur, mais tu es la fierté de la famille !

Alex pencha la tête.

— Pas plus que toi à la chambre des Lords. Quel beau spectacle, de te voir lever tes poings contre les Boers qui osent vouloir garder leurs terres... Je vais chercher une chambre à l'auberge ?

Gerry le fixa, s'efforçant visiblement de se rappeler ses obligations de chef de famille.

— Ne fais pas l'idiot, grommela-t-il finalement. Tu es toujours le bienvenu ici.

Signe manifeste de la fatigue d'Alex, il faillit trouver cette déclaration touchante.

— Et le contraire te mettrait dans l'embarras, riposta-t-il sèchement.

Bon, il prendrait une semaine pour fouiller les dossiers de Gerry, dont les mystères l'agaçaient.

Son frère tenta de sourire. À moins qu'il s'agisse d'une grimace due à une digestion pénible. Les deux hypothèses étaient plausibles.

— Combien de temps nous feras-tu le plaisir de ta compagnie ?

— Pas longtemps.

Il ne restait jamais longtemps nulle part. « Restez tranquille, et le repos viendra », disait son médecin de Buenos Aires. Conseil facile à donner, mais inutile. Alex prit une profonde inspiration.

— Deux ou trois show-girls m'attendent sur le continent.

Une relation de Gibraltar lui avait dit que Barrington aimait passer le printemps à Paris. Il jeta un coup d'œil à la pendule.

— Le déjeuner est toujours servi à midi et demi ?

— Oui, mais pas aujourd'hui, dit Gerry en se levant. À moins que tu veuilles manquer le mariage ? Puisque tu es là, tu ferais bien d'y aller.

Il fallut un moment à Alex pour recouvrer son sourire.

— Ah oui ! J'ai toujours su choisir le bon moment...

Il avait connu en Inde des mystiques qui prédisaient les destinées en étudiant l'influence de la lune sur la marée. Si son bateau avait rencontré un courant contraire ou une accalmie, il serait tout juste arrivé à Southampton et aurait pu échapper à cet événement.

**

Pendant qu'elle traversait la nef, Gwen ne vit rien tant elle était occupée à éviter de planter ses talons entre les dalles. L'autel surgit brusquement devant elle et oncle Henry l'abandonna sans cérémonie, ce qui la déconcerta ; elle s'était attendue à un baiser sur la joue ou, au moins, une pression sur son bras. Thomas lui sourit. Il lui prit la main et, pendant un instant, elle fut incapable de respirer ; le corset s'était resserré et allait l'étouffer d'ici peu. Puis elle vit la bague de son frère qui brillait au doigt de Thomas, la bague qu'elle lui avait offerte pour leurs fiançailles.

Ses poumons se remirent à fonctionner. Bien sûr qu'elle voulait ceci. Qui ne le voudrait ? Tout le monde aimait Thomas. Il était beau, bien né et ne cessait de plaisanter. C'était l'homme le plus aimable qu'elle ait jamais rencontré.

Elle fit un pas en avant. Le pasteur commença à parler.

Gwen s'efforça d'écouter, mais quelque chose lui grattait l'intérieur du nez. De quoi la rendre folle ! Si elle fronçait le nez, cela cesserait peut-être. Elle n'osa pas.

La gêne s'intensifia.

Thomas jeta un œil sur l'assistance, et elle s'autorisa à en faire autant. Quelle profusion de fleurs avait commandée Elma ! Des roses au-dessus du chœur, des orchidées pendillant des chevrons, des lis débordant des fonts baptismaux – mon Dieu, rien d'étonnant à ce qu'elle ait envie d'éternuer ! Les fleuristes de Londres avaient dû être complètement dévalisés. Quel dommage que les gens soient aussi conformistes en matière de fleurs : des branches de pin et de chèvrefeuille auraient été aussi jolies, mais, bien sûr, n'auraient impressionné personne.

Elle reporta son attention sur la bague de Richard, la fixant si fort que sa vue se brouilla. *Je n'éternuerai pas*, se dit-elle en fermant un instant les paupières. Ce qui accentua encore son malaise : quel étrange mélange de parfums ! Aucun jardin dans la nature n'en exhalerait autant...

Le pasteur continuait de parler. Elle s'efforça de penser à autre chose qu'à son nez. Les cheveux de Thomas étaient d'un si beau brun, si naturel ! S'ils avaient un jour des enfants, elle espérait que cette couleur l'emporterait... Car si sa propre chevelure tendait vers l'auburn, ceux de Richard et de leur mère ressemblaient à des torches enflammées. Elle ne voulait pas que ses enfants soient affublés de surnoms comme « poil de carotte ».

Oh, grands dieux ! Si elle éternuait, tante Elma ne le lui pardonnerait jamais.

Mais pourquoi diable Thomas ne cessait-il pas de scruter le bas-côté ?

Gwen suivit de nouveau son regard. La lumière des cierges faisait scintiller les épingles de chapeau, rendant les satins des robes plus chatoyants encore. Elle crut voir des sourires, des larmes essuyées discrètement. Une onde de chaleur l'envahit, et l'envie d'éternuer se dissipa. Tous ces gens venus se réjouir pour elle ! Elle leur en était éperdument reconnaissante !

Elle jeta un coup d'œil à Thomas, qui avait pris un air très solennel. Il tendit sa main vers la sienne, mêlant ses doigts aux siens.

Elle s'aperçut qu'elle refoulait des larmes. Elle serait très gentille avec lui, plus généreuse encore qu'il n'en avait rêvé. Il aurait tout ce qu'il voudrait ; elle ne lui refuserait rien, et peu importaient les conseils de ses hommes de loi !

— Thomas John Whyllson Arundell, voulez-vous prendre Gwendolyn Elizabeth Maudsley...

Une porte se referma dans le fond de l'église. Le regard de Thomas s'égara de nouveau.

— ... pour la chérir et la protéger...

Il blêmit. Elle jeta un bref regard vers le fond de l'église, mais ne vit rien.

— ... jusqu'à ce que la mort vous sépare ?

Il ouvrit la bouche, la referma.

Mais il n'avait rien dit. Ou bien si ?

Aurait-elle... *raté* quelque chose ?

Elle scruta ses lèvres, les vit se tordre, se pincer, dessinant une ligne fine et régulière. Ses doigts commencèrent à se desserrer.

Elle resserra les siens et lui jeta un regard interrogateur.

Celui de Thomas se déroba.

À côté de lui, M. Shrimpton, le garçon d'honneur, prit un air soucieux. Elle sentit les battements de son cœur s'accélérer. L'étrangeté de la scène n'était donc pas due à son imagination...

Le pasteur s'éclaircit la gorge.

— Monsieur ?

Le nez de Thomas se plissa légèrement.

Grands dieux ! *Les fleurs*. Bien sûr ! Lui aussi en souffrait.

Elle jeta un regard suppliant au pasteur, comme pour le prier de le laisser le temps de respirer.

Ignorant sa requête muette, le pasteur se tourna vers le garçon d'honneur.

M. Shrimpton redressa les épaules. Il fit un pas en avant – le crissement de ses chaussures neuves rompit le silence – et il se pencha à l'oreille de Thomas.

Il parla trop doucement pour que Gwen entende, mais elle vit Thomas fermer les yeux, inspirer profondément et s'efforcer d'avaler sa salive. Oh, le pauvre garçon ! Allait-il s'évanouir ?

Un murmure monta de l'assistance. Le cœur battant de plus en plus vite, Gwen jeta un sourire rayonnant à la foule. Tout va bien, songea-t-elle en se demandant si elle devait le dire à haute voix. Ce n'est rien. C'est juste à cause des fleurs...

Voyant Thomas secouer la tête, elle se retint de rire. Voilà, il se préparait à parler après avoir surmonté un bref accès d'allergie. Quelle histoire amusante à raconter à leurs futurs invités ! « Nous luttions tous les deux contre une crise d'éternuements, vous voyez... »

Par-dessus l'épaule de Thomas, Henry Shrimpton lui adressa un regard horrifié.

— Dis-le, murmura-t-il à Thomas.

— Monsieur ? dit le pasteur.

— Parle, voyons ! siffla M. Shrimpton.

Thomas émit un son étranglé.

— La plus charmante fille de la ville, murmura quelqu'un, et Gwen sentit sa gorge se serrer.

Un million de fois, elle avait entendu ce compliment, mais jamais avec ce ton *compatissant*.

Elle regarda la foule, mais ne parvint pas à repérer l'auteur de la remarque. Tout d'un coup, les têtes se rassemblaient, et commentaires et spéculations se mêlaient en un brouhaha grandissant.

Juste ciel !

Gwen avala sa salive.

— Thomas, chuchota-t-elle. Ils... ils pensent que...

Sa gorge se noua. Un frisson glacé lui parcourut l'échine. Elle ne put finir cette déclaration. Il savait sûrement ce qu'ils pensaient !

Il lui jeta un coup d'œil désespéré qu'elle ne put interpréter, puis se tourna de nouveau vers la foule.

Que *cherchait*-il ? Elle suivit son regard mais ne vit rien de remarquable, à part une mer de bouches béantes dont les contours se faisaient plus nets puis plus flous à mesure que grandissait puis s'estompait le bourdonnement dans sa tête. Ses yeux se posèrent sur l'avant-dernier rang, et la vue des quatre têtes brunes des Ramsey fit monter d'un cran son angoisse – Caroline cachant sa figure dans le cou de Belinda ; Belinda, écarlate, murmurant à l'oreille de son mari ; lord Weston fronçant les sourcils d'un air sévère et, de l'autre côté de la travée, Alex, levant la main pour dissimuler un bâillement.

Elle sursauta intérieurement. Alex était à Londres ?

Il *bâillait* ? Tout ceci l'*ennuyait*.

Leurs regards se croisèrent. Il laissa retomber sa main. Il haussa une épaule à son intention, comme pour dire : « Eh bien, quoi ? »

Ce geste était-il destiné à la réconforter ?

Non, bien sûr. Il avait seulement l'air endormi. Rien ne le surprenait jamais, son frère l'avait toujours dit.

Inexplicablement, Richard admirait Alex précisément pour sa froideur flegmatique, inhumaine.

Elle le vit pourtant esquisser une grimace de mépris. À l'adresse de qui ? De Thomas ?

Cela lui fit l'effet d'un verre d'eau glacée dans la figure. Pendant ce temps, le brouhaha avait pris de l'ampleur.

Thomas avait la frousse. *Au pied de l'autel !*

Quel genre de femme était-elle donc pour que cela lui arrive *deux fois* de suite ?

Elle se tourna vers Thomas.

— Oui, siffla-t-elle. Dites « oui ».

Il battit des cils. Quelqu'un cria :

— Vas-y, dis-le !

C'était l'humiliation suprême ; leur mariage tournait au spectacle de foire. Pourtant, son fiancé se contentait de rester là, muet, paralysé.

Elle s'éclaircit la gorge. Ses genoux tremblaient.

— Monsieur…, souffla-t-elle.

Oh, Seigneur, faites qu'il dise oui et je tricoterai une centaine de tricots ! Et plus jamais je ne dormirai jusqu'à midi, ni penserai du mal de quelqu'un.

— Vous ne voulez pas m'épouser ?

Thomas recula en chancelant.

— Pardonnez-moi, balbutia-t-il avant de pivoter sur place et de tourner les talons, la plantant là.

M. Shrimpton tendit le bras, mais Thomas l'esquiva, passa devant les autres garçons d'honneur et sauta par-dessus la rambarde qui séparait le chœur de la nef.

La foule se leva dans une clameur collective.

— Butor ! cria quelqu'un.

— Rattrapez ce goujat !

Thomas se mit à courir dans la nef, tourna à gauche vers l'arcade menant à une porte latérale. Quelqu'un l'agrippa ; il se libéra, effectua une sorte de saut périlleux, retomba sur les pieds et disparut derrière une colonnade.

M. Shrimpton émit un long sifflement.

— J'ignorais qu'il pouvait courir comme ça, dit-il, les sourcils remontés jusqu'aux cheveux.

Des étaux se resserrèrent sur les bras de Gwen. Elle baissa les yeux. C'étaient des mains blanches, aux doigts fins, aux poignets entourés de rubans voletants et de roses thé. Oh... ses demoiselles d'honneur essayaient de l'écarter de l'autel.

Dieu du ciel. C'était arrivé, encore une fois. Même lord Trent n'était pas allé jusque-là.

— Oh, fit-elle et le son de sa propre voix la fit sursauter. Oh, répéta-t-elle comme elle reculait sur sa traîne, et que les cierges semblaient briller plus fort et le parfum des fleurs s'aviver, piquant ses yeux et faisant couler son nez.

Elle secoua les mains qui la tenaient. Ceci était nouveau : oui, vraiment ! Au moins, lord Trent avait eu la décence de la plaquer avant le jour du mariage. Cela avait été une pagaille monstre que d'informer quatre cents invités que leur présence n'était plus souhaitée ; le nombre de mots d'excuse qu'elle avait écrits lui avait courbaturé la main pendant des semaines. Mais ça...

Elle recula en chancelant d'un pas, puis d'un autre.

L'autel s'éloignait.

Après cela, il n'y avait pas de guérison possible.

2

— S'il vous plaît, mademoiselle, madame tient absolument à ce que vous descendiez.

Gwen pressa les genoux contre sa poitrine. Elle avait beau s'être enfouie sous les couvertures, un oreiller sur la figure, cela ne suffisait pas. Ce qu'il lui aurait fallu, c'était une coquille. Dans laquelle elle aurait pu se réfugier à tout moment. Quelle chance avaient les tortues, finalement...

— Encore une fois, je la prie de m'excuser.

— Mademoiselle, elle insiste ! Il y a des visiteurs !

Ce n'étaient que les Ramsey, qui lui pardonneraient sa défection. La voix haletante de la servante lui fit cependant soulever légèrement l'oreiller. Les joues de Hester étaient rouges. Normal ! Tante Elma lui avait fait grimper l'escalier cinq fois en moins d'une demi-heure.

Gwen jeta l'oreiller et se redressa.

— La prochaine fois que ma tante t'envoie me chercher, n'en tiens pas compte. Attends quelques minutes dans le couloir et reviens lui dire que j'ai refusé.

Hester la regardant avec un air hésitant, Gwen se leva pour prendre une attitude plus autoritaire.

— Je t'assure, c'est exactement ce que je ferai si tu remontes.

La servante lâcha un petit gémissement essoufflé, fit la révérence et se retira. La porte fermée, la pièce retomba dans l'obscurité.

Indécise, Gwen s'interrogea. Elle n'avait aucun désir de faire quoi que ce soit. Son corps entier était douloureux. Mais elle doutait de pouvoir se rendormir, à présent.

Elle alla à la fenêtre et ouvrit les rideaux.

La surprise lui coupa le souffle. Des bouts de ciel bleu perçaient à travers le feuillage vert qui caressait la fenêtre. La lumière du jour, encore ! Comment était-ce *possible* ? Cette journée n'en finirait donc jamais ?

Elle jeta un coup d'œil incrédule à la pendule de la cheminée. 17 h 15, seulement ! Il y avait encore des promeneurs dans le parc ! Ils n'avaient pas encore pris le thé, alors qu'elle avait eu le temps de se réveiller, de prendre un petit déjeuner, de se marier presque, de pleurer jusqu'à l'épuisement, de s'endormir et se faire réveiller cinq fois par une tante qui voulait qu'elle descende et assiste à son humiliation publique.

De quoi bien remplir une journée, vraiment.

Des larmes lui piquèrent les yeux. *Non ! Arrête de pleurer. Tu ne l'aimais pas.* Elle l'appréciait, sincèrement, et espérait que cette amitié se muerait en amour, mais ces larmes n'étaient pas pour la vie qu'ils auraient partagée. Elles étaient dues à la honte, admit-elle. Au sentiment de trahison, et au choc. Et elles lui avaient déjà causé une affreuse migraine, et elle ne voulait pas que cela empire.

Avec un soupir, elle se détourna de la fenêtre. Une feuille de papier traînait sur le tapis. Au bout d'une seconde de surprise, elle reconnut la lettre qui l'attendait à son retour de l'église. L'avait-elle déjà lue ? Sans doute, mais elle ne s'en souvenait plus.

Elle la ramassa et s'assit dans un fauteuil. Oui, il y avait la tache d'une larme sur le haut de la page. Elle décida de l'ignorer. L'écriture était très élégante, mais, avec la chance qu'elle avait, l'auteur de la lettre avait probablement la goutte, six enfants à charge et un crâne dégarni !

La peur de vous offenser m'a fait hésiter à vous écrire une autre lettre, mais mon ardente admiration m'emporte au-delà des limites de la bienséance. D'ailleurs, il est une question qui me hante depuis quelque temps : comment aurais-je pu ne pas tomber amoureux de vous, mademoiselle Maudsley ?

Son admirateur devrait avoir une petite conversation avec Thomas. Et avec lord Trent, songea-t-elle, amère.

Qu'est-ce qui n'allait pas chez elle ? Plaquée deux fois !

Elle posa la lettre et se tourna vers la fenêtre. Quelque affreuse faille se cachait en elle. C'était la conclusion évidente.

Mais cela n'avait pas de sens ! Ce n'était pas immodeste de reconnaître qu'elle était passablement jolie, raisonnablement charmante, et unanimement appréciée. De plus, elle avait toujours fait tout ce qu'il fallait, obéissant aux règles, souriant aux insultes, séduisant les esprits chagrins qui lui reprochaient ses origines modestes. Elle avait renoncé à faire de la bicyclette parce qu'il fallait porter une jupe fendue. Elle s'était interdit de chanter en public, et s'était exclue de tous les jeux de société. Elle avait remonté le moral des grincheux et ravalé d'innombrables répliques, pardonné aux mauvais caractères, et jamais – pas une seule fois ! – elle n'avait invoqué le nom du Seigneur en vain. En revanche, elle avait brodé trente mouchoirs en trois semaines ! Au point de rêver qu'elle cousait pendant son sommeil !

Et tout ça pour quoi ?

De nouveau, elle sentit une boule se former dans sa gorge. Très bien, si elle voulait pleurer, qu'elle pleure pour ses parents. Ils avaient renoncé à tant de choses pour assurer son avenir ! Ils avaient renoncé *à elle*, et leurs liens s'étaient réduits à un échange de lettres et de brèves retrouvailles pendant les vacances. Ils voulaient qu'elle ait une autre vie que la leur. Étant devenus riches une fois adultes, ils avaient perdu leurs vieux amis, leur fortune en mettait certains mal à l'aise, et les autres avaient cherché à profiter d'eux. Quant aux amitiés nouées du temps de leur richesse, elles n'avaient pas duré non plus. Les manières, les usages, les attitudes et les intérêts de chacun étaient trop différents.

De ces tribulations, ses parents avaient tiré une leçon pour elle. Une jeune fille richement dotée devait fréquenter ses pairs – l'élite de la société. Et, comprenant qu'une fille élevée à Leeds, avec un accent du Nord et des manières un peu rurales, n'aurait aucun succès dans ce milieu huppé, ils l'avaient envoyée en pension. Après leur mort, Richard avait respecté leur volonté et trouvé une famille de bonne naissance pour l'accueillir durant les vacances et la guider dans le monde.

Et elle avait réussi. Oui ! Pour l'amour de ses parents autant que pour elle, elle avait fait de son mieux et avait triomphé dans tous les domaines.

Sauf un...

Il n'y avait qu'une seule chose qui ne dépendait pas d'elle. Thomas lui était apparu comme un bon choix ! Si bien élevé, si fiable, si... désespéré. Quel monstre ! La vue du jeune homme bondissant par-dessus la rambarde s'était gravée dans sa tête, aussi exaspérante qu'une incessante rengaine. Lui qui prétendait l'aimer ! Elle avait prié pour que ce soit vrai, tout en craignant qu'il préférât sa fortune. Et, à la fin – horreur ! – les deux hypothèses s'étaient révélées fausses.

Il avait abandonné trois millions de livres au pied de l'autel ! Alors qu'il était *complètement ruiné* ! Qu'attendait-il donc d'une femme ?

Non, décidément, c'était chez elle que quelque chose n'allait pas.

Un petit mouvement attira son attention, et elle examina le reflet de son poing dans le miroir, pressé sur sa bouche. Elle avait vraiment l'air d'une folle – chignon défait, yeux écarquillés, sa robe verte du matin affreusement froissée.

Baissant le poing, elle relâcha son souffle et reporta son attention sur la lettre.

Bien sûr, je ne parle pas de votre gentillesse. Votre générosité à l'égard des orphelins est légendaire ; vous êtes l'amie de tous ceux qui ont la chance de vous connaître. Toute la ville fait l'éloge de votre chasteté, de votre rectitude et de votre bonne humeur inébranlable. Les chroniqueurs les plus méchants ne peuvent rien trouver de mal à dire de vous.

Un pressentiment désagréable lui serra la gorge. Oui, tous les journalistes anonymes avaient chanté ses vertus par écrit. Comment parleraient-ils d'elle, à présent ? Elle ne serait plus seulement la femme qui a été « affreusement trahie par le perfide lord T. », mais aussi celle qui fut « abominablement abandonnée par le traître lord P. »… L'encre allait leur manquer pour raconter ses déboires. Et les adjectifs…

Mais non, bien sûr. Ils parleraient de cette « pauvre Mlle M. », ce qui évoquait un état permanent. Des fiançailles rompues, c'était choquant, et chacun irait de son petit commentaire.

Elle jeta la lettre. Une lettre anonyme – qu'est-ce que cela signifiait ? Ce n'était qu'un geste lâche de la part d'une fripouille désargentée.

Les hommes ! Tous des lâches, grossiers et cupides !

Bondissant sur ses pieds, elle se mit à marcher de long en large. Eh bien, elle n'avait pas besoin d'un rustre sans colonne vertébrale pour mari ! En vérité, elle plaignait la pauvre fille qui épouserait Thomas. Cette fille n'en aurait pas pour son argent ! Lorsque Gwen pensait à toutes les avanies qu'elle avait subies durant leurs fiançailles – par exemple, sa manie de scruter les poitrines des dames, travers très masculin et très courant, lui avait assuré tante Elma. Son goût pour les plaisanteries salaces, qu'elle devait feindre de ne pas entendre. Sa passion du jeu, d'où l'état désastreux de sa maison de campagne, dont le toit avait failli s'effondrer sur elle. Son snobisme à l'égard des classes inférieures, comme si sa fiancée n'en était pas issue... Finalement, elle avait peut-être de la *chance* qu'il l'ait plaquée !

Voilà qui le surprendrait sans doute. Il l'imaginait probablement ravagée par le chagrin, gémissant et s'arrachant les cheveux. Comme si elle avait perdu gros... Un homme qui s'était sauvé de l'église comme un rat fuyant la lumière !

Elle devrait peut-être lui faire part de ses vrais sentiments. Oui, bonne idée ! Elle allait lui écrire sur le champ et énumérer toutes les raisons pour lesquelles elle se réjouissait de ne pas être sa femme.

Elle s'assit à son bureau.

« *Vous vous croyiez bon danseur, mais vous me marchiez sur les pieds à chaque changement de pas.* »

Le grattement de la plume sur le papier avait une sonorité agréablement agressive.

« *Votre haleine puait si souvent l'oignon que je me demandais s'il vous arrivait de manger autre chose.* »

Jamais son écriture ne s'était penchée aussi hardiment.

« *Chaque fois que vous m'embrassiez, j'avais envie de m'essuyer la bouche. En fait, je pense que vous êtes le pire prétendant que j'aie jamais rencontré.* »

Voilà. Cela lui donnerait de quoi s'interroger !

« *Et, lorsque vous parliez de toutes les choses que vous feriez pour nous, "faire" étant un synonyme d'"acheter", vous n'avez jamais admis que c'était mon argent que vous dépensiez avec tant de libéralité en imagination et*

que c'étaient *vos propres* désirs que vous comptiez satisfaire. Pourquoi voudrais-je d'un fumoir dans votre maison de campagne ? Pourquoi ne voudrais-je pas d'abord
d'un toit ? »

Une sensation délicieuse s'éveillait en elle à mesure
qu'elle écrivait. Sa respiration se fit plus régulière, ses
idées plus claires. Son cœur battait et sa peau picotait
de la même manière que lorsqu'elle avait fait ce tour en
ballon dans le Devonshire, l'été dernier.

*« Quant à moi, n'allez pas croire que je pleure dans
mon oreiller. Vous vouliez mon argent, je voulais votre
nom. Le marché était honnête, il me semble, et je réalisais
ainsi le rêve que mes parents avaient fait pour moi.*

*« Bonne chance pour le toit de Pennington Grange, à
propos. J'espère qu'il ne pleuvra pas trop durant les mois
et les années à venir. »*

Non, le ton était amer. En outre, elle ne voulait pas se
justifier en faisant référence aux espoirs de ses parents.
Elle n'avait pas à s'excuser.

*« En fait, j'admets que j'avais aimé l'idée d'être vicom-
tesse. Apparemment, je suis aussi frivole et vaniteuse que
vous. Mais, au moins, je le reconnais ! En outre, j'ai une
excuse : je n'avais pas compris à quel point un titre pouvait être insignifiant avant que votre lâcheté ne me le
prouve.*

*« Néanmoins, sachez que si vous me trouvez intéressée,
eh bien, je m'en moque ! »*

— Je m'en moque, murmura-t-elle.

Quelle déclaration stupéfiante ! Elle reposa la plume.
Était-ce vrai ? Avait-elle prononcé ces mots auparavant ?

Pourvu que ce soit vrai, car elle savait ce qui allait arriver. Toute la pitié du monde allait lui tomber dessus.
Après tout, elle était tellement, tellement *gentille*...

L'idée en était insupportable ! Elle ne pouvait pas
revivre ça. Et ce serait pire cette fois-ci, car il y avait eu
des témoins. Des centaines de témoins !

Elle devrait peut-être faire publier une annonce dans le journal : *Épargnez-moi votre compassion. Je n'en ai pas besoin. Je suis heureuse d'être débarrassée de ce lâche.* Pourquoi pas ? Il était plus digne de paraître grossière que misérable. Elle avait passé beaucoup de temps dans l'orphelinat de lady Milton ; elle avait vu comment vivaient les misérables, et avec quel dégoût les autres dames soignaient ces enfants. Il n'y avait rien de pire que d'être classé parmi les gens sans défense. Or elle ne l'était pas ! Le ciel ne s'écroulait pas sur sa tête.

Elle tendit la main vers la plume, et l'éclat de l'anneau ornant la base du manche éveilla un écho en elle. Elle fronça les sourcils, s'efforçant de réfléchir...

Elle se redressa dans un sursaut : Thomas avait gardé la bague de Richard ! La bague de leur père !

Elle plaqua la main sur sa bouche, en proie à une sourde angoisse. À quoi avait-elle donc pensé ? Elle avait accepté de l'épouser sans amour, mais elle lui avait donné sa relique la plus précieuse ! Même avec Trent, elle s'était montrée plus prudente.

C'était impardonnable. Il s'était sauvé de l'église en emportant sa bague !

Elle allait la lui réclamer tout de suite. S'il osait la vendre ou la mettre en dépôt chez un prêteur sur gages, elle... elle lui enverrait la police.

L'idée lui plut. La police traquant un vicomte... Elle n'était peut-être pas si gentille que ça, finalement...

Alors que, quelques minutes plus tôt, elle était effondrée, elle ressentait soudain une furieuse envie de gambader dans le couloir et de... crier ! Non, crier ne suffisait pas ; elle avait envie de *fracasser* quelque chose !

Elle serra le poing et frappa la table à titre d'essai. Oui, casser quelque chose serait très satisfaisant. Elle regarda autour d'elle. La pendule ? Non, non, tante Elma l'aimait beaucoup.

Le miroir ? Non. Il arrivait que des femmes démentes fracassent leur miroir... Inutile qu'on se méprenne sur son geste.

Le vase ? Oui !

Sur la *tête* de Thomas ?

Rien que d'imaginer la scène fit redoubler son hilarité. Elle enfla si vite et si sauvagement qu'elle dut avaler sa salive pour se retenir de... d'exploser. C'était comme cette promenade en ballon : toutes les cordes retombant à terre, et le brusque envol dans l'éther...

En tout cas, elle ne tricoterait rien du tout, décidat-elle. Lady Anne avait promis ces tricots. Eh bien, qu'elle les fasse elle-même ! Gwen irait jusqu'à lui fournir la laine. Cinquante écheveaux de laine mérinos attendaient ici les mains délicates d'une authentique fille de comte.

Y avait-il autre chose qu'elle ne ferait plus ? Grands dieux, la liste était impressionnante...

Elle n'achèterait plus de robes qui ne lui plaisaient pas uniquement pour rasséréner une commerçante aux yeux tristes.

Elle n'apporterait plus son soutien à une vente de charité dont les bénéfices lui semblaient aller tout droit dans les poches de la bonne âme qui les organisait.

Et elle n'ignorerait plus les allusions perfides à ses origines ! Dix ans que cela durait – elle en avait plus qu'assez. « *Comment, comtesse Feignoux de la Branche, vous désirez rappeler à ces dames que mon père a été un vulgaire boutiquier ? Comme c'est aimable à vous... Eh bien, en retour, laissez-moi leur rappeler comment votre mari a divisé par deux votre pension mensuelle après vous avoir surprise au lit avec votre amant... »*

Elle ne feindrait pas l'indifférence lorsqu'un gentleman profiterait d'une danse pour lui toucher la poitrine...

Elle n'irait plus aux réceptions royales. Elle en revenait toujours meurtrie des poignets aux épaules, à cause de vieilles harpies qui plantaient des aiguilles dans les bras des gens pour se frayer plus aisément un chemin. De toute façon, ces soirées étaient toujours très ennuyeuses.

Et plus jamais elle ne laisserait un homme qu'elle n'aimait pas l'embrasser. Il devait y avoir quelque chose d'intéressant dans le baiser, sinon pourquoi en ferait-on une telle histoire ? Eh bien, à elle de le découvrir ! Puisqu'elle renonçait à la gentillesse, pourquoi ne pas opter pour le dévergondage ?

Maintenant qu'être gentille était exclu, elle devait établir la liste des choses à faire.

En commençant par achever la tâche en cours. Reprenant la plume, elle poursuivit de cette écriture délicieusement agressive et inhabituelle :

« *Vous me rendrez la bague de mon frère dans les plus brefs délais.* »

Souligner le mot ne lui parut pas suffisant. En majuscules, elle ajouta :

« *SINON...* »

Alex commençait à regretter de ne pas avoir apporté sa propre bouteille. L'alcool – selon le médecin de Buenos Aires – nuisait au sommeil naturel. Mais cela faisait une heure qu'il écoutait des âneries, et sa patience s'épuisait. Pendant ce temps, Henry Beecham, qui, étant le tuteur de Gwen, aurait dû être fou furieux, sombrait dans un contentement béat. Affalé dans un fauteuil près de la cheminée, il faisait tomber dans les flammes des gouttelettes de son quatrième ou cinquième whisky. À chaque pétillement, il ricanait dans sa manche comme un gamin.

— Non, Fulton Hall ne conviendra pas, décréta Belinda.

Elle affichait un air calme ; de lourdes paupières donnaient à ses yeux une expression placide, et ses cheveux bruns étaient retenus dans un chignon serré. Mais, la connaissant bien, Alex savait où porter les yeux. Sa main droite avait lâché la gauche, laquelle restait sagement sur ses genoux, tandis que les doigts nerveux serraient l'accoudoir sur un rythme régulier. Il aurait parié qu'elle s'imaginait en train d'étrangler Pennington. Elle l'avait déjà prié d'accabler Gerry pour avoir vendu une maison où elle n'allait jamais.

Une sacrée personnalité, cette Belinda ! Si on l'avait lâchée dans le quartier mal famé de Five Points, à Manhattan, la moitié des habitants auraient très vite couru à l'église se repentir de leurs fautes.

— Fulton Hall est charmant, pourtant, protesta Elma Beecham.

Elle lança un regard suppliant vers le canapé, sur lequel Caroline s'était laissée tomber.

Conformément à leurs rôles respectifs de jumelles, dans l'église, Belinda avait tempêté tandis que sa sœur pleurait. À présent, celle-ci affichait un sourire navré tout en secouant négativement la tête.

Elma soupira.

— Bon, je suppose que non, alors. C'est peut-être trop près du domaine des Pennington.

— Alors, gardez-la à Londres, dit Alex en se frottant les yeux. Il a déguerpi pour le continent, je vous l'ai dit.

Pendant que Gwen et les Beecham rentraient de l'église, Alex avait pris le temps de passer à l'hôtel Pennington, qu'il avait trouvé en plein désarroi. Le maître des lieux était déjà parti prendre le train de Douvres, lui avait-on affirmé.

Elma le regarda avec effroi.

— Mais elle n'est invitée nulle part, monsieur Ramsey. Tout le monde pensait qu'elle serait partie en lune de miel.

— Et puis la mère du vicomte est toujours en ville, ajouta Belinda.

Caroline frissonna.

— Elle est odieuse…

— C'est vrai, dit-il. Le dragon pourrait pourfendre notre douce enfant d'un regard méchant. Eh bien, qu'elle essaie ! On s'en moque, de cette vieille bique !

Elma en resta bouche bée.

La plupart des gens ne pouvaient distinguer ses sœurs l'une de l'autre. Il n'avait pas ce problème mais cela l'amusait toujours de les voir soudain prendre des expressions identiques, comme en ce moment, alors qu'elles dardaient sur lui deux regards également furieux.

— Surveille ton langage, dit Belinda. Et, je t'en prie, épargne-nous tes commentaires tranchants sur la société.

Belinda se lança dans un sermon qu'il ne se donna pas le mal d'écouter. Son attention s'égara vers un sofa inoccupé de l'autre côté de la pièce, un meuble capitonné et recouvert de brocart marron. Il était hideux et d'une longueur inhabituelle, presque comme un lit. Il avait l'air très confortable...

Dormir... Le médecin de Buenos Aires lui avait déconseillé les siestes. Encore un conseil facile à donner.

La voix de Belinda se fit plus forte. Il acquiesça d'un hochement de tête, ce qui eut pour effet de lui faire baisser le ton.

— ... tu peux trouver les mondanités ennuyeuses, ajouta-t-elle, mais Gwen tient à sa place dans la société.

— Assurément. Mais, si les actes révèlent les caractères, comme tu le dis souvent avec raison, répliqua-t-il avec un sourire flatteur, alors, je trouve qu'elle l'a échappé belle, ce matin. Pas toi ?

— Je ne comprends vraiment pas, murmura Elma.

Comme elle se remettait à marcher, Caroline décocha à son frère un regard malicieux.

Il haussa un sourcil en signe de compréhension. La vanité interdisant à Elma de porter des lunettes, ses déambulations étaient on ne peut plus dangereuses ; trois fois déjà, elle s'était heurtée à la table et il était visible qu'une quatrième collision se préparait.

— Je ne vois toujours pas pourquoi Trumbly Grange ne convient pas, marmonna Elma. La solitude et le silence lui feraient du bien, pourtant.

Bel et Caro eurent chacune un petit soupir méprisant. Surprise par leur réaction simultanée, Elma s'arrêta, avant de heurter la table. Alex et Caro échangèrent un regard désolé.

— C'est cette petite maison triste située au bord de la lande, c'est ça ? demanda Belinda qui n'était pas femme à mâcher ses mots, même lorsque la propriété qu'elle dénigrait appartenait à son hôtesse. Il n'y a aucun voisin à des kilomètres à la ronde. Vous aimeriez, vous, passer plus d'un jour ou deux à Trumbly Grange ?

Comme Elma la regardait sans comprendre, Belinda ajouta :

— Car il faudra que vous l'accompagniez, bien sûr. Elle ne peut pas voyager seule !

— Oh !

Visiblement, Elma n'avait pas imaginé que ce séjour qu'elle suggérait serait aussi le sien.

— Oui, bien sûr, je l'accompagnerai. Trumbly Grange…

Elle se tourna pour consulter son mari.

— Hal, n'aviez-vous pas prévu d'aller dans le nord du pays jeter un œil sur une nouvelle jument pour le Yorkshire Oaks ?

Aucune réponse ne venant de la cheminée, elle posa les poings sur les hanches et éleva la voix.

— Monsieur Beecham, c'est à vous que je m'adresse !

— Que ? Quoi ?

Beecham s'essuya le nez et posa son verre.

— La jument ? Non, non, j'ai changé d'avis. Mauvaise lignée en ce qui concerne les muscles de la croupe…

— Pourquoi pas le Nord ? reprit Elma. Avez-vous remarqué combien les gens ont l'air jeunes, là-bas ? C'est l'absence de soleil, je suppose.

Elle avait l'air tout à fait conquise, à présent.

— Oui, quelle bonne idée ! s'écria-t-elle. Le Nord nous conviendra parfaitement !

Alex réprima un fou rire. Elma avait l'aptitude étonnante de juger de toute chose à l'aune d'éventuels bénéfices physiques. Sa foi en sa beauté n'ayant pas faibli à cinquante ans passés, elle était résolument optimiste. Le gris de ses cheveux ne faisait que les rendre plus blonds. Un échec de sa cuisinière avait pour résultat de faire fondre son embonpoint. Trois étés plus tôt, prise d'un accès de fièvre alors qu'elle passait le week-end dans la maison de campagne de Caro, elle avait fait remarquer à Alex, d'un ton mielleux qu'il n'avait pas aimé, que ses joues rouges donnaient à ses yeux noisette un éclat vert. Il n'était pas de cet avis ?

Si, si, bien sûr… Mais, depuis, il avait veillé à ne pas se retrouver seul avec elle. Elle avait l'habitude inquiétante de l'aborder comme si elle avaït vingt ans et avait été élevée dans un bordel. Pire encore, si son mari était présent, ce qui était arrivé, celui-ci opinait du chef, nullement gêné…

— L'absence de soleil est un mauvais point, décida Belinda. Gwen a besoin d'un environnement gai.

— Hmm, fit Alex. Ça écarte l'Angleterre.

Belinda lui décocha un regard exaspéré.

— Pas dans le Nord, alors ? demanda Elma.

— Pas dans le Nord, confirma Belinda.

Alex soupira et rejeta la tête en arrière pour examiner le plafond. C'était une intéressante géographie qu'ils étaient en train de dessiner. L'humiliation empêchait Gwen de rester à Londres, et la fierté lui interdisait le Sud. Le besoin de se remonter le moral excluait le Nord. À l'est, il y avait le continent, mais Pennington les y avait devancés.

Alex avait fermé les yeux. Les obligeant à se rouvrir, il lâcha :

— Il y a toujours l'Ouest…

Elma ne perçut pas le sarcasme.

— Le pays de Galles, vous voulez dire ?

Encore ce ton mielleux... Il abaissa la tête pour véri-fier. Oui, elle avait pris la pose pour lui, sa main caressant lascivement le décolleté de sa robe. Il n'osa pas regarder son mari.

Belinda s'éclaircit la gorge. Elle avait l'air dubitative, et pas seulement à propos du pays de Galles, pensa-t-il.

— L'Herefordshire, peut-être.

— L'Irlande ! s'écria Caroline. Le whisky remonte le moral, des dames autant que des hommes.

Elle adressa un regard lourd de sens à Henry Beecham qui ne lui avait même pas proposé un verre pour la réconforter.

— Boston ? suggéra Elma. Est-ce qu'on connaît quelqu'un à Boston ?

— Terre-Neuve, dit Alex. San Francisco. Il y a beaucoup de brouillard là-bas, même si les Londoniens trouvent le climat tropical. Ou pourquoi pas la Chine ? Si on continue vers l'ouest, on est sûr d'y arriver. En général, c'est ce qui m'arrive, à moi.

— Tu devrais y réfléchir à deux fois, dit Caro. On t'a expulsé de Chine, l'année dernière, si je me souviens bien.

— Ah bon ? Eh bien, ça explique la réponse grossière des autorités à mon salut. Je croyais que j'étais au Japon.

— Tes plaisanteries douteuses n'aident personne, l'informa Belinda.

Il haussa les épaules.

— Vous suggérez de la cacher comme un jouet cassé. Londres, c'est chez elle et vous voulez l'en chasser. Est-ce là une attitude digne des amies que vous êtes ?

— Alex, tu dois essayer de comprendre ! protesta Caroline. Ce n'est pas du tout comme la dernière fois ! Le futur mari s'est dérobé, et de la pire façon qui soit. Alors qu'il avait désespérément besoin de son argent. Les gens vont croire qu'il a découvert au dernier moment quelque chose d'affreux. J'ai vraiment peur qu'elle soit...

Livide, elle s'interrompit.

— Perdue de réputation, murmura Belinda.

Elma frémit.

— Pour l'amour de Dieu ! rugit Alex qui, honteux, reprit d'une voix plus modérée : Ce n'est pas comme si elle avait été prise *in flagrante delicto*. C'est de l'enfant chérie de Londres que vous parlez. J'espère que vous ne lui répéterez pas cette ânerie. Elle est assez sotte pour y croire.

— Que tu es naïf ! soupira Belinda. On aurait pu espérer qu'après avoir voyagé dans le monde entier, tu aurais acquis un peu de maturité.

Il soupira. Dans les discussions, Bel ne démordait jamais de son point de vue, lequel était que son jeune frère était un crétin.

— La naïveté est de croire que les portes lui seront fermées, riposta Alex. La naïveté, Belinda, c'est de sous-estimer le pouvoir de trois millions de livres. Prêche autant que tu veux sur ce que les gens diront. À Shanghai, on clabaude si une femme a les pieds trop grands. À Valparaiso, si sa mantille est trop étroite. Mais, où que tu sois, l'argent gomme tous les défauts. C'est mieux qu'une lotion vinaigrée.

— Si tu crois ça, c'est que tu es resté trop longtemps éloigné de toute civilisation.

— La civilisation ! jeta-t-il sèchement. Ce matin, la moitié des invités comptaient profiter de leur passage à l'église pour demander au Seigneur que le prix de la terre monte afin que la vente de leurs vingt mille hectares couvre leurs dettes avant que les créanciers ne s'emparent de leur maison de ville et leur gâchent la Saison. Voilà *ta* civilisation. Aussi vénale et stupide que toutes les autres.

Belinda pointa le menton d'un air rebelle mais garda le silence.

— Oh, et permets-moi de te le dire, ajouta-t-il avec obligeance, le prix de la terre ne va pas monter. Pas avant longtemps.

Le silence tomba. Ses sœurs auraient-elles enfin décidé d'écouter le discours du bon sens ?

Il décida d'en profiter car cela n'arrivait que très rarement.

— Et, à présent, au lieu de rester là à attendre qu'elle tombe dans les bras du premier butor qui lui sourira, je suggère que vous vous occupiez activement de lui trouver un bon mari – ou au moins un type qui tienne le coup devant l'autel.

— Qu'est-ce que tu proposes ? s'indigna Belinda. Que nous trouvions un homme et que nous ordonnions à Gwen de l'aimer ?

— L'aimer ? Tu n'as pas...

— Paris ! souffla Elma.

— Non, dit Caroline. Le vicomte va sûrement y passer. Il est parti pour Douvres, vous vous rappelez...

— Guernesey, alors ?

— Guernesey, répéta Belinda.

— Oui, c'est parfait ! Qu'en pensez-vous ? Le soleil, le bon air frais, et personne de connu !

Il retomba dans son fauteuil. Ce combat était inutile et vain. Ce qu'il aurait fallu faire, c'est essayer de comprendre pourquoi Gwen s'arrangeait pour tomber sur le pire élément d'un très large groupe. D'abord Trent, et maintenant celui-ci ! Quant à mal choisir son mari, elle égalait Anne Boleyn, la seconde épouse du roi d'Angleterre, Henri VIII, qui avait fini par la faire décapiter.

Entendant Caroline passer de Guernesey à la Cornouailles, et le débat sur les différentes retraites possibles repartir de plus belle, il soupira. Si Gwen collectionnait les goujats, ce petit groupe de femmes y était pour quelque chose. Alex avalerait des couteaux pour l'amour de ses sœurs, mais si sa vie, ou même son déjeuner en dépendait, il ne leur demanderait pas conseil. Bel parlait d'amour, mais l'objectif de Gwen n'avait rien à voir avec l'amour. Elle cherchait une position sociale, un titre, et, tant que son entourage l'encouragerait à dissimuler cette ambition derrière une quête romantique, en fait de princes charmants, elle ne tomberait que sur des crapauds.

Bon Dieu ! Après avoir promis à Richard de veiller sur elle, il s'était déchargé de sa mission sur des personnes charmantes mais incompétentes. Était-ce si difficile de trouver un mari acceptable ? Il y avait sûrement quelque part un célibataire titré qui n'avait pas un caractère violent, ni une soif inextinguible d'alcool, ni la folie des cartes, ni, tant qu'à faire, aucune passion pour quoi que ce soit d'illégal, d'incongru et de coûteux.

Alex se représenta ce parangon de vertu : chauve, peut-être, avec un ventre rebondi dû aux après-midi passés à la chambre des Lords, puis au club à boire du porto et manger de gros steaks tout en fulminant contre la grossièreté des parvenus. Irascible envers des ennemis imaginaires, oui, mais aimable avec ses amis. Chevaleresque envers les femmes, aimant les chiens et les plaisanteries de mauvais goût et – surtout – loyal envers ceux qui avaient le bon goût de l'admirer. Gwen l'admirerait. Si elle avait pu admirer Trent, elle pouvait admirer n'importe qui.

Très bien, il allait établir une liste de candidats acceptables. Après quoi, il embaucherait un homme pour enquêter sur chacun. Cela prendrait deux semaines, trois au plus ; ces membres du parlement étaient tellement contents d'eux qu'ils n'étaient pas discrets.

Il communiquerait la liste à ses sœurs, pour qu'elles leur présentent Gwen et leur fassent connaître ses qualités et sa décision de se marier. Il ne s'écoulerait pas un mois avant que l'un d'eux la demande en mariage.

Avec sa méthode, la chère enfant serait fiancée à quelqu'un de correct d'ici à huit semaines. Comme il serait de l'autre côté de la planète le jour du mariage, il enverrait un télégramme de félicitations. Peut-être ne se souviendrait-il même pas de la date, et son secrétaire devrait la lui rappeler. Oui, ce plan était excellent !

Ce qu'il lui fallait à présent, c'était un exemplaire du *Debretts'Peerage*, l'annuaire commenté des familles aristocratiques. Et une tasse de café bien fort.

Il se leva.

— Si vous voulez bien m'excuser, mesdames...

3

Un pied dans le vestibule, Alex s'arrêta. Elma leur avait affirmé que Gwen était écrasée par le chagrin, mais voilà qu'elle descendait l'escalier, un énorme sac pressé sur la poitrine et une enveloppe entre les lèvres.

Il se figea. Le spectacle était pour le moins cocasse : la très convenable Gwen Maudsley, portant une lettre dans sa bouche faute de main disponible.

Quelle créativité ! On pouvait du coup se laisser à imaginer une foule d'autres choses, bien moins convenables, à faire avec ces lèvres...

Quelle idée déplacée ! Vu le nombre de femmes consentantes, il avait peu de respect pour les hommes qui traquaient les très jeunes filles. L'innocence était par définition l'absence d'expérience, de connaissance. Rechercher cela lui semblait plutôt pervers. Cela reflétait en tout cas une terrible paresse, et le même manque d'imagination qui poussait à soutenir des artistes qui ne remettaient en cause aucune des idées reçues sur le monde.

Dommage que Gerry soit déjà marié. Il avait tellement besoin d'être admiré, et Gwen, plus que toute autre femme, était déterminée à n'être qu'agréable. On ne pouvait imaginer objectif plus ennuyeux...

Il la vit s'arrêter au milieu de l'escalier, hausser une épaule pour rattraper le coin de la lettre et la repousser entre ses dents.

Depuis combien de temps ne l'avait-il pas vue de si près ? Depuis l'automne dernier, se rappela-t-il – dans le jardin de Heaton Dale. La brise avait emporté son châle et le soleil de la fin d'après-midi, que filtrait le feuillage d'un chêne, avait dessiné un délicat filigrane d'or sur ses épaules pâles...

Elle avait toujours été pâle ? Beaucoup de jeunes filles prenaient garde à le rester, et cela n'avait rien de surprenant. D'autant que sa pâleur actuelle pouvait s'expliquer par le choc des événements de la matinée.

Il s'effaça dans le couloir, pour attendre qu'elle ait disparu. Découvrir qu'un homme l'avait vue ainsi chargée, une lettre dans la bouche, un sac pressé contre elle, ajouterait sûrement à son désarroi.

Soudain, un cri de panique retentit. Il se retourna, et la vit chanceler et reprendre son équilibre de justesse. Mais le sac trop volumineux l'empêchait de voir par-dessus. Une autre acrobatie de ce genre, et elle allait basculer la tête la première avant d'arriver en bas.

— Puis-je vous aider ? demanda-t-il en approchant.

— Oh...

Le sac tomba à ses pieds, puis l'enveloppe atterrit sur une marche, avant d'en dévaler deux autres. Alex vit qu'elle portait un nom et une adresse, mais ne put les déchiffrer.

— Alex !

Comme elle lui adressait un très grand sourire, il eut la curieuse impression qu'elle tentait de détourner son attention de l'enveloppe, à présent plus proche de lui que d'elle.

— Comment allez-vous, cet après-midi ? Je suis si heureuse que vous soyez de retour en ville !

Cet accueil enjoué était excessif, même de la part d'une jeune femme très aimable.

— Je vais passablement bien, répondit-il.

Elle avait les yeux rouges et les joues pâles. Quelqu'un devrait les lui frotter pour y remettre un peu de couleur.

— Et, vous, comment allez-vous ? s'enquit-il.

Posant un pied sur son sac, elle redressa le menton, tel un explorateur plantant le drapeau national sur un nouveau territoire.

— Je vais très bien.

Il ne put s'empêcher de sourire. Elle méritait un trophée, « En Reconnaissance de son Infatigable Bonne Humeur en dépit de Tout »...

— Je suis épaté. Je pensais que vous auriez au moins la migraine.

Les sourcils auburn de Gwen se froncèrent.

— Oh..., fit-elle, l'air de se rappeler soudain une possible cause de détresse. Pas vraiment très bien, je suppose. Non, bien sûr. Ce serait absurde ! Mais je me sens mieux que tout à l'heure, merci. J'ai beaucoup dormi. Rien de plus efficace que le sommeil pour reprendre des forces. N'est-ce pas ?

Elle avait parlé d'une voix hachée.

— Que c'est aimable à vous de passer vous informer de mon sort ! continua-t-elle. J'apprécie votre sollicitude. Oui, oui, ça va mieux... Et merci aussi pour la sollicitude de vos sœurs, bien sûr, ajouta-t-elle avec un battement de paupières. J'espère qu'elles vont bien ?

Il se tut un instant. Voir Gwen Maudsley s'empêtrer dans les platitudes de la politesse élémentaire était comme voir une première ballerine échouer à lever la jambe au-dessus de la taille.

— Elles vont très bien, répondit-il, impavide. Qu'y a-t-il dans ce sac ?

— Oh... ça ? C'est juste quelques...

Elle se passa une main sur le front. Son chignon était près de s'effondrer. Encore une première... Il n'avait jamais vu les cheveux de Gwen que disciplinés à l'excès.

— Des paletots, s'écria-t-elle.

Suivit un rire forcé.

— Des paletots pour l'orphelinat de lady Milton. Elle m'a demandé de les lui déposer aujourd'hui.

Il retint sa langue, espérant qu'un bref silence l'aide à voir l'absurdité de ses propos. Mais l'expression de la jeune fille ne vacilla pas ; elle le regardait franchement. À moins que ce ne soit un regard de défi ? Non, cela ne correspondait pas avec ce qu'il savait d'elle.

— Les lui déposer, répéta-t-il. Aujourd'hui ?

— Oui, aujourd'hui.

— Avant ou après le mariage ? L'a-t-elle spécifié ?

— Je sais, c'est bizarre, mais… les orphelins, vous comprenez, acheva-t-elle avec un haussement d'épaules censé écarter le sujet.

— Non. Je n'en connais aucun, à moins de nous compter dans le lot, vous et moi.

— Des *enfants* orphelins… J'ai tricoté ces paletots pour tous ces pauvres bambins.

— Quelle vertu…, commenta-t-il sèchement.

Elle ne parut pas l'avoir entendu.

— Maintenant qu'ils sont finis, je pensais les déposer et avoir la joie de les voir offrir à ceux qui en ont besoin.

De derrière son oreille, une mèche rousse choisit la liberté et vint lui chatouiller le menton.

Mauvais signe, cette mèche rebelle. Le message était clair : Alex assistait à l'effondrement mental et physique de l'enfant chérie de Londres. Si le spectacle pouvait se révéler séduisant, la suite le serait moins. Il aurait encore plus de mal à lui trouver un mari. Les lunatiques n'étaient guère prisées, dans le monde.

Elle leva la main pour repousser la mèche.

— Terriblement tragique, dit-elle machinalement. Des petits garçons et des petites filles sans…

Elle jeta un œil sur le sac et fronça les sourcils.

— … paletots, acheva-t-il.

D'ordinaire, elle mentait bien mieux, complimentant avec persuasion les gens pour des vertus qu'ils étaient loin de posséder. D'où ses succès mondains.

— Les paletots, oui !

Avec un regard furtif sur la lettre, elle se pencha pour reprendre le sac. À en juger par la facilité avec laquelle elle le souleva, il devait contenir de la layette.

— Mais que c'est aimable à vous d'être passé ! Après cette scène affreuse, vraiment… J'espère que vous n'avez pas été trop déçu et que nous nous reverrons avant que vous ne repartiez ?

C'était une tentative très maladroite de le renvoyer. Cédant à l'inquiétude, il monta deux marches et la dévisagea. Ses pupilles n'étaient pas trop dilatées ; on ne lui avait donc pas administré de sédatif.

— Vous avez pris un coup sur la tête ?

— Non, bien sûr que non, répondit-elle en clignant des yeux. Pourquoi cette question ?

— Votre comportement vous paraît normal ?

Visiblement déconcertée, elle commença à se balancer d'une jambe sur l'autre.

— Tout le monde est au salon, vous savez.

— Oui, j'en viens. Et, vous, vous ne venez pas ?

Il ne pouvait pas la laisser sortir dans cet… état. Quel qu'il soit. Il avait toujours été fasciné par la façon dont les choses se défaisaient, se démontaient – pendules, phonographes, objets divers… Mais, jusqu'à présent, il avait renoncé à comprendre le fonctionnement des êtres humains.

— Les orphelins peuvent sûrement attendre une heure ?

Elle soupira, jeta un œil derrière lui et dit à mi-voix :

— Je vais parler franchement : je ne veux pas assister à la séance de campagne.

— La séance de campagne ?

— Oui, vous savez bien, la seconde tentative pour me sauver de l'humiliation.

Elle lui jeta un sourire désabusé, qui disparut rapidement.

— Mais je ne veux pas vous retenir. Allez-y, vous leur serez très utile. Ils doivent être à court d'idées, et vous en aurez sans doute d'excellentes à leur soumettre !

Elle descendit une marche. Il posa une main sur la rampe pour bloquer le passage.

— Pourquoi refusez-vous d'y aller ? Le résultat ne vous intéresse pas ?

Elle baissa les yeux sur la main d'Alex.

— Pas vraiment. J'ai déjà décidé quel chemin prendre.

— Oh ? Voilà qui est intéressant. Où mène-t-il ?

— À l'orphelinat.

Bien. Il se pencha pour ramasser la lettre.

— C'est à moi ! cria-t-elle.

— Je veux juste vous la…

Quelque chose le frappa à la tête, lui faisant perdre l'équilibre. Il chancela, sans lâcher la lettre, trébucha, jura et sauta en arrière.

Une fois d'aplomb, il se redressa et leva les yeux. Elle se tenait, les mains sur la bouche, les yeux écarquillés. Le sac, qui avait dévalé quelques marches de plus, s'était ouvert et avait lâché un grand fouillis… d'écheveaux.

Il n'en revenait pas.

— Vous ne m'avez pas… vous m'avez lancé ça à la tête ?

Non. C'était inconcevable.

— Je veux ma lettre !

Abasourdi, il éclata de rire.

— Vous me l'avez lancé à la tête ! Eh bien, mademoiselle Maudsley, vous êtes une vilaine fille.

— Il m'a glissé des mains !

— Tiens donc ! Mais, dites-moi : vous comptiez sur les orphelins pour tricoter ces fameux paletots ?

— Jamais ! protesta-t-elle.

Une autre boucle rousse se libéra et se déroula jusqu'à la taille de Gwen.

— Je les *achèterai*, ces paletots, s'il le faut !

— Bien sûr, murmura-t-il.

Les cheveux de Gwen avaient une teinte inhabituelle, rappelant un joli pinot noir dans un rayon de soleil.

— J'achèterai une centaine de paletots, reprit-elle. Mais je ne les tricoterai pas et je ne prétendrai pas les avoir tricotés !

Ce qu'elle avait pourtant fait une minute plus tôt, mais ce n'était pas le moment de le lui rappeler.

— Très bien, dit-il. Bien joué. Mais pourquoi le devriez-vous ?

La question était de pure rhétorique, mais elle la prit au sérieux.

— Lady Milton et lady Anne le veulent. Ce sont des hypocrites, vous savez. Elles se fichent bien des orphelins. Lady Melton ne se joint même pas à l'excursion – pourquoi aller à Ramsgate quand on peut aller à Nice ?

Elle croisa les bras et fit rouler ses épaules, comme pour se débarrasser physiquement d'une telle duplicité.

— Des hypocrites, répéta-t-elle. *Moi*, je me soucie des orphelins.

Oh, une dispute... Entre des femmes habillées de soie, parées de bijoux, chacune rivalisant d'égards et de bons sentiments envers les pauvres petits Oliver Twist – et s'interrompant juste le temps de boire la coupe de champagne qu'un valet venait de leur servir.

— Bien sûr que vous vous souciez d'eux.

— Vous ne me croyez pas ? s'écria-t-elle. J'ouvrirai peut-être même mon propre orphelinat. Et je leur donnerai à manger autre chose que du gruau, vous pouvez me croire !

Le ton aigu de sa voix inquiéta Alex. L'absence de larmes et de pleurs l'avait déconcerté, mais elle n'en souffrait pas moins d'une crise d'hystérie. D'ailleurs, il était bien dans les habitudes de Gwen de ne montrer d'une affliction que les symptômes les moins désagréables pour autrui.

— De la viande de bœuf tous les soirs, acquiesça-t-il. Pourquoi pas ? Vous en avez certainement les moyens.

Une ride se creusa entre les sourcils de Gwen.

— Ne vous moquez pas de moi !

— Je l'ai fait ? demanda-t-il, surpris. Si je l'ai fait, c'est par accident.

Elle hésita, puis lui décocha un sourire.

Il le lui rendit ; elle avait beau dire des sottises, cela lui allait à ravir.

— Ouvrez un orphelinat, dit-il. Qui vous en empêche ?

— Oh ? Alors, je vais vous demander de me rendre mon bien.

Il jeta un coup d'œil à l'enveloppe. *Vicomte Pennington.*

— Oh, grands dieux, qu'est-ce… ?

Elle tendit la main, mais il agrippa son poignet. Son pouls battait sauvagement sous la peau douce.

— C'est à *moi*, dit-elle en tentant de se dégager.

Il n'avait pas imaginé que des yeux bruns pouvaient devenir aussi noirs.

— Écrire à Pennington ? Voyons, Gwen…

Elle était ridiculement optimiste si elle espérait que cet imbécile se raviserait.

— Cela ne vous regarde pas.

— J'ai fait une promesse à votre frère, lui rappela-t-il. Je crains que cela ne me regarde beaucoup.

L'évocation de Richard la déconcerta.

— Très bien, alors. C'est une liste des raisons pour lesquelles je le déteste.

— Je veux la vérité, dit-il posément.

— C'est la vérité !

Elle tortillait une mèche égarée tout en se mordillant la lèvre : l'image même d'une jolie fille racolant dans un bar.

— Laissez vos cheveux tranquilles, jeta-t-il, choqué.

La main de Gwen retomba. Elle lui adressa un regard étonné.

— Vous êtes un vrai tyran, vous savez.

— C'est maintenant seulement que vous vous en rendez compte ? J'aurais cru que les commérages vous en auraient informée. Belinda, au moins.

— D'après Belinda, vous détestiez que lord Weston joue au tyran domestique. Pourquoi me feriez-vous la même chose ? Rendez-moi ma lettre.

Surpris par ce changement de sujet, il rit.

— Oui, c'est vrai, de tous les rôles que je peux jouer, celui-là n'est pas mon préféré. Mais, puisque vous êtes résolue à tenir celui de l'idiote…

— Je ne fais *pas* l'idiote !

Elle tendit de nouveau la main vers la lettre. Il recula en levant l'enveloppe pour la mettre hors d'atteinte.

— Cela n'a pas d'importance, de toute façon. Pennington a pris la fuite. Il ne sera pas là pour recevoir votre lettre.

— Il s'est sauvé ? souffla-t-elle.

— Il a pris le train de Douvres, pour passer sur le continent. Je suis désolé. C'est un vulgaire goujat, rien de plus.

— Mais il a ma bague !

Il éprouva un bref éclair d'amusement : c'était elle qui avait acheté les alliances ? Pourquoi se bradait-elle ainsi ?

Puis, voyant son visage dévasté, il comprit.

— La bague de Richard ?

— Oui !

Seigneur. Il se souvenait très bien de son expression lorsqu'il lui avait déposé la bague dans la main.

— Je vais la récupérer.

— Mais… s'il l'a emportée à l'étranger…

— Son premier arrêt sera sûrement Paris, et je dois y aller demain.

Puis, comme elle avait toujours cette expression hagarde, il ajouta :

— Ne vous tracassez pas, ma chérie. Vous l'aurez bientôt, votre bague. Quant à cet individu, considérez-vous comme heureusement débarrassée de lui.

Elle cligna des yeux et le regarda enfin. Sa bouche se retroussa sur un petit sourire en coin, presque... étudié.

— Très bien, articula-t-elle lentement. Vous voulez lire la lettre ? Je vous la lirai moi-même si vous y tenez. Mais en échange d'une promesse...

Il sentit son instinct l'exhorter à la prudence.

Ridicule ! Gwen était aussi inoffensive qu'un lapin.

— Demandez toujours, dit-il en s'apprêtant à briser le cachet.

— Pas ici !

Elle jeta un bref regard autour d'elle. À présent, elle avait l'air fiévreuse – des taches rouges décoraient ses joues et ses yeux avaient une lueur étrange.

— Un peu de discrétion, Alex, je vous prie ! Allons dans la bibliothèque.

L'étrange sourire qu'elle lui décocha avant de tourner les talons piqua de nouveau son instinct.

4

Comme elle marchait d'un pas décidé devant Alex, Gwen se sentit soudain pousser des ailes. Alex Ramsey, rien de moins ! Un homme qui ne se laissait jamais mener par qui que ce soit. Qu'elle ait réussi à le convaincre de la suivre tenait de l'exploit, et elle ne put s'empêcher de se demander à quel secret instinct il avait obéi...

Lorsqu'elle poussa la porte de la bibliothèque, elle se sentait étrangement déterminée. Sur la table reposait un livre sur les vertus féminines qu'Elma lui lisait le soir pendant qu'elle tricotait. Elle le jetterait dans la rue ! Tous ces espaces déserts sur la mappemonde – eh bien, elle partirait les explorer !

Pourquoi pas ? Sa soudaine soif d'aventure paraissait légitime. Pouvait-on en déduire qu'il ne s'agissait pas d'une soudaine impulsion, mais de l'expression de sa vraie nature, longtemps entravée par un laçage étroit, d'incessantes inquiétudes et le refus de toutes les nourritures délicieuses qui, selon Elma, la feraient grossir ?

Alex entra dans la pièce, lui accordant un regard froid qui, seulement un jour auparavant, lui aurait donné l'impression d'avoir été brièvement sondée et aussitôt rangée dans la catégorie des pauvres filles horriblement ennuyeuses et conventionnelles. Elle referma la porte d'un geste ferme.

— Je trouve qu'on devrait sonner et demander des petits pains. Et une cargaison de crème ! Un goûter décadent dans la bibliothèque ! Qu'en dites-vous ?

Il mit les mains dans ses poches et inclina la tête.

— Vous avez besoin d'autre chose. Une bonne dose de laudanum, par exemple.

— Ou de cognac ! s'exclama-t-elle. Oui, quelle bonne idée !

— Commandez ce que vous voulez, dit-il. Je ne me laisserai pas distraire de la lettre, mais je peux attendre.

Ah, le ton qu'elle avait l'habitude d'entendre dans sa bouche était revenu : amusé et légèrement condescendant. Comme celui que Lady Milton prenait pour expliquer aux orphelins qu'une nourriture roborative n'avait pas à être appétissante...

— Oh, pour rien au monde je ne voudrais vous faire perdre votre temps, dit-elle doucement. Tant de pays à visiter, tant de profits à gagner ! Des affaires très importantes vous attendent ; je me priverai volontiers de cognac. Bon, ouvrez la lettre, aussi vite que vous voudrez.

Alex écarquilla les yeux et pressa une main sur le cœur.

— Un sarcasme, mademoiselle Maudsley ?

— J'ignore ce que vous voulez dire, riposta-t-elle avec un sourire placide.

Elle s'assit dans un fauteuil tandis qu'il appuyait une épaule sur le châssis de la fenêtre.

En voyant la posture désinvolte d'Alex, elle sentit combien la sienne était rigide, tristement correcte. Elle tenta de se relâcher, mais son corset le lui interdit.

Comme il commençait à lire, la lumière du soleil couchant illumina son visage. Ne voulant rien manquer de ses réactions, elle ne le quitta pas des yeux. Il était, après tout, un expert en mauvaise conduite – ce qui le rendait très intéressant. Instructif, même. Se moquer

des conventions lui procurait-il, comme à elle, un délicieux sentiment de liberté ?

Elle se rappela ce qu'elle avait pensé de lui ce matin,
à l'église. Il était plus beau que M. Cust, décida-t-elle.
Même si on préférait les blonds, M. Cust était simplement... joli garçon. La figure d'Alex était tout en angles,
comme si un sculpteur fou l'avait taillée de quelques
coups de ciseau dans un morceau de bois. Sa mâchoire
était carrée, le menton fendu, le nez parfaitement droit,
à part une légère bosse au milieu, détail qui faisait
d'Alex un simple mortel.

— Oh, ça, c'est tout à fait...

— Quoi donc ?

Il secoua la tête.

— Oh, voyons, dites-le-moi !

Il fit un geste comme pour écarter un gamin
importun.

Elle se rassit, irritée. Cela lui était utile d'être beau car
un roué au physique médiocre devait avoir du charme,
or Alex n'en avait aucun.

Un *roué*. Intriguée, elle tourna le mot dans sa tête.
Elle avait toujours vu dans la mauvaise réputation
d'Alex une sorte de tare affreuse, aussi déconcertante
qu'une maladie mortelle ou une laideur extrême, et plus
odieuse encore du fait qu'il l'entretenait. Bel acquies-
çait, bien sûr mais Caroline le défendait. Elle disait que
les femmes qu'il fréquentait ne s'intéressaient pas au
mariage. « Des artistes, des comédiennes, des suffragettes, avait raconté Caro un jour devant une tasse de
thé. Des progressistes. » Puis, dans un murmure :
« Vous savez, je crois que je préférerais qu'il s'en prenne
aux débutantes ! Il se trouverait peut-être alors qu'une
jeune fille de bonne famille le prenne à son jeu et le
pousse au mariage. »

À l'époque, la date de son mariage avec lord Trent
était fixée et les invitations envoyées. Elle n'imaginait
pas d'autre sort pour une femme normalement

constituée et en avait déduit que les femmes qu'Alex fréquentait n'étaient pas normales – et que, par conséquent, Alex ne l'était pas non plus puisqu'il les préférait aux autres.

Maintenant, elle se demandait si ces femmes n'avaient pas quelque chose à lui apprendre. En tout cas, aucune n'aurait accepté d'épouser l'un ou l'autre des mufles qu'elle avait choisis.

Alex s'éclaircit la gorge tout en repliant la lettre.

— Ce n'est pas ce à quoi je m'attendais.

— Ah bon ? À quoi vous attendiez-vous donc ?

Ce pouvait être instructif d'apprendre ce dont il la pensait capable. Il était passé à Heaton Dale l'automne dernier pour dire au revoir à ses sœurs avant de partir pour New York, et une ou deux fois elle avait remarqué qu'il l'observait avec attention – comme s'il s'attendait à la voir se mettre à danser le french cancan.

Apprendre le french cancan ! Tiens, pourquoi pas ? Elle pourrait ajouter cela à sa liste de choses à faire, maintenant qu'elle ne se souciait plus de l'opinion d'autrui. Mieux encore, c'était à Paris qu'elle devait s'y essayer.

— Peu importe, dit Alex en rangeant la lettre dans sa veste. Je pensais que c'était une supplique pour qu'il vous revienne. Bravo, Gwen ! Vous lui avez passé un vrai savon.

Le compliment l'aurait encouragée s'il n'avait pas été par trop condescendant. Fronçant les sourcils, elle s'apprêta à grommeler quelque propos peu amène mais fut distraite par le spectacle que lui offrait Alex.

Comme il se redressait, la lumière rougissante du soleil enveloppa tout son corps. Sapristi ! Thomas s'enorgueillissait de sa taille, mais Alex était plus grand ; de même, son ex-fiancé avait des épaules étroites en comparaison de celles d'Alex, que la finesse de ses hanches soulignait.

Cette allure était sans doute due à ses étranges habitudes sportives. Tout le monde savait qu'il passait une heure tous les matins à sautiller en donnant des coups de pieds à droite et à gauche comme un animal enragé. En France, cela passait pour un vrai sport, mais les Français étaient des gens bizarres. Alex était probablement l'une des dix personnes sur toute l'île qui appréciaient chez ce peuple autre chose que son vin. En tout cas, elle ne connaissait aucun homme semblablement bâti dans la société anglaise.

— ... restez ici et tenez bon, était-il en train de dire. Mais c'est à vous de décider, bien sûr.

Elle ouvrit la bouche pour répondre, mais les mots se dérobèrent : Alex avait déboutonné sa veste et les pans s'étaient écartés. Sous le gilet noir, le ventre était parfaitement plat. Comment se faisait-il qu'elle ne l'ait jamais remarqué ?

— Gwen, vous vous sentez bien ?

Elle cligna des yeux. Il haussa un sourcil interrogateur. Une onde piquante la parcourut, excitation et effroi mêlés. Elle l'avait fixé comme une traînée. Lui, Alex Ramsey, le célibataire le plus endurci de Londres ! Stupéfiant, comme on pouvait se laisser éblouir au point d'oublier qu'il était infréquentable. Les dames de la bohème devaient se réjouir qu'aucune jeune fille respectable ne s'entiche de lui.

— Je vais très bien, répondit-elle.

Très bien, en effet, comme si elle avait reçu une décharge électrique. Quels autres détails passionnants allait-elle remarquer, maintenant qu'elle ne briguait plus la vertu ?

— Puis-je ravoir ma lettre ?

— Je crains que non.

Il planta une main sur sa hanche, écartant de ce fait un peu plus sa veste.

— Pas question que vous postiez ça.

La tentation fut trop forte, et elle posa sur lui un autre regard appuyé.

— Pourquoi ?

Juste ciel, regarder ainsi les hommes pouvait devenir une dépendance ! Comment s'arrêtait-on, une fois l'habitude prise ? On pouvait continuer pendant des jours, tant il y avait de détails intéressants. Ses lèvres, par exemple ! Quelle belle bouche il avait, large et bien dessinée ! Les lèvres de Thomas étaient minces, quasiment inexistantes.

— Pour plusieurs raisons, disaient celles d'Alex, que vous pouvez sûrement deviner. Tout d'abord, vous n'avez aucune idée de ce qu'il ferait de ce mot...

Alex savait sûrement embrasser. Les femmes délurées ne devaient pas supporter que l'on cancane sur elles. Seules les jeunes filles résolues à se marier toléraient ça.

Non qu'elle ait envie de l'embrasser ! L'idée seule la rendait nerveuse. Il avait beau n'avoir que quatre ans de plus qu'elle, il lui semblait trop vieux. Trop adulte. Thomas n'avait que deux ans de moins que lui mais, en comparaison, il avait l'air d'un gamin. Un gamin qui n'avait pas mis le pied hors d'Angleterre, n'avait rien fait d'inhabituel – excepté son geste de ce matin –, n'avait pas fait fortune, ne connaissait pas l'Argentine ni New York, et n'avait jamais fréquenté de suffragettes peu enclines au mariage. Des expériences aussi vastes et variées ôtaient probablement tout intérêt à la perspective d'embrasser une respectable jeune fille.

D'ailleurs, Alex avait été si proche de Richard que ce serait comme embrasser son frère !

Enfin, pas vraiment. Mais il était probable que pour Alex, ce serait comme embrasser l'une de ses sœurs.

Elle se sentit nerveuse, soudain. Ce qui était absurde. Ce n'était qu'Alex – amusé et condescendant comme d'habitude...

— Gwen, essayez d'écouter. Est-ce qu'il faut que je parle plus lentement ?

— Je vous ai entendu. Vous vous êtes demandé ce qu'il ferait de ce mot. Eh bien, moi, je crois qu'il le lirait.

— Et le ferait lire à ses amis, poursuivit-il sèchement. Après quoi, il le vendrait à un torchon quelconque. Il a besoin d'argent, non ? Certains des détails que vous avez notés sont piquants, comme...

Il s'éclaircit la gorge.

— Le...

Son sourire malicieux vira à la grimace. Il tourna la tête et ses épaules tressautèrent.

Elle eut très peur qu'il ne soit la proie d'une d'attaque – une défaillance des poumons, dont il avait souffert toute son enfance – et elle bondit pour agripper son bras.

— Vous allez... ?

— Oh, mon Dieu, jeta-t-il entre deux éclats de rire.

Gwen recula d'un pas, commençant à sourire.

Il plaqua un poing sur sa bouche et, après un combat visible, parut se calmer.

— L'oignon, parvint-il à dire, mais lorsqu'elle hocha la tête, il ne put retenir un gloussement qui vira aussitôt en une autre crise de fou rire.

Elle céda à la contagion et s'abandonna à l'hilarité.

— Pardonnez-moi, souffla-t-il au bout d'un long moment en s'essuyant les yeux. Vous avez vraiment un don...

Le coin de sa bouche frémit à nouveau ; il pinça les lèvres et souffla bruyamment par le nez.

— Un vrai don avec les mots, reprit-il. J'avoue que je ne m'y attendais pas.

Elle attendit d'avoir repris son souffle avant de répondre :

— Merci ! Mais vous voyez, c'est justement pour cette raison que Thomas ne peut pas rendre cette lettre publique. Il est très vaniteux... Bien que je ne voie pas pourquoi.

— Ah, la vérité sort de la bouche des enfants, dit-il, comme s'il était beaucoup plus vieux qu'elle. Vous avez peut-être raison, mais il y a quand même un risque.

Il se passa la main dans les cheveux. Tous les Ramsey avaient des cheveux merveilleusement épais. Ceux de lord Weston grisonnaient, mais ceux d'Alex étaient d'un brun profond.

— Inutile de courir ce risque, reprit-il. Cette matinée a été désastreuse, certes, mais elle ne contrariera pas vos projets de mariage.

— Je vous demande pardon ? s'écria-t-elle, la poitrine soudain oppressée. Bien sûr que si ! Jamais plus je ne pourrai trouver d'époux !

— Bon, je vais parler franc, dit-il en la regardant dans les yeux. La moitié de ces jeunes gandins sont ruinés. Par conséquent, votre fortune fait de vous une candidate très attirante. Et, de plus, vous n'êtes pas vilaine.

Il l'examina, sans se presser, puis haussa une épaule.

— Oui, je pense que la plupart des hommes pourraient facilement oublier ce scandale.

Grands dieux ! Il avait peut-être raison. Elle était la petite chérie de Londres, après tout, la plus charmante jeune femme de la ville. Sa réputation était excellente. Ses trois millions de livres l'aideraient à surmonter l'affront subi devant l'autel. De beaux partis continueraient à la traquer.

Elle se laissa tomber dans un fauteuil. Quelle sotte elle était ! Elle aurait dû deviner que ses rêves de liberté étaient stupides. Mais que c'était triste de renoncer à toutes les possibilités entrevues ! Un bref instant, elle avait été… grisée.

— Allons, fit Alex, cessez de vous tracasser. Vous avez travaillé assez dur pour acquérir cette popularité. Profitez-en au moins.

Il avait raison. Cela avait été un long et dur travail.

Et voilà qu'il fallait recommencer ! Se montrer douce et charmante envers tout éventuel parti qui paraîtrait s'intéresser à elle.

82

En attraper un, et fondre ses goûts et ses espoirs dans les siens. Faire abstraction de ses propres désirs pour mieux le satisfaire...

Puis, ensuite, les préparatifs. Les essayages sans fin pour une nouvelle robe, un autre trousseau. Les vœux de bonheur de tout le monde, bien que personne n'ait oublié ce qui s'était passé les deux dernières fois. Les ragots chuchotés, les regards sournois, les conversations qui s'interrompaient lorsqu'elle approchait, et l'inévitable ivrogne au cerveau embrumé qui lui asséne-rait une tape dans le dos et lui lancerait d'un ton réjoui que la troisième fois serait sans doute la bonne...

Et ensuite ? L'église, de nouveau, pour l'attente la plus longue et la plus angoissante de sa vie !

— Gwen...

Elle sursauta et s'aperçut qu'Alex s'était accroupi devant elle.

— Ne prenez pas cet air abattu, je vous en prie. Vous avez passé un moment pénible. Mais ce n'est pas votre faute... Enfin, vous devriez quand même améliorer votre goût en matière d'hommes. Mais, à part ça, c'est la malchance...

La honte la saisit. Il fallait qu'elle ait l'air d'être bien mal en point pour qu'Alex fasse preuve d'autant de sollicitude.

Elle tourna la tête, car des larmes lui brûlaient les yeux. La perspective de tout revivre était insupporta-ble. On était censé tirer les leçons du passé, non ? Et le destin semblait déterminé à lui montrer la futilité du parti qu'elle avait pris. Elle avait voulu avoir une famille ? Eh bien, c'était une erreur. Tout le monde l'avait lâchée. Ses parents, son frère, deux fiancés. Se lancer dans une nouvelle tentative serait... grotesque !

Non, il fallait renoncer.

Cette idée fit l'effet d'un tonique. D'une révélation. Un calme profond l'envahit. Elle n'avait pas vraiment *besoin* de se marier. Les autres femmes avaient rarement les moyens de mener une vie indépendante, mais elle *était* riche, et il n'y avait rien, à la vérité, qu'elle ne pût entreprendre.

Elle réfléchirait à son choix de vie lorsqu'elle aurait récupéré sa bague.

— Je vais m'occuper de tout, annonça Alex d'un ton résolu. Récupérer la bague, vous trouver un mari. Est-ce que ça vous remonte le moral ? Tout sera réglé pour l'automne.

Elle bondit sur ses pieds.

— Mon Dieu, Alex, c'est... très gentil à vous, vraiment, et je suis sûr que mon frère aurait apprécié, mais... non ! Ne faites pas ça, je vous en prie. C'est-à-dire... je vous libère de votre promesse. Vous remarquerez qu'il ne vous a pas demandé de vous assurer que je sois *mariée*, seulement que je sois confortablement installée. Et je suis très confortablement installée, je vous assure. Cette tapisserie au mur s'inspire d'un tableau de Boucher ! Et ce tapis est un Aubusson. Alors, vous voyez, tout va on ne peut mieux pour moi. Vous en avez assez fait !

— Juste ciel ! Ce tapis n'est *pas* un Aubusson.

— Quoi ? Pourtant, j'en suis certaine. Je l'ai acheté l'année dernière à la vente aux enchères Crombley. Regardez la trame !

— Quelle tragique femme d'affaires vous feriez ! dit-il d'un ton compatissant. Quelqu'un l'a frotté à la pierre ponce, ma chère...

— Peu importe. Je peux en acheter un autre. Ce qu'il y a, c'est que...

— Que je n'ai presque rien fait pour vous, acheva-t-il. Je vais me rattraper. Faisons une liste. Donnez-moi l'idée générale : couleur de cheveux, couleur des yeux...

— Non, ne vous donnez pas cette peine...

— Mais cela me fait plaisir, Gwen. L'aristocratie anglaise ne manque pas de beaux garçons, vous savez.

— J'ai décidé de ne pas me marier.

Elle attendit sa réaction. Il se contenta de hausser un sourcil.

— Je ne me marierai pas ! Je vais… faire des choses plus intéressantes.

— Et Dieu sait qu'il y en a ! ne peut-il s'empêcher de remarquer. Par exemple ?

— Du jardinage.

— Oh, Gwen ! lâcha-t-il dans un soupir, tel un maître qui désespère de son élève.

— Quoi ? Qu'est-ce qu'il y a de mal à ça ? J'ai toujours eu envie d'étudier la botanique. Je voyagerai pour ramener des plantes inconnues, comme Linné ! J'irai dans les pays lointains, comme vous !

— Comme moi ? s'esclaffa-t-il. Savez-vous qu'il n'y a aucun couturier dans les ports que je visite ? Et les fleurs ne sont pas toujours jolies. Certaines tentent même de nous manger.

— Je ne m'intéresse pas uniquement aux fleurs, ni aux petits jardins. Je pense aux paysages. J'ai du talent pour les dessiner – vous devriez venir voir Heaton Dale, maintenant. Pourquoi…

Elle s'interrompit. Il la regardait avec une expression d'incrédulité compatissante.

— Pour résumer, reprit-elle, j'en ai fini avec la vie conventionnelle.

— Il est donc inutile d'établir cette liste ?

— Exactement. Vous pouvez continuer à… à ne rien faire, en ce qui me concerne, du moins. Car je sais que vous faites des tas de choses.

— Eh bien, je suis soulagé. J'avoue que jouer les entremetteurs ne me plaisait pas vraiment.

Après l'avoir une nouvelle fois inspectée avec curiosité, il ajouta :

— La journée a été exceptionnellement éprouvante, aussi je vais vous laisser vous reposer. Reprenons cette conversation une autre fois, si vous voulez bien.

Gwen sentit son cœur se serrer. Cette dernière remarque n'était pas bon signe.

— Non, je vous ai dit de continuer comme avant ! Tous les ans, vous m'annoncez que nous allons avoir une petite conversation mais, finalement, les propos que nous échangeons lorsque nous nous croisons peuvent à peine passer pour une conversation.

— C'est vrai, Gwen, répondit-il avec un sourire affable. Je vais vous souhaiter un bon après-midi, maintenant.

Et – horreur ! – il s'inclina devant elle.

Alex jouait au *gentleman* !

C'est-à-dire qu'il ne la croyait pas le moins du monde. Il comptait toujours établir cette fichue liste !

Comme il se dirigeait vers la porte, elle jeta :

— Alex, je parlais sérieusement.

La main sur la poignée, il lui adressa un coup d'œil par-dessus l'épaule.

— Magnifique, dit-il gentiment. Soyez aussi rebelle qu'il vous plaira. Dieu sait que ce n'est pas à moi de prêcher la vertu ni de désigner le droit chemin. Maintenant, si ça ne vous ennuie pas, je dois vraiment…

— Puis-je aller à Paris avec vous, alors ?

Il se retourna lentement, avec une expression de désarroi plutôt comique.

— À Paris ? Avec moi ? Vous êtes sérieuse ?

— Parfaitement. Vous me feriez visiter la ville.

Il eut un rire ouvertement incrédule.

— Vous faire visiter la ville ! Vous emmener au Louvre, vous voulez dire… Et puis prendre le thé aux Tuileries et mettre des fleurs à sécher dans nos albums.

Elle fit la grimace.

— Les Tuileries n'ont rien d'original et les musées ne m'intéressent pas spécialement. Ce que je veux, c'est rendre la monnaie de sa pièce à Pennington ! Et après ça, eh bien, j'ai déjà vu beaucoup d'endroits : l'Opéra, l'Exposition, cette nouvelle tour qu'ils ont bâtie – elle se balance dans le vent, c'est positivement effrayant. Mais je n'ai rien vu de vraiment amusant. De ces choses que les filles convenables ne voient jamais !

La main d'Alex lâcha la poignée de la porte.

— Vous êtes une barbare ! La tour Eiffel est un miracle d'ingénierie. Quant au reste – je n'ai aucune idée de ce que vous voulez dire. Les halles ? Les ateliers ?

— Les lieux mal famés ! Le Bal Bullier, le Moulin-Rouge, les endroits où les dames dansent le french cancan toute la nuit...

Il faillit s'étrangler.

— Allez plutôt en Italie, Gwen. C'est plus amusant. Les pâtes au pesto, Rome, les Médicis – qui peut y résister ? Vous achèterez une bague empoisonnée et proposerez au vicomte de l'échanger contre la vôtre.

— Il n'est sûrement pas déjà en Italie. Paris est forcément sa première halte. Or mon objectif est de récupérer la bague de Richard, je vous l'ai déjà dit.

— Et je vous ai dit que je m'en chargeais, répliqua-t-il avec une pointe d'agacement. Aussi, arrêtez de vous creuser la tête. Nous reparlerons de tout ça plus tard. Pour le moment, allez vous reposer !

Ce fut son sourire conciliant qui vint à bout de la patience de Gwen.

Il ne croyait pas un mot de ce qu'elle disait.

Eh bien, elle connaissait une façon rapide de prouver le sérieux de ses intentions ! Les suffragettes et les actrices l'avaient testée. Il allait se moquer d'elle, sûrement, mais au moins il ne pourrait plus douter de sa détermination.

— Attendez, dit-elle comme il ouvrait la porte.

Il se retourna en soupirant.

— Pour l'amour de Dieu, qu'y a-t-il encore ?

— Vous avez promis de me rendre un service, tout à l'heure...

— Je ne vous emmènerai pas à Paris ! Je ne suis pas votre chaperon.

— Non ! Ce n'est pas ce que je voulais demander.

Refermant de nouveau la porte, il fourra les mains dans les poches et attendit. Le bruit de sa botte indiquait qu'il ne lui accorderait pas longtemps.

— Allez-y.

Elle était grande pour une femme mais, regardant ses lèvres, il lui parut prudent de mettre toutes les chances de son côté.

— Asseyez-vous d'abord.

Levant les yeux au ciel, il s'assit.

— Je suis prêt.

Ignorant le sarcasme, elle remercia d'un hochement de tête et marcha avec détermination vers lui.

Il haussa légèrement les sourcils.

Elle sourit.

— Ne bougez pas, dit-elle comme il inclinait la tête de côté.

Lorsque la robe de Gwen balaya son genou, il fronça les sourcils et s'apprêta à dire quelque chose. Ce dont il n'eut pas le temps. Elle avait empoigné ses bras et plaqué sa bouche sur la sienne.

Il avait des biceps durs comme de la pierre. Des lèvres chaudes. Une odeur de savon... il avait dû plonger tout récemment son corps dans une baignoire, son corps complètement nu.

À cette idée, elle sentit une douce chaleur envahir son ventre. Ses mains remontèrent d'elles-mêmes sur les épaules d'Alex et elle pressa sa bouche plus ardemment contre la sienne. Voir un homme nu... Mon Dieu, allait-elle vraiment ajouter cela à sa liste ?

Très doucement, il s'écarta et dit avec un plaisir manifeste :

— Gwen, c'est... Ce n'est pas convenable.

Les joues en feu, elle recula. Il restait parfaitement immobile, ses yeux bleus rivés à ceux de la jeune fille, l'expression impénétrable. Quels cils sombres et longs il avait ! Elle eut envie de les toucher, de gratitude ou d'émerveillement : contrairement à ce qu'elle avait craint, il ne se moquait pas d'elle.

— Non, dit-elle. Je vous l'ai dit, j'en ai fini avec les conventions. En revanche, il y a une question que je veux étudier de manière scientifique. Je ne peux croire que tous les hommes embrassent mal...

Les narines d'Alex s'écarquillèrent.

— Et alors ?

— Et alors, ce n'est pas votre cas. Loin de là...

Il se mit brutalement debout.

— Loin de là, répéta-t-il d'un ton grave. Gwen, vous avez besoin de *repos*.

Rien d'étonnant à ce qu'il n'ait pas souri. Il la croyait prise de quelque folie.

— Je me sens très bien. D'ailleurs, les actes sont plus parlants que les mots. Aussi, voyez dans mon baiser une preuve...

Il émit un bruit étrange, à mi-chemin entre le ricanement et le grommellement.

— C'était à peine un baiser...

— ... une preuve que j'en ai fini avec les bonnes manières.

Et aussi avec les jugements des mâles ! Cette prétentieuse engeance pouvait bien la dénigrer, elle s'en moquait !

— En conséquence, ne gaspillez pas votre temps à établir une liste de candidats possibles, car je ne me marierai pas, même si vous m'appuyiez une arme sur la tempe – une politique que *vous*, entre tous, devriez comprendre... Et si ce n'était pas un vrai baiser, ce n'est pas ma faute, quand même. Un homme comme vous devrait savoir que chacun doit y mettre du sien ! ajouta-t-elle.

Il en resta bouche bée. Enfin, pour la première fois de sa vie, elle l'avait surpris ! Ou vexé ?

Quelle étrange et fascinante idée ! Cela lui donna envie d'être généreuse.

— Ne vous tracassez pas. Je suis sûr que vous pouvez faire mieux. Vous êtes à peu près au niveau de Trent.

Elle se détourna mais il la retint par le coude.

— Je vous demande pardon ?

Et voilà qu'il s'offensait ! Alex Ramsey, le célibataire endurci de Londres, prenait la mouche au sujet du baiser !

— J'ai dit que vous étiez à peu près du niveau de Trent. Et bien au-dessus de Pennington ! Et je suis sûre...

Le pouce d'Alex caressait son bras. Ce petit geste était-il délibéré ?

— Je suis sûre que d'autres hommes se situent en dessous de vous, si cela peut vous rassurer.

— Oui, en effet, dit-il d'un ton sarcastique.

Soudain, il l'attira à lui, souleva son menton et prit ses lèvres.

Quel triomphe ! Pousser Alex à l'embrasser après qu'il eut essayé de jouer au grand frère ! Elle n'avait jamais imaginé posséder un quelconque talent pour la séduction mais, pour son premier jour de femme libérée, elle s'en sortait rudement bien ! Quant à la performance d'Alex, il fallait avouer qu'elle était à la hauteur de ses espérances. Sa bouche caressait la sienne, ce qui était plutôt agréable. Puis ses dents mordillèrent doucement sa lèvre supérieure...

Il la goûtait, pressant doucement ses lèvres sur les siennes. Elle posa les doigts sur sa joue un peu rugueuse et sentit une main ferme se plaquer sur sa taille... C'est à ce moment-là que la langue d'Alex s'insinua dans sa bouche.

D'étranges zones de son corps s'éveillèrent brusquement – sa nuque, son ventre, l'endroit le plus intime de sa personne... Il avait le goût du thé d'Elma : elle n'en boirait plus jamais sans l'apprécier.

Éperdue, elle plongea ses doigts dans l'épaisse chevelure d'Ales, qui abandonna sa bouche pour aller picorer son cou. Soudain, elle eut l'impression de fondre, et crut que ses jambes allaient se dérober sous elle...

Les mains d'Alex empoignèrent ses hanches et l'obligèrent à se baisser. Elle atterrit sur un fauteuil et il s'agenouilla devant elle, l'enserrant entre ses bras, cherchant de nouveau sa bouche. La langueur qui prenait possession d'elle fit place à une sensation plus vive, plus exigeante ; elle entrouvrit la bouche...

Il s'écarta si brutalement que les mains de Gwen restèrent un moment en l'air avant de retomber sur ses genoux.

— Voilà qui devrait satisfaire votre curiosité, jeta-t-il sèchement.

Hagarde, elle leva les yeux vers lui. Le dessin dur de sa mâchoire l'intrigua. Il avait pris plaisir à ce baiser, non ? Sa poitrine s'élevait et s'abaissait rapidement, ce qui, dans les romans qu'elle dévorait, était la marque de la passion – son propre souffle, brûlant et court, semblait le confirmer.

Peut-être avait-il l'impression d'avoir trahi le frère de Gwen ? Oui, c'était plausible.

— Je suis désolée, dit-elle. Je vous ai provoqué, je l'avoue. Richard saura sûrement que c'est ma faute.

Durant un instant, il garda le silence. Puis, relâchant sauvagement son souffle, il dit sans desserrer les dents :

— Allez vous coucher, Gwen. Il semble que vous ayez perdu votre jolie petite tête.

Puis, tournant les talons, il sortit en claquant la porte.

Doux Jésus ! C'était la première fois qu'elle le voyait s'emporter contre elle.

Mais c'était aussi la première fois qu'elle embrassait un roué.

— Ma nouvelle vie commence..., murmura-t-elle en se levant.

Avec ou sans compagnon, elle allait acheter un billet pour Paris !

5

— Tu me fais perdre mon temps ! cria Bruneau.

Du coin de la salle, une voix fusa :

— Fais attention à toi, mon gars !

En français, ce qu'Alex comprit sans peine.

Bruneau avait une bonne raison de se plaindre. Ils tournaient l'un autour de l'autre depuis trois longues minutes, le bras droit replié sur la poitrine, les coudes pointés en guise de bouclier. Apparemment, le Français n'avait pas l'habitude d'affronter des adversaires qui évitaient de s'engager.

Mais il était vrai que, parmi les gens qui pratiquaient la savate, peu détestaient autant se battre qu'Alex.

Il inspira l'air chaud, alourdi par l'odeur de sueur qui régnait dans la salle d'armes. Lorsqu'il était à Paris, il ne ratait jamais une occasion d'y venir s'entraîner. Bien qu'il ne l'ait jamais fait dans cet état. En cinq jours, il n'avait pas pris plus de dix heures de sommeil en tout. Il savait à qui il le devait…

Changeant de posture, il offrit à Bruneau une occasion d'attaquer.

Celui-ci fit mine de se lancer en avant. La ruse était visible, et Alex ne sourcilla pas.

— Quel rabat-joie ! grommela l'homme. Je ne suis pas venu pour jouer !

93

Il aurait pu épargner son souffle ; Alex ne répondait à aucune provocation depuis sa première année à Rugby. Cette année-là, les origines de Richard avaient fait de lui, et de ses amis, une cible pour les brutes. Richard se bagarrait comme un chat sauvage et fulminait contre la retenue d'Alex. « Pourquoi tu ne le leur rends pas ? Ton frère ne t'a pas appris à te battre ? On dit qu'il pourrait jeter par terre le champion de lutte George Steadman en personne ! »

Pour toute réponse, Alex haussait les épaules. Expliquer était trop compliqué. Il ne savait pas, à ce moment-là, se battre sans se mettre en colère – or les émotions fortes et l'effort physique mêlés auraient vaincu ses poumons avant que les grands aient eu le temps de lever la main sur lui. Entre étouffer et mourir, et apprendre à endurer, il avait choisi la seconde option.

La deuxième année, bien sûr, les choses avaient changé.

Pivotant sur place, Alex se mit à tourner en sens inverse des aiguilles d'une montre. La façon dont il se battait révélait le caractère d'un homme et, la veille, il avait vu Bruneau terrasser trois adversaires en un temps record. C'était un homme au sang chaud, sûr de lui, et impatient – non pas de se battre, mais de gagner. La victoire était son seul objectif. Sur ce point, il n'était pas différent d'Alex. Si l'on était capable de gagner, il aurait été stupide de se battre pour perdre.

La différence résidait dans leurs méthodes. Pour Bruneau, prendre le temps de s'assurer la victoire était inutile. Alex, lui, ne s'intéressait pas aux victoires faciles. On se battait pour se mesurer avec quelqu'un, et un combat trop vite gagné laissait le perdant incertain quant aux raisons de sa défaite. Il pouvait se la reprocher au lieu de la mettre uniquement au crédit de son adversaire.

Alex bondit. Le Français esquiva d'un saut en arrière. Se reprenant, Bruneau décocha un coup de pied, mais Alex s'était déjà écarté.

— Pathétique ! ricana le Français.

— Mmm...

Les autres hommes présents dans la salle s'étaient adossés au mur pour regarder, et leurs voix formaient un étrange brouhaha, distant du tonnerre qui emplissait les oreilles d'Alex. Il ne perdrait pas ce match. Bruneau avait commencé à s'entraîner dès l'enfance, dans les rues de Paris. Il était aussi un peu plus grand, ce qui était préférable pour la savate.

Mais Alex avait un avantage. Il détestait se battre. Cela faisait neuf ans qu'il venait dans cette salle, et chaque fois qu'il franchissait le seuil, il refoulait sa nausée, tout comme pendant sa première année à Rugby, lorsqu'il voyait surgir Reginald Milton. Pour aiguiser les réflexes, rien de plus efficace que la peur. Même la colère ne l'égalait pas.

— T'es un lâche ? ricana Bruneau.

— Oui !

La réponse vint à bout de la patience de Bruneau. Il passa à l'attaque. Alex esquiva le pied qui passait près de sa tête, et tournoya pour rendre le coup. Bruneau le bloqua en lui envoyant son poing dans le menton. Comme Alex reculait en titubant, l'homme pivota et son pied frappa Alex en pleine poitrine.

Un peu plus de sommeil n'aurait pas été inutile. Maudite Gwen ! Il s'efforça de chasser de son esprit l'image de la jeune femme. Depuis une semaine à présent, son souvenir se révélait plus difficile à vaincre qu'un parasite africain – l'un de ces vers qui, disait-on, rendaient aveugle.

Cédant au choc, il recula afin de reprendre son équilibre. Comme il pivotait, il vit le poing de Bruneau arriver droit sur sa tête. Erreur... Alex bloqua le poing, et enfonça le coude dans la gorge de son adversaire. L'homme recula précipitamment, le souffle coupé.

Gerry serait fier, non ? Il disait toujours que pour se battre, personne n'égalait un Anglais.

Bruneau se remit rapidement. Comme il lançait un pied, Alex recula en hâte, sauvant sa rotule mais sacrifiant son équilibre. Là, comme chaque fois que la défaite se laissait entrevoir, il éprouva un instant de clarté momentanée, d'accord parfait entre le corps et l'esprit qui semblait arrêter le temps... Il n'avait pas d'autre choix que de se laisser tomber. Ce qui ne signifiait pas qu'il était fichu. Il parvint à chanceler juste assez longtemps pour que Bruneau ait l'idée de s'approcher. Puis il se laissa tomber comme une pierre. Ses paumes claquèrent sur le sol.

Un éclair passa sur la grosse figure de Bruneau juste avant qu'Alex lance son pied et balaie les chevilles de son adversaire. Le Parisien bascula en arrière. Sa tête heurta violemment le sol.

Pour une raison inconnue, les Parisiens pensaient toujours que les Anglais ne connaissaient pas cette parade.

Alex se remit debout. Bonté divine, il se sentait bien ! C'était une bien meilleure façon de commencer la journée qu'une tasse de café. Il s'inclina pour remercier les gens qui applaudissaient puis rejoignit Bruneau qui, à moitié groggy, fixait le plafond en clignotant des yeux.

— Ça va ? demanda-t-il.

L'homme s'assit, secoua la tête et adressa à Alex un sourire brouillé.

— Tu essaies ça de nouveau, et tu verras ce qui t'arrivera !

— Demain, alors ?

Il prit la main de Bruneau et l'aida à se relever. Ou bien tout de suite, faillit-il ajouter, comme l'adrénaline refluait et qu'il reprenait conscience de ce qui l'entourait : la salle avec ses sabres croisés sur le mur, le vacarme des voitures et les cris des marchands ambulants montant de la rue.

Et puis, hélas, le souvenir du télégramme exaspérant de Belinda qu'il avait reçu à l'hôtel, ce matin.

Gwen partie pour Paris avec Elma stop crains qu'elle
cherche vicomte stop Elma inconsciente je t'en prie rai-
sonne-la stop

Normalement, Gwen aurait dû être en train d'ouvrir
ses cadeaux de mariage, d'écrire des mots de remerciement. Alex avait eu hâte d'en recevoir un, d'ailleurs. Il
aurait signifié la fin de ses obligations envers Richard.

Au lieu de quoi, Gwen débarquait à Paris ! Une volte-
face qui éveillait en lui un pressentiment irrationnel.
Pressentiment ? En vérité, c'était à peine un pincement
au niveau des entrailles, comme une indigestion. Mais
il n'existait pas d'autre mot pour cette sensation. En
principe, Gwen était aussi facile à satisfaire que ses
sœurs et ses nièces – un petit groupe charmant, peu exigeant, ne demandant que des cadeaux lorsqu'il revenait en vacances, un mot pour chaque anniversaire, et
une carte postale de temps en temps... Gwen n'aurait
pas dû être à Paris. *Lui* non plus. Il n'avait ni à la surveiller ni à jouer les tuteurs auprès de son frère. Si
Gerry avait vendu des terres à Rollo Barrington, eh
bien, tant mieux pour Bollo Barrington ! Alex, lui,
aurait dû être à Lima, pour enquêter sur les combines
de Monsanto.

Au lieu de cela, il se trouvait aux antipodes, à la
recherche d'un dénommé *Rollo*, ce qui lui valait de perdre son temps avec une bande de lunatiques. Gerry
refusait de justifier son comportement et rien n'expli-
quait que Pennington puisse fuir trois millions de
livres. Quant à Gwen si elle trouvait qu'il embrassait
à peu près aussi bien que Trent, c'était qu'elle avait reçu
un bon coup sur la tête !

Bruneau lui asséna la traditionnelle tape dans le dos,
et il la lui rendit, comme il se devait. Le Français marmonna quelque compliment.

L'usage aurait voulu qu'Alex suggère d'aller prendre
un verre dans le bar de l'autre côté de la rue, où ils se

raconteraient des histoires de combats et d'adversaires déloyaux, et échangeraient des sarcasmes qui mettraient un peu de piment dans le match du lendemain. Il aurait été heureux de payer une tournée mais, hélas ! il devait traquer non seulement Barrington mais aussi une héritière naïve et son chaperon au tout petit cerveau.

Maudite soit l'invention du télégramme !

Le Tout-Paris grouillait sur les boulevards, se bousculant sous les branches des arbres en fleurs. Assis sur des bancs verts, des jeunes gens à la mode, veste blanche à col de fourrure et pantalon étroit, fumaient précautionneusement une cigarette plantée entre les deux pointes cirées de leur moustache. Des dames élégantes sautaient sans crainte de l'omnibus, et des domestiques vaquaient sans entrain à leur mission – nounous accompagnant des petits garçons en culottes de velours et manchettes de dentelles, servantes tirées par d'horribles caniches au poil ras qui se ruaient dans les jambes des jeunes vendeuses d'œillets. Les réverbères étaient tapissés d'affiches de théâtre aux couleurs vives, et la voix éraillée d'un vendeur de journaux récitait les grands titres sans discontinuer.

Assise à la terrasse d'un charmant petit café, Gwen buvait un verre de vin. Émerveillée. Elle était déjà venue deux fois à Paris, mais ses matinées avaient été englouties dans les couloirs sombres du Louvre, et ses après-midi dans les boudoirs satinés des couturiers – Laferrière, Redferns ou Worth. La veille, Elma avait tenu à passer la soirée dans une loge étriquée de l'Opéra. Mais le vrai Paris ne se trouvait pas à l'intérieur de quatre murs, quels qu'ils soient. Il était ici, défilant devant elle pour son plus grand plaisir tandis que le gentleman de la table voisine buvait son curaçao sans même lui adresser un seul regard.

Elle était très contente d'elle-même. Son guide Baedeker affirmait que les dames pouvaient sans enfreindre les convenances fréquenter les cafés du côté sud du boulevard, mais l'auteur n'avait certainement pas imaginé qu'elle le ferait sans chaperon.

Tout sourire, elle revint au journal ouvert devant elle. Le *Galignani's Messenger* publiait tous les jours la liste des Britanniques qui arrivaient à Paris ; le vendredi, on y trouvait aussi les noms de ceux qui se dirigeaient vers d'autres pays du continent. Un rapide coup d'œil ne releva pas celui de Thomas. Il devait donc être encore ici. Mais où rôdait-il ? Le concierge du Grand Hôtel du Louvre avait procédé pour Gwen à une enquête discrète ; elle savait donc qu'il n'était pas dans le même hôtel qu'elle, ni au Meurice, au Brighton, au Rivoli, au Saint James Albany. Il n'était même pas allé déjeuner ou dîner chez Lucas. Toutes choses incroyables de la part d'un Anglais.

— Vous passez un bon moment ?

Elle pivota le buste, le cœur battant. Comment, *diable*, était-ce possible ?

— Alex !

— En personne...

Il était l'image même du vrai Parisien bien nanti : costume gris, gilet gris, feutre gris, gants gris et cravate grise, nouée mollement à la manière des gens du cru. Les cernes noirs autour de ses yeux trahissaient l'homme qui profitait de ses nuits autant que de ses journées.

Il désigna la chaise vide en face de Gwen. Elle hocha la tête. Que pouvait-elle faire d'autre ?

Comme il s'asseyait, faute de place, son genou toucha le sien, et il lui adressa un grand sourire qui la surprit. Peut-être avait-il changé de caractère en même temps que de tenue ? La vue de sa gorge dénudée la troubla. Elle avait vu quantité de jeunes Parisiens avec une cravate nouée aussi lâchement. Mais sur Alex, l'effet était... perturbant. On aurait dit qu'il avait été dérangé pendant qu'il s'habillait.

Elle se rappela soudain que la dernière fois qu'elle l'avait vu, il venait de l'embrasser avec l'habileté d'un expert. Elle sentit ses joues s'échauffer.

Il jeta une jambe par-dessus l'autre et regarda autour de lui, parfaitement à l'aise, comme s'il ne s'était pas lancé à sa poursuite. Quant à elle, elle demeura immobile, s'efforçant d'ignorer sa respiration saccadée et les picotements qui vrillaient ses doigts.

Les pommettes d'Alex avaient un dessin net, presque austère. Ses lèvres devaient donner des rêves fiévreux aux femmes de mœurs légères. Lesquelles lèvres ne semblaient pas vouloir bouger pour parler...

— Qu'est-ce que vous faites là ? ne put-elle retenir.

— Quelle question stupide ! Je vous avais dit que j'allais à Paris.

Le sourire qui faisait frémir sa bouche évoquait diverses perspectives indécentes.

— Je devrais peut-être vous demander si vous me suivez, reprit-il.

— Quelle question stupide ce serait, puisque, durant notre dernière conversation, j'avais exprimé l'intention de venir à Paris ! s'écria-t-elle, irritée.

— Je crois l'avoir dit en premier.

— Oui, mais l'idée m'est venue séparément. Elle n'a rien à voir avec vous.

— Vous...

Il passa une main sur sa figure et marmonna quelque chose qu'elle ne put comprendre. Puis, se renversant sur le dossier de sa chaise, il sourit.

— Ah, quelle importance ! Paris est assez grand pour nous deux.

— Alors, pourquoi êtes-vous ici, à la terrasse de *mon* café ?

Un nerf palpita brièvement dans la mâchoire d'Alex.

— Cette question-là est bonne, dit-il enfin. Mes sœurs n'ont aucune confiance dans votre chaperon, et apparemment leurs soupçons sont fondés. Cette chère Mme Beecham fait la sieste avec des tranches de concombre sur les paupières pendant que vous déambulez et collectionnez les carafes de vin…

— Vous avez trouvé le mot que je lui ai laissé.

Le coin de la bouche d'Alex se retroussa, mais cela ne parut pas être un signe d'amusement.

— Oui, je l'ai trouvé.

— Bon, j'espère que vous n'êtes pas venu pour me ramener de force à Londres. Je crois avoir clairement exprimé mon opinion sur ce projet ridicule de me marier en automne.

— Oui. Je n'ai pas l'intention d'infliger votre compagnie à un pauvre innocent, mademoiselle Maudsley. J'aimerais seulement que mes sœurs soient du même avis. En effet, je suis venu à Paris dans l'espoir d'y passer quelques jours de vacances.

Comme pour illustrer cette déclaration, il offrit son visage au soleil. Une brise balaya la table, il ferma les yeux et se laissa glisser un peu sur sa chaise, s'étirant comme un chat au soleil.

— Hmm…, fit-elle, sceptique.

À sa connaissance, Alex n'était jamais allé nulle part pour un motif aussi trivial que des vacances.

Mais le son ne fit même pas frémir ses cils. Il cacha un bâillement sous sa paume. Peut-être disait-il la vérité, finalement. C'était un fait qu'elle ne l'avait jamais vu aussi… insouciant.

Profitant de cette attitude inhabituelle, elle s'autorisa à se pencher en avant pour le regarder avec attention. Sa bouche était réellement remarquable. Les hommes étaient-ils censés avoir de telles lèvres ? Elles étaient légèrement plus sombres que sa peau, la supérieure à peine plus saillante que l'inférieure, mais pas aussi pleine. Les contours étaient si nets qu'elle aurait pu les dessiner, si elle avait eu sous la main une feuille de papier et un crayon.

— Avez-vous retrouvé le vicomte ? demanda-t-il sans ouvrir les yeux.

Elle recula sur sa chaise.

— Pas encore.

Les yeux d'Alex se plantèrent directement dans les siens.

— Je vous ai dit que je le chercherais pour vous. Vous m'en croyez incapable ?

Curieusement, elle ne se souvenait pas que ces yeux lui aient fait autant d'effet. Ils étaient d'un bleu étonnant et possédaient un indéniable pouvoir hypnotique.

— Je ne doute pas de vos talents et je sais que mon frère aurait apprécié votre offre. Mais je suis venue à Paris pour plusieurs raisons, dont l'une est de faire savoir au vicomte l'immense dégoût que m'inspirent ses faits et gestes... J'avais écrit une lettre à ce sujet, mais quelqu'un m'a interdit de la poster, ajouta-t-elle après une pause.

— Interdit ? répéta-t-il, amusé. Vous obéissez aux ordres ? Voilà qui me paraît très conventionnel.

— Je suis un esprit libre encore débutant, s'excusa-t-elle avec un haussement d'épaules. Mes ailes n'ont pas fini de pousser, mais vous avez raison ; à l'avenir, je m'efforcerai de vous ignorer *complètement*... Même si vous continuez à me poursuivre partout de cette façon si fraternelle.

Il se redressa en riant.

— Fraternelle ? Quelles sornettes vous ont donc raconté mes sœurs ? Je crois que la dernière fois où je me suis montré fraternel, c'était en 1876, quand Belinda s'était écorché le genou... Vous voulez que j'examine vos genoux, mademoiselle Maudsley ?

— Mes genoux vont très bien, rétorqua-t-elle en pointant le menton.

— Ah, vous m'en voyez ravi.

Il posa l'index sur la carafe de Bourgogne et dessina un chemin dans la buée.

— Espérons qu'ils restent ainsi, car je soupçonne que vous avez de très jolis genoux et s'enfuir peut être dangereux. Il arrive qu'on dérape, qu'on les écorche.

Elle regarda ses mains. Il avait des doigts longs et élégants, faits pour des instruments de musique ; elle les avait vus jouer du piano avec une délicatesse exquise. Apparemment, ils pouvaient tout aussi facilement briser la mâchoire d'un homme – c'était du moins ce qu'on racontait lorsque ni lui ni le malheureux Reginald Milton n'étaient présents. Quant à lady Milton, la mère de Reginald, elle voyait en Alex l'incarnation du diable.

Gwen baissa les yeux sur ses propres doigts, posés sur ses genoux. Ils étaient épais et courts, tels ceux d'une blanchisseuse, ce qui n'était même pas une image puisque sa grand-mère paternelle avait été fille de cuisine dans l'un des domaines de la famille Roland. Fait qu'elle s'abstenait de mentionner lorsqu'elle soupait avec le baron et la baronne Roland, bien sûr.

Enfin, peut-être que la prochaine fois, elle le ferait.

— Je ne m'enfuis pas, riposta-t-elle. J'ai vingt-trois ans. J'ai le droit de partir – quand et où ça me plaît.

— Admirable philosophie, murmura-t-il en tapotant des ongles sur la carafe. Mettez-la à l'épreuve quand vous serez sobre, pour commencer !

Elle se renfrogna. Il regarda derrière elle et fit signe au serveur, un garçon maigre dont les cheveux noirs, séparés par une raie, recouvraient tout juste deux oreilles en feuille de chou.

— Vous vous êtes brouillée avec Mme Beecham ? demanda Alex après avoir commandé un bock.

— Comment ? Non, bien sûr. Hier soir encore nous sommes allées à l'Opéra… Plutôt tragique, en fait.

— Le spectacle était une tragédie ?

— Oh, non ! Mais ni elle ni moi ne comprenions ce français chanté et nous avons manqué de monnaie pour les pourboires. Ce n'était pas du tout notre faute ! Quand la placeuse a insisté pour nous installer dans des fauteuils avec des repose-pieds délabrés, nous lui avons donné toutes nos pièces. Si bien que lorsqu'une autre est arrivée avec le programme, nous avons voulu refuser. Mais, apparemment, elle ne *proposait* pas de le vendre, elle l'*exigeait*. Quelle grossièreté ! J'ai dit à Elma que je ne reviendrais pas. Et je tiendrai parole, même si elle s'efforce de me faire changer d'avis.

— Elle se souciait moins de l'opéra que de votre refus, dit Alex en riant.

— Je croyais qu'elle faisait la sieste.

— Oui, mais elle a brièvement daigné soulever l'une des tranches de concombre...

Gwen soupira et prit une gorgée de vin pour se donner du courage.

— Elma a une centaine d'amis à Paris et elle veut tous les voir ; elle a établi une liste qui couvre trois pages. Aujourd'hui, elle va au faubourg Saint-Germain. Demain, ce sera la rue de Varenne et la rue de Grenelle. Douze, quinze familles de suite... De toute façon, reprit-elle, je lui rends service en ne la suivant pas. Tout le monde voudra entendre le dernier commérage qui court à Londres, et, puisque j'en suis moi-même l'objet, ma présence l'empêcherait de l'aborder.

— C'est très généreux de votre part. Où êtes-vous allée, alors ?

Elle tenta de ne hausser qu'une épaule, comme lui. Avec pour résultat de réveiller une crampe dans son cou.

— Tous les endroits où l'on peut espérer trouver un gentleman anglais.

Le garçon réapparut avec un bock de bière. Elle eut envie d'y goûter car, en ce qui la concernait, le temps des désirs réprimés était fini.

— Moi aussi, s'il vous plaît !

— Ce n'est pas un peu trop, après le vin que vous avez déjà bu ? demanda Alex.

104

— Seul un frère dirait une chose pareille !

— Un frère vous porterait jusqu'à l'hôtel mais, sur ce point, vous pouvez être tranquille : je ne me donnerai pas ce mal.

Elle ne put retenir un sourire. Alex était le seul homme de sa connaissance qui semblait vous inviter à lâcher des incongruités. Avant, ce travers l'avait toujours agacée car elle se sentait obligée d'ignorer ses provocations. Mais, à présent, pour la première fois, elle pouvait répliquer avec la même insolence, et l'effet en était étrangement enivrant.

— J'ai la tête solide, vous savez.

— Oui, j'ai entendu dire que vous avez bu un jour deux verres entiers de grenadine.

— Et moi, j'ai entendu dire que les sarcasmes ne remplacent pas l'intelligence.

— Vous avez entendu ça ? Les héritières kidnappées ne se trouvent pas seulement dans les romans.

— Kidnappée ? s'esclaffa-t-elle. Est-ce que ce ne serait pas follement ironique ? Abandonnée par deux hommes, et kidnappée par un troisième ?

Il se tut une minute, puis reprit d'un ton plus grave :

— Vous ne devriez pas sortir seule. C'est tout ce que je veux dire. Le monde n'est pas aussi gentil qu'il en a l'air à Mayfair.

— Ah bon ? Gentil, vraiment ? Je devais avoir une mauvaise vue, la semaine dernière, lorsque je me suis retrouvée seule face à l'autel.

— Je ne parle pas de sentiments blessés, dit-il posément. Les choses tristes surviennent, où qu'on soit. Vous n'avez qu'à penser à votre frère pour le comprendre.

Surprise, elle leva les yeux sur lui. Ils n'avaient jamais parlé de la mort de Richard. Les détails ne lui étaient parvenus que par les jumelles.

— Il me manque, avoua-t-elle.

— Oui. À moi aussi.

La sobriété de sa réponse l'accabla un peu plus. Richard lui avait été cher, à lui aussi.

C'était Alex qui lui avait rapporté la bague.

— Je n'en reviens pas de m'en être séparée, murmura-t-elle.

Il haussa les épaules. Visiblement, il n'avait pas besoin de demander de quoi elle parlait.

— Vous pensiez épouser cet homme, Gwen.

Il n'y avait pas de reproche dans son ton. Et Elma et les jumelles avaient dit la même chose. Pour qu'elle se pardonne à elle-même ?

Comme elle s'était leurrée ! Elle n'avait même pas eu le courage d'admettre sa propre hypocrisie. Y penser lui soulevait l'estomac. C'était comme ce jeu d'enfant dans lequel on tournait en rond, encore et encore, jusqu'à ce qu'on arrive à se convaincre que ciel et terre ont changé de place, et que l'horizon paraît si proche qu'on pourrait le toucher. Mais, quand on s'arrête, le monde nous rattrape et tout redevient comme avant...

Sa commande arriva, troublant ses pensées. Ne sachant trop comment se débarrasser de la mousse de la bière, elle décida de plonger ses lèvres dedans, et releva la tête pour s'essuyer le nez.

Alex sourit.

— *Oui* ? dit-il en français.

— *Oui*, répéta-t-elle parce qu'elle aimait ce sourire, et le fait qu'il ne la grondait pas.

Mais le goût de la bière l'écœurait.

— J'ai l'impression que vous vous êtes lancée dans une mission plus vaste, ici, à Paris ?

— J'ai l'intention, en effet, de vivre de nouvelles expériences. La vie est trop courte pour la passer uniquement à se tenir bien, vous ne trouvez pas ? Vous devriez être mon maître, Alex.

Il planta un coude sur la table et cala le menton dans sa paume.

— Je vous conseillerai de chercher un maître ailleurs, car je ne connais aucun lieu décent.

— Peut-être que je ne veux pas aller dans les lieux décents.

Le sourire d'Alex devint contemplatif.

— Le seul endroit où je saurais quoi faire de vous, c'est un lit.

Elle se figea, le verre pressé contre la bouche. Il ne voulait sûrement pas dire…

— Si, si, vous avez bien compris. Et croyez-moi, il n'y a rien de fraternel là-dedans.

Les mots lui firent l'effet d'un coup de poing en pleine figure. Elle se hâta de reposer son verre de peur de le lâcher, puis jeta un regard paniqué autour d'elle. Personne ne semblait avoir entendu.

— Vous n'en avez pas le caractère, Gwen.

Il avait une jolie voix, à la fois grave et pure. *Gwen…* Elle ne s'était jamais rendu compte à quel point son nom pouvait être joli à entendre.

— Quoi… Qu'est-ce que vous voulez dire ?

Grands dieux ! Qu'auraient dit les sœurs d'Alex si elles entendaient cette conversation ? Alex, s'intéresser à elle de façon… sexuelle ?

— Je n'ai pas le caractère à quoi ?

— À vous rebeller.

— Vous vous trompez. J'ai l'intention de vivre pour moi, à présent.

— Je ne discute pas vos objectifs. Mais vivre pour soi exige que vous cessiez de vous soucier de ce que les autres attendent de vous.

— Oui, je sais. Peut-être que je *veux* être jugée.

La veille au soir, Elma ne parlait plus que d'un duc, veuf depuis peu – fait peu surprenant vu ses soixante-dix ans. Mais son âge n'avait pas empêché Elma d'envisager de faire de Gwen une duchesse. Pas plus qu'il n'empêcherait cet homme de la courtiser.

— Peut-être qu'être perdue de réputation ne me déplairait pas, dit-elle.

Que faudrait-il pour écarter les soupirants ? Seul un scandale aussi vaste qu'un hippodrome pourrait compenser l'attrait de trois millions de livres. Un meurtre, le culte de Satan ? La proximité d'un autel ?

— Perdre sa réputation peut être follement gai, admit Alex qui ne cachait plus son amusement. Cependant, les conséquences pourraient vous déplaire. Vous êtes un chaton, Gwen, soit dit sans intention de vous critiquer. Vous vivez pour qu'on vous sourie, pour charmer les gens, pour qu'on vous aime. Il n'y a rien de mal à ça, bien sûr, tant que vous ne vous trompez pas de cible. Ce qui n'a pas été le cas jusqu'à présent.

Ces mots faisaient d'autant plus mal qu'ils disaient vrai. Eh bien, c'était fini. Pourquoi charmer les gens ? Ils finissaient tous par disparaître, emportés par la mort, l'indifférence, ou un caprice inexplicable. Pourquoi chercher à les retenir ? Tôt ou tard, on aboutissait à une déception.

Plus que quiconque, Alex devait le comprendre, lui qui passait sa vie à fuir sa famille et la société !

— Je vous le dis franchement, cela m'est égal.

Il se renversa sur sa chaise, et parut évaluer Gwen.

— Très bien, dit-il au bout d'un moment. Faisons un essai, voulez-vous ?

— Oui. Adressez-moi votre regard le plus noir. Grondez-moi aussi méchamment que vous voudrez.

— Oh, mais je suis la dernière personne à vous désapprouver. Je suis une canaille, non ? Non, ce qu'il nous faut, c'est quelques bons citoyens propres sur eux à choquer... Là, fit-il en désignant du menton la table derrière Gwen.

Elle se retourna. Une famille de touristes américains s'était installée. Le père, chauve, tétait son cigare tout en feuilletant *The World*, ignorant complètement le regard irrité de sa grosse épouse, que ses bajoues et son lourd collier de perles faisaient ressembler à un chien bien dressé. Leur fille, une beauté au nez retroussé, soupirait telle une martyre en fixant le trottoir. Sa robe était à la dernière mode, mais son tissu pourpre trop criard.

— Que proposez-vous ? demanda Gwen. Dois-je... m'excuser ? C'est mon père qui a inventé cette teinte, vous savez. Elle ne va à personne.

— Doux Jésus, Gwen ! Le but est de choquer. Pas de gagner les bonnes grâces d'inconnus.

— Mais ce serait choquant ! Engager la conversation sans avoir été présentée.

Le sourire sarcastique d'Alex la fit s'interrompre.

— Très bien, dit-elle, après avoir inspiré à fond.

Il voulait quelque chose de choquant ?

Elle prit sa serviette et la jeta derrière elle.

Le cœur battant, elle attendit les protestations. Cinquante ans plus tôt, recevoir une serviette sale sur la tête aurait déclenché un duel.

Un long moment s'écoula, sans que le couple pris pour cible ne proteste. Comme Alex bâillait derrière sa paume, Gwen fronça les sourcils et se retourna brièvement.

Sa serviette était tombée derrière la chaise de la jeune fille qui ne s'en était pas rendu compte et inspectait l'ourlet de son gant.

— Ça marche mieux quand on vise, dit Alex. Vous voulez une démonstration ?

Il sortit son mouchoir de sa poche, le trempa dans le vin de Gwen et le roula en boule.

— Non ! Vous ne pouvez pas faire ça. Le vin fait de vilaines taches !

Avec une grimace ironique, il reposa le mouchoir sur la table.

— C'est puéril, dit-elle. Et sans intérêt, par-dessus le marché. J'ai dit que je voulais vivre librement, pas jeter des choses dégoûtantes sur les gens !

— Non. Vous avez dit que vous ne vouliez plus vous soucier de l'opinion d'autrui.

— L'un entraîne l'autre.

— C'est précisément là où je veux en venir. Aussi, pouvez-vous reprendre ? Essayez le verre de vin.

— Le verre de vin ? Mais il se casserait !

— C'est vrai. Et bruyamment, en plus.

Il prit le verre de Gwen et tendit la main en travers de l'allée.

Ses doigts s'ouvrirent.

Le verre se fracassa.

— Oh…, murmura la jeune fille américaine.

Les autres clients jetèrent un coup d'œil, certains rougirent à la place du fautif.

Il n'y avait pas de quoi fouetter un chat, vraiment. Gwen haussa les épaules.

Alex leva son verre comme pour porter un toast puis le lâcha dans l'allée.

Des cris s'élevèrent. L'Américaine assise derrière Gwen déclara que son geste était délibéré. L'homme qui buvait du curaçao bondit sur ses pieds, et Gwen comprit vaguement qu'il se plaignait d'avoir reçu des gouttes de vin sur son pantalon.

— Vous êtes toute rouge, dit Alex très calmement. Un peu… mal à l'aise ?

D'un geste désinvolte des doigts, il balaya le verre d'eau de Gwen de la table.

Du coup, des passants s'arrêtèrent et restèrent là, à observer.

Gwen n'osait plus bouger. Alex planta les coudes sur la table et se pencha pour chuchoter :

— Il semble que nous allons tomber en panne de matériel. Il ne reste que la carafe. Ou bien, si c'est un vrai drame que vous voulez, je peux renverser la table.

— Non, jeta-t-elle.

— Oh, pardon… vous aimeriez le faire vous-même ?

— Ce n'est pas se rebeller, ça ! C'est détruire au hasard.

Il haussa les épaules.

— Une table, un verre, un personnage de jeune fille du monde... tous se brisent facilement. Dommage, non ?

Une main saisit le bras de Gwen. Le serveur lui tenait des propos incompréhensibles dans une pluie de postillons.

Alex se pencha et agrippa le poignet du garçon, en lâchant quelques mots brefs. Ce dernier poussa un petit cri tout en desserrant les doigts. Quand Gwen se fut dégagée, Alex lâcha le poignet du serveur, lequel se lança dans une violente diatribe dont elle ne saisit que deux mots : *gardes municipaux*.

La police !

Elle se leva et fouilla fébrilement le petit sac accroché à sa taille, qui contenait son argent. Ses excuses balbutiées s'assemblaient en dehors de toute syntaxe.

— Debout ! cria-t-elle à Alex qui souriait comme un idiot. Il va appeler la police !

— Oui, en effet. Apparemment, nous sommes une source de trouble public... Je l'ai toujours suspecté de votre part, Gwen.

Rouge de honte, elle fourra un billet dans la main du garçon. Il y jeta un œil, se tut, et recula en s'inclinant à plusieurs reprises.

Des murmures coururent dans la foule qui s'était rassemblée sur le trottoir. Soudain, tout le monde la regardait très bizarrement.

Alex se mit à rire.

— Quoi encore ? s'écria-t-elle en se retenant difficilement de taper du pied. Qu'est-ce qu'il y a de si drôle ? Ce carnage vaut bien cinquante francs, non ?

— Vous lui avez donné dix fois plus, dit-il en se levant. C'était un billet de cinq cents francs ! Il va falloir faire des progrès, ou vous serez bientôt ruinée...

Juste ciel, elle en avait plus qu'assez qu'on rie d'elle !

— Ah bon ?

Elle se retourna et s'empara de la carafe de la table des Américains, ignorant les protestations de l'homme au cigare.

Alex haussa les sourcils.

Soutenant son regard, Gwen lui lança la carafe au visage.

Il plongea et les spectateurs derrière lui en firent autant. La carafe explosa sur le trottoir.

Un lourd silence se fit dans la foule.

— C'était mieux, dit Alex gentiment. Mais au moins vous avez pris le temps de viser.

Une petite tape sur l'épaule fit se retourner Gwen. Le garçon, sourcils haussés, tendit la main avec autorité.

— Un autre billet de cinq cents, peut-être ?

Le rire qu'elle perçut dans la voix d'Alex ne fit rien pour apaiser la colère de Gwen. Dans une minute, elle ne croirait pas qu'elle venait de faire cela.

— Cent suffiront, dit-elle au garçon en le défiant du regard.

Il n'était pas idiot. S'inclinant, il recula, serrant dans ses mains le billet qu'elle venait de lui donner.

Elle se retourna vers Alex.

— Je n'ai pas besoin de votre aide pour rentrer…

La fossette sur la joue d'Alex trahissait le sourire qu'il réprimait.

6

La grande vie du West End. Dans la haute société française, cette expression sardonique décrivait le débarquement annuel des Anglais à Paris. Il s'appliquait aussi à leurs choix peu raffinés de distractions, leur insatiable appétit pour le champagne – qu'un vrai Parisien ne savourait que pour fêter un événement, leur goût pour les *cocottes* aux joues rondes qui travaillaient dans les music-halls et les cafés du Quartier latin. Sans oublier les interminables repas qu'ils faisaient chez Lucas, ou ailleurs, avec une nette préférence pour le bœuf trop cuit. Bref, cette expression était une façon ironique de reconnaître que les Anglais bien nés venaient à Paris pour faire exactement ce qu'eux-mêmes aimaient aller faire à Londres : observer les mœurs et coutumes étrangères afin de se convaincre de la supériorité des leurs.

Alex fut donc surpris de découvrir que Barrington avait réussi à s'installer rue de Varenne, quartier aristocratique qui ne tolérait que quelques Américains triés sur le volet. Pour avoir pu se loger là, il fallait qu'il ait des amis haut placés.

Un nombre impressionnant d'individus montait la garde autour de son hôtel particulier. Comme Alex s'attardait sur le trottoir en feignant d'allumer une énorme pipe, il remarqua qu'un livreur et un facteur furent tous les deux interrogés avant d'être autorisés à approcher de la porte d'entrée. Le facteur exprima bruyamment à quel point cet interrogatoire l'offensait, ce qui incita un homme en chapeau melon à émerger des salons du rez-de-chaussée, et un autre à se pencher d'une fenêtre.

Trois hommes pour garder l'entrée. Voilà qui était curieux…

Alex renonça à approcher. Mieux valait d'abord en apprendre le plus possible sur l'individu. Et savoir grâce à qui il avait pu obtenir cet hôtel particulier.

À qui demander sinon à la doyenne des commères ? C'était aujourd'hui, se rappela Alex, qu'Elma Beecham effectuait ses visites mondaines rue de Varenne.

— Non, répondit Elma. Je ne sais pas à qui appartient cette maison.

Debout dans le vestibule dallé de marbre du Grand Hôtel du Louvre, Elma et Alex attendaient que Gwen descende pour le dîner.

— Je peux chercher, bien sûr, ajouta-t-elle.

— Cela me rendrait service, dit Alex. Une enquête discrète, bien sûr. N'importe où ailleurs, j'aurais des contacts, mais je fais très peu d'affaires à Paris…

S'apercevant que, pour une fois, ses explications n'intéressaient pas Elma et qu'elle ne cherchait pas non plus à retenir son attention, il s'interrompit. Elle ne cessait de jeter des coups d'œil anxieux du côté de l'escalier, tout en passant une main nerveuse sur ses cheveux blonds bien lissés.

— Où est-elle ? marmonna-t-elle.

— Comment va Gwen ?

— Ah, là voilà ! s'exclama-t-elle.

Il suivit son regard et vit Gwen qui descendait l'escalier.

114

Je suis un idiot, se dit-il alors. Il avait oublié un principe élémentaire en affaires : ne lancer aucun défi que l'on n'était pas préparé à relever.

Hier après-midi, l'enthousiasme de Gwen avait paru relativement inoffensif. La jubilation avec laquelle elle avait commandé de la bière lui avait rappelé ses nièces se parant des bijoux de leur mère. Là où deux bracelets auraient suffi, Madeleine et Elizabeth en enfilaient une vingtaine, quasiment jusqu'aux coudes.

Mais en vingt-quatre heures Gwen avait dépassé ces étapes, et on aurait dit qu'elle était tombée la tête la première dans un pot de rouge. Bien sûr, elle avait toujours l'air d'une enfant qui avait pioché dans la garde-robe de sa mère – une poule de luxe aimant à se pavaner tout de rose vêtue, avec un décolleté très échancré...

— Vous l'avez emmenée faire des courses ? demanda-t-il.

Dans un bordel ?

Elma lui décocha un sourire nerveux.

— Oh, une courte promenade sous les arcades... Nous avons trouvé bon nombre de petits cadeaux amusants. J'ai dû rater le moment où elle a choisi ce... Bon, elle ne porterait jamais une chose pareille à Londres, bien sûr ! Mais elle a eu un coup de cœur, et je... vous savez comment sont les Parisiens. Personne n'y prêtera attention.

— C'est vrai.

Gwen surgit devant lui.

— Monsieur Ramsey, dit-elle poliment.

Elle portait une rose minuscule coincée derrière l'oreille, et une autre – il le vérifia à deux reprises – entre les seins.

Il était probable que personne d'autre ne le remarquerait. Aux oreilles pendaient des diamants si volumineux que l'on pouvait craindre qu'ils n'étirent les lobes jusqu'aux épaules. Leur vente aurait pu nourrir la population d'un petit pays pendant un an.

— Alors, mesdames, où allons-nous ? J'ai appelé la Maison Dorée, et nous avons de la chance : un cabinet particulier est libre.

— Comme c'est démodé ! s'écria Gwen avec une moue de dépit. Pourquoi ne pas dîner en public ? Je n'ai aucune envie d'être enfermée dans une petite pièce étouffante.

Elma décocha à Alex un regard qu'il ne put déchiffrer.

— Mais Gwen chérie, voyons ! La Maison Dorée est le meilleur restaurant de la ville. Il est quasiment impossible d'obtenir une réservation. Si M. Ramsey a eu l'obligeance...

— Pas de problème, interrompit Alex. Je connais aussi quelqu'un au Lyon d'Or.

Le regard de Gwen suivait un groupe de messieurs en cape et chapeau haut de forme.

— Non. J'ai vu entrer des gens venant de tous les pays. Dînons à *la table d'hôte*, dit-elle en prononçant les derniers mots en français.

Sur ce, frôlant Alex, elle se dirigea vers la salle à manger.

Il se retourna et, abasourdi, fixa le balancement de ses hanches.

— Ah bon, d'accord, fit Elma en prenant d'autorité le bras d'Alex pour rattraper la jeune fille dont elle avait la garde. Cherche les Italiens, Gwen ! Pour flirter, ce sont les meilleurs. J'en ai connu quelques-uns autrefois quand j'ai visité le continent avant de me marier. Ce sont des gens très courtois !

C'est ainsi que, vingt minutes plus tard, Alex était assis à l'une des longues tables de la salle à manger de l'hôtel, entamant le premier plat d'un repas très ordinaire et suffoquant dans un nuage de parfum. À sa gauche, il avait une vue excellente sur le chignon de Gwen ; passionnée par la conversation de son voisin de gauche – un Italien – elle lui tournait carrément le dos. En face de lui, deux Allemands qui s'étaient présentés comme autrichiens, probablement pour éviter que l'on crache dans leurs plats, gardaient les yeux rivés sur leur assiette. À sa droite se trouvait Elma. Au-dessus de lui, la douzaine de langues parlées simultanément semblaient résonner sur le plafond aux moulures dorées, faisant trembler les lustres.

— Elle a l'air d'aller bien, n'est-ce pas ? lui demanda soudain Elma. M. Beecham était fermement opposé à ce voyage, mais voyez comme elle a l'air joyeuse !

— Assurément…

Le pauvre Italien avait l'air pris sous une averse de grêle. Que diable lui disait-elle ? Probablement un mélange étourdissant de compliments à son égard et de déclarations sur sa propre libération. « Hier, j'ai jeté une serviette et j'ai cassé un verre. Aujourd'hui, je me suis maquillée… Demain, je ne sais pas. Peut-être que je cracherai par terre ! »

Si elle le faisait, elle essuierait elle-même son crachat. Alex était prêt à le parier.

— M. Beecham était sûr que nous ne devions pas lui céder, dit Elma d'un ton désespéré.

Mon Dieu, elle se rapprochait… Il se détourna pour inspirer profondément.

— Mais, je vous le dis, reprit Elma, cet homme ne comprend rien aux femmes. L'hiver dernier, j'ai cru *mourir* de mélancolie, le temps était si triste. Pas un rayon de soleil pendant des semaines. Mais il n'a même pas voulu envisager des vacances. « Tu peux jouer aux cartes dans le jardin d'hiver », me disait-il. Eh bien, pour l'amour du Gwen, cette fois-ci, j'ai tenu bon ! Je lui ai dit : « Quel mal peut bien lui faire Paris ? Si le vicomte y est aussi, il fera tout pour la protéger. » Et voilà que vous êtes là ! Nous n'avons plus aucun souci à nous faire, n'est-ce pas ?

Il s'abstint de tout commentaire. Entre la réponse d'un ministre péruvien qui se faisait attendre, la reine des commérages qui se plaignait de son mari, et cet horrible vin dont Elma et Gwen s'abreuvaient avec l'enthousiasme de marins endurcis, il y avait de quoi s'inquiéter.

Il prit son verre d'eau gazeuse.

— Tenez, voici une belle tradition parisienne, expliqua-t-il en le vidant à moitié dans le vin d'Elma.

Il tendit le bras par-dessus le coude de Gwen pour verser l'autre moitié dans son verre. L'Italien lui adressa un regard suppliant. Il lui sourit avec malice.

— ... acheter toutes les fleurs de Paris, disait Gwen, et en remplir un hôtel ! Est-ce que ce ne serait pas la plus horrible des blagues ? Tout le monde serait obligé de sortir pour arrêter d'éternuer ! Vous n'éternueriez pas, *vous*, n'est-ce pas ? Vous avez l'air beaucoup trop viril pour ça.

Juste ciel ! Quelqu'un devait vraiment lui apprendre comment flirter.

Le souffle d'Elma lui chatouilla l'oreille.

— Oui, de l'eau gazeuse, très bonne idée. C'est son troisième verre de la soirée. Elle en a commandé un dans la chambre avant de descendre. J'ai tenté de l'en empêcher, mais elle m'a dit qu'il n'y avait pas de mal à prendre un verre de temps en temps, ce qui est vrai, je suppose, puisqu'on dit que le vin épaissit le sang. Et se faire plaquer par son fiancé doit être épuisant...

Une expression anxieuse passa sur son visage.

— Je veux seulement qu'elle passe un bon moment. Dieu sait qu'une fois mariée, les vacances sont rares !

Et, sur cette remarque, elle vida son verre d'une seule lampée.

Comprenant enfin la situation, Alex soupira. Gwen n'était pas la seule à avoir besoin de couper les ponts. Vivre avec M. Beecham aussi semblait fatigant.

Mais, bon Dieu, rien de cela ne le regardait ! Gwen avait raison : il n'avait pas promis à Richard de surveiller la conduite de sa petite sœur, ni de jouer les bonnes d'enfants pendant que le chaperon en titre se vautrait dans la nostalgie de sa propre jeunesse. Si, en lui envoyant ce télégramme, ses sœurs avaient espéré qu'il s'érigerait en tuteur, elles se trompaient. Il n'en avait ni l'envie ni l'énergie.

Pourquoi, diable, avait-il accepté de rester dîner avec elles ? Il mourait d'envie de s'excuser et d'aller se trouver un repas mangeable ailleurs, suivi d'une bonne dose de laudanum.

Un radis passa devant lui, échappé d'une fourchette que le vin avait rendue malhabile, et disparut dans le verre d'Elma, déclenchant un cri polyglotte d'un bout à l'autre de la table : « Oh là là », « Youpi », « *Gut gemacht !* »

Les joues rouges, Elma leva son verre dans un toast triomphant. Le chauve assis à sa droite proposa galamment un échange de verres. Touchée, elle se tourna vers son nouvel admirateur, laissant Alex consacrer son attention à Gwen, laquelle riait toujours.

C'était un joli son, libre et frais, qui attira l'attention des Autrichiens rubiconds. Se redressant légèrement, ils lui adressèrent un sourire.

— J'adore ces radis volants, dit-elle.

Le vin avait réveillé son teint et, dans ce piètre éclairage, ses cheveux avaient la teinte rousse des feuilles d'automne.

Il la détailla ouvertement : le creux de sa gorge, la courbe de son front... L'ombre en forme de croissant de lune renversé sous sa lèvre inférieure. Il avait déjà fait le compte de tous ces charmes, qui figuraient sur la liste des raisons pour lesquelles il devait l'éviter.

— Hier, au café, vous avez prouvé que vous aviez les moyens de racheter votre conduite, dit-il. Pas plus.

— Oh ?

Haussant les sourcils, elle tendit la main et glissa un long doigt fin sous le menton d'Alex.

Il en eut le souffle coupé.

— Et aujourd'hui, je sais comment flirter, murmura-t-elle. L'Italien me l'a enseigné.

Il agrippa sa main. S'il se levait, il se donnerait en spectacle, comme un gamin de quatorze ans.

— Vous êtes ivre, mademoiselle. Vous aimez ça ?

Elle rit doucement. Ses yeux étaient d'un brun chaud, doré, irrésistible...

— Je ne sais pas encore.

Le pouce d'Alex pressa de lui-même la douce paume de Gwen.

— Il faut que vous me le fassiez savoir, dit-il d'une voix rauque qui le surprit.

Les yeux de Gwen se dilatèrent légèrement tandis qu'il caressait sa main. Il le remarqua. Il remarquait tout chez elle, et chacun de ses gestes, même les plus infimes, faisait vibrer ses nerfs. Ce qui était...

Ce qui était diablement horripilant.

« Je sais comment flirter », avait-elle dit. Pour le prévenir, sans doute.

— Cela n'est pas flirter, dit-il sèchement.

Il lâcha la main de Gwen et regarda Elma – ostensiblement. En réalité, il testait son aptitude à se concentrer sur autre chose que Gwen.

Les insomnies lui rongeaient le cerveau.

Lorsque la main de Gwen toucha sa manche, il dut faire un effort pour ne pas la repousser brutalement.

— Qu'y a-t-il ? demanda-t-il sans aménité.

— Vous avez dit que ce n'était pas du flirt, dit-elle ardemment. Je voudrais savoir où j'ai fait erreur. N'ai-je pas eu l'air d'être attirée par vous ? Ne vous ai-je pas assez flatté ?

— Ce n'était pas du flirt car vous donniez l'impression que, si je jetais un billet sur la table, vous retrousseriez vos jupes sans discuter.

Une fraction de seconde trop tard, il regretta ses paroles, provoquées par une colère sur laquelle il ne

120

pouvait se méprendre : elle se fichait complètement de lui et sa foutue vanité ne le supportait pas. Elle blêmit.

— Je suis désolé, reprit-il. Pardonnez-moi, Gwen. C'était une remarque odieuse.

— Oui...

— Qui aurait pu être drôle, si elle avait été maligne, ce qu'elle n'était pas. Vous flirtez très bien. Je l'admets.

Elle s'efforça de sourire, mais ce fut un échec.

— Ne soyez pas condescendant, Alex. Tout le monde ne sait pas comment être sophistiqué. Certains doivent apprendre... Je ne cherche à séduire personne, reprit-elle en baissant les yeux sur son assiette. Mais, je vous l'ai dit, je veux seulement... m'amuser un peu.

S'amuser. Quelle naïveté ! Peut-être que s'il avait eu vingt ans, il aurait pris plaisir à s'amuser avec elle une semaine ou deux. Et s'il était un homme complètement différent, il profiterait de son innocence, s'amuserait avec elle et empocherait trois millions de livres pour la peine.

L'idée le tentait. Ce serait si facile !

— Gwen..., commença-t-il.

Mais lorsqu'elle leva les yeux sur lui, il se tut. « Méfiez-vous, aurait-il voulu dire. De tout le monde. »

Mais quel prix accorderait-elle à cet avertissement ? L'idée d'être kidnappée ne l'avait-elle pas fait rire, hier ?

Sa conscience le torturait impitoyablement. Lorsqu'il retrouverait cette ordure de vicomte, il lui montrerait ce qui arrivait aux hommes qui ne tenaient pas parole !

Dès qu'il aurait récupéré la bague, Gwen n'aurait plus d'excuse pour s'attarder à Paris. De retour en Angleterre, sous l'égide des sœurs d'Alex, elle serait en sécurité.

Elle pointa le menton d'un air de défi.

— M. Carrega a proposé de m'emmener faire un tour en ville ce soir.

L'Italien ? Pourquoi se donnait-elle le mal de l'en informer ? Voulait-elle qu'il joue au grand frère et le lui interdise ? Il fallait vraiment qu'elle prenne une décision à ce sujet.

— Je songe à accepter son invitation, dit-elle.

— Voilà qui est très intelligent.

— Personne d'autre ne me l'a proposé, riposta-t-elle.

— Quel dommage ! Vous vouliez que quelqu'un vous invite ? Vous devriez brandir une pancarte dans l'entrée.

Elle soupira avec impatience.

— *Vous* ne l'avez pas proposé.

— J'ai autre chose à faire de mon temps qu'escorter une débutante dans les rues de Paris ! Néanmoins, si vous rassembliez le courage de me le demander, je pourrais peut-être m'y plier. J'imagine que ce serait amusant de voir vos yeux s'agrandir comme des soucoupes.

En outre, dégourdir un peu cette oie blanche éviterait peut-être qu'elle se choisisse un autre butor pour fiancé.

Au lieu de s'agrandir, les yeux de Gwen s'étrécirent.

— Je ne suis pas sûre de vouloir de votre compagnie.

— Alors, *viva Italia* ! lança-t-il avant de prendre une longue rasade de vin.

Bien sûr, il était improbable qu'Elma la laisse partir avec l'Italien, et Gwen le savait.

— Mais si vous m'emmenez avec l'idée de s'amuser un peu, je vous serai reconnaissante.

Il posa son verre et promena son regard sur la pièce, sur tous ces Européens oisifs et fortunés, mangeant et buvant jusqu'à la stupeur.

— Ce n'est pas le bon endroit où commencer, dit-il. Allons à Pigalle, d'accord ?

Pourquoi pas ? Ce n'était pas comme s'il avait besoin de dormir.

Le sourire de Gwen le prit au dépourvu, et il sentit son cœur bondir dans sa poitrine.

— Formidable ! Allons à Pigalle. Mais…

Elle se pencha à son oreille, et la brève vision de son décolleté éveilla une partie secrète de son corps.

— Disons à Elma que nous allons sur les boulevards...

Gwen prit le bras d'Alex et descendit de voiture dans un vacarme étourdissant – cris, sifflements, tintements de cloches, musique exubérante, chœurs avinés. Une fille en culotte de cycliste passa devant eux en courant, se glissa entre deux messieurs, prit le coude de chacun puis rit aux éclats tandis qu'ils la soulevaient du sol. L'air sentait la fumée de tabac et les marrons grillés. Un pétale de lilas s'envola devant eux, rose dans la lumière livide.

— Retournez-vous, dit Alex en la tirant par le coude pour qu'elle regarde derrière elle.

Elle en resta bouche bée.

Le Moulin-Rouge jetait dans le ciel ses grandes pales dont les ampoules clignotaient et se reflétaient en guirlandes sur les fenêtres et les portes vitrées des alentours. Ses éclats fauves embrasaient la foule, incendiant les jaquettes et les guêtres blanches des jeunes hommes, allumant des scintillements sauvages sur les étoles et les plumes emperlées des femmes qui s'attardaient près de l'entrée.

— Doux Jésus ! dit Gwen, ravie.

— Gwen, ne pourriez-vous pas penser à une exclamation moins pieuse ?

Elle lui jeta un regard en coin.

— Ciel ?

Il éclata de rire.

— C'est sans espoir. Allons-y, dit-il en lui tendant le coude.

Gwen éprouva un bref instant de timidité. Elle jeta un coup d'œil au profil de son compagnon. Les jumelles, qui admiraient sa mâchoire, lui interdisaient de porter la barbe. Elles avaient raison, admit Gwen. Mais le plus frappant chez lui était son aisance.

Même à présent, naviguant dans ce chaos – deux garçons les dépassèrent en criant ; une bicyclette les évita de peu – il semblait tout à fait *chez lui*. Il ne faisait pas semblant, réalisa-t-elle. Un homme qui sillonnait le monde devait faire un rempart de son corps. Alex portait sur ses traits son assurance, son sentiment d'être partout chez lui.

Comme la tortue transportant sa carapace, songea-t-elle. Cette étrange comparaison lui fit ravaler un gloussement. Comme cela devait être confortable de vivre ainsi ! Elle ignorait comment acquérir une telle assurance, mais, en la voyant chez Alex, elle se dit que *tel* était son objectif.

Ils passèrent sous une voûte et pénétrèrent dans un vaste vestibule tendu de velours rouge. Une fausse rouquine au sourire las était assise dans une guérite en verre. Alex échangea deux francs contre deux cartes. De l'intérieur, provenait une musique endiablée, une écossaise ponctuée de cris et d'éclats de rire.

Alex lui tendit une carte, et la regarda, un léger sourire aux lèvres.

— Très bien. Menton relevé, dos droit, Maudsley. Votre chute approche…

— Quelle chute ? s'esclaffa-t-elle.

Deux pas plus loin, le couloir s'ouvrait brusquement sur une vaste piste de danse entourée de petites tables. Des gradins de fauteuils et de guéridons s'élevaient sur plusieurs niveaux. Des lustres inondaient de lumière la cohue qui se trémoussait au son d'une musique tonitruante. Mille couleurs vives assaillirent Gwen : satin criard, scintillement des flûtes de champagne, reflets sur la soie noire des chapeaux haut de forme, éclairs fugitifs des bijoux sur les gorges et les poignets. À gauche, sur une estrade festonnée de soie écarlate et de rubans jaunes, des femmes dansaient en ligne, tourbillonnant si follement que leurs jupettes à volants se soulevaient, révélant leurs genoux nus et les jarretelles de leurs bas. Les occupants de la fosse d'orchestre étaient bien courtois de ne pas lever les yeux, songea Gwen.

À peine eurent-ils mis un pied dans la foule qu'une explosion perça le brouhaha, suivie aussitôt d'une autre. Elle sursauta puis réalisa que quelqu'un s'amusait à lancer des verres contre le mur.

— Quelle chance, commença-t-elle avant de réaliser qu'il lui fallait élever considérablement la voix. Quelle chance, cria-t-elle, que je me sois exercée hier !

Alex approcha, la main en coupe autour de l'oreille.

— Comment ? cria-t-il.

Elle inspira profondément pour répondre, mais le rire d'Alex la fit taire. Il l'avait très bien entendue. Elle leva les yeux au ciel et lui tira la langue.

Alors, il se pencha et colla la bouche à son oreille. Ce contact la pétrifia.

— Attention, souffla-t-il, rentrez cette langue. Quelqu'un pourrait y voir une invite...

À ces mots, qui sonnaient moins comme un avertissement que comme une promesse, Gwen ne put réprimer un frisson.

Comme il se redressait, elle toucha son oreille brûlante, avant de cligner des yeux et de fixer la scène, sidérée ; l'une après l'autre, chaque danseuse lâchait un grand *whoop*, levait les bras et – Gwen se hissa sur la pointe des pieds pour s'en assurer – se laissait glisser jusqu'au sol, une jambe étendue devant elle, l'autre derrière.

Oh, non ! Si c'était *ça* le cancan, elle n'y arriverait jamais. Mieux valait ne plus penser.

Sans prévenir, Alex l'attira à lui. Une danseuse était descendue de l'estrade et approchait en virevoltant, jambe tendue. Son escarpin manqua de peu l'oreille de Gwen.

— Quelle danse dangereuse, dit-elle, ahurie. Il y a de quoi perdre un œil !

Il rit, puis cria :

— Sortons de là, alors, avant de perdre la vue.

Elle s'apprêtait à protester, lorsqu'elle comprit qu'il ne parlait pas de s'en aller, mais l'entraînait le long de la fosse d'orchestre, vers une porte.

Un jardin !

Elle respira avec plaisir l'air tiède de la nuit. Des guirlandes de lampions éclairaient le sol, et une douce brise faisait tinter les minuscules clochettes accrochées aux arbres. Elle fit un pas, et s'arrêta pile, muette de frayeur : un *singe* venait de frôler ses jupes.

— Ils sont apprivoisés, dit Alex. Mais je n'essaierai pas d'en caresser un.

Elle lui adressa un regard stupéfait – puis écarquilla davantage encore les yeux.

— Il y a un éléphant derrière vous, murmura-t-elle.

Le gigantesque animal de stuc se dressait sur sa droite. À part sa hauteur – il aurait pu dépasser un immeuble de deux étages – il avait un air étonnamment réel avec ses flancs gris et ses longues rides, creusées par un sculpteur de talent.

— Oui, répondit-il du même ton. Un éléphant gonflé à outrance, puisque sa cage thoracique contient un orchestre et son ventre une danseuse égyptienne. Hélas, les dames ne sont pas autorisées à y entrer.

— Quelle injustice ! murmura-t-elle.

Au pied de l'éléphant, une diseuse de bonne aventure proposait ses services d'une voix doucereuse. Tapi sous sa queue, un serveur distribuait des rafraîchissements. Un peu plus loin, une queue s'était formée pour jouer à une machine faite de cadrans en bois peints. Une jeune femme tira sur le levier et les cadrans se mirent à tourner, montrant une pomme, un cochon, un arbre. Le résultat déçut l'assistance qui émit un sifflement de dérision.

— Une bière ? demanda Alex.

Elle fit oui de la tête.

Ils commandèrent deux bocks, et ils se dirigeaient vers une petite table lorsqu'une femme vêtue d'une robe bleue qui couvrait à peine ses seins agrippa la manche d'Alex. Elle se lança dans un discours auquel, l'air amusé, Alex répondit quelque chose d'inintelligible. Manifestement – et à en juger par la véhémence avec laquelle elle tirait sur sa manchette, la fille n'était pas d'accord. Cependant, la moue qu'elle s'efforçait d'afficher ressemblait fort à un sourire.

Alex jeta un coup d'œil à Gwen en haussant un sourcil pour s'excuser, puis se libéra d'un coup sec. Fusillant Gwen du regard, la fille s'éloigna vers la salle de danse d'un pas décidé.

— Qu'est-ce qu'elle voulait ? demanda Gwen.

— De la compagnie.

— Oh… Mais… elle savait que j'étais avec vous !

— Je ne crois pas que ça la gênait, dit-il en riant.

Il fallut un moment à Gwen pour comprendre ce qu'impliquait cette déclaration. Puis, comme elle le suivait vers une table, elle se figea. Non ! Elle avait sûrement compris de travers !

Cherchant à cacher son étonnement, elle feignit un vif intérêt pour le vase de tulipes posé sur la nappe. Quel étrange souci domestique au milieu de cette scène de bohème ! Ses yeux se levèrent de nouveau vers l'éléphant, d'où sortait une mélopée exotique. Quelques couples tournoyaient sous le dais de la petite piste de danse.

Soudain, elle prit toute la mesure de ce qu'elle était en train de vivre : *elle prenait une bière dans un lieu de plaisirs typiquement parisien* ! Et c'était Alex lui-même qui lui tendait un bock et s'asseyait à côté d'elle, en l'observant avec une curiosité visible, mais sans avoir l'air de la juger.

Son incrédulité se mua en gratitude. Comme c'était généreux à lui d'avoir cédé à sa prière – de respecter son désir d'aventure en dépit du scepticisme qu'il avait manifesté pendant le dîner !

— Vous êtes souvent venu ici ?

Il secoua la tête. Ses yeux tombèrent brièvement sur la bouche de Gwen avant de glisser vers les danseurs.

— Jamais, en fait.

— Comment connaissez-vous cet endroit, alors ?

Le rire d'Alex parut frôler sa peau, de façon si tangible qu'elle sentit son estomac se contracter. Il lui sourit de nouveau, mais cette fois-ci elle perçut une certaine raillerie dans son sourire.

— Ils se ressemblent tous, Gwen. Le Bal Bullier, le Moulin-Rouge, le Père Château...

— Eh bien, merci d'avoir accepté de m'y emmener. Je sais que vous n'en aviez pas envie. Tout ceci doit être très routinier et ennuyeux pour vous.

Il émit un soupir d'impatience.

— Si vous avez réellement envie d'être une femme délurée, voici mon premier conseil : ne vous rabaissez jamais. Tenez pour acquis qu'il n'y a aucun endroit où je préférerais être.

— Mais, *moi*, je sais que ce n'est pas vrai.

— Peu importe. Sachez ce que vous valez et dites-vous que les autres le savent aussi. La modestie, si on y réfléchit, est le mensonge le plus impardonnable : il ne nuit qu'à soi-même.

— La modestie nuit ? s'écria-t-elle en riant. Pourtant, la plupart des messieurs estiment que la modestie convient aux dames.

— Ce sont les mêmes qui comparent les femmes aux fleurs, sans aucun doute.

Il pressa doucement la tulipe vers le haut, aussi tendrement qu'un homme pourrait relever le menton d'une dame afin de l'embrasser, et il la caressa d'un doigt.

Une étrange griserie la prit. Elle tenta de regarder ailleurs. En vain.

— D'autres ne croient pas que la destinée d'une femme doive se limiter au rôle de faire-valoir de son époux.

Elle le regarda dans les yeux. Sa bouche s'assécha. Comme c'était bizarre. Ce n'était qu'Alex. Et pourtant...

— La modestie est inutile, conclut-il. Et, comme je l'ai dit, nuisible. Débarrassez-vous-en.

Il agita les doigts comme un prestidigitateur.

Le geste fit vibrer en elle une corde inconnue. Comme il se penchait vers elle, un coude sur le dossier de sa chaise, elle remarqua son gilet très ajusté qui souligna son ventre plat. Son épaule était à un cheveu de celle de Gwen.

Le silence parut soudain s'alourdir, comblant l'espace entre eux, si bien qu'elle sentit que seul un souffle séparait leurs peaux. Et soudain, elle songea aux voyages qu'il avait faits, aux terres lointaines qu'il avait vues, aux sombres aventures et aux nuits chaudes qu'elle ne connaîtrait jamais. Lorsqu'il l'avait embrassée, elle avait enfoncé les doigts dans ses bras et senti combien ce corps était solide et chaud.

Pourquoi ne l'avait-il pas embrassée de nouveau ? Il se fichait bien de la morale, pourtant !

Elle plongea la figure dans son bock et prit une lampée.

— Allez-y, dit-il.

— Quoi ?

— L'entraînement mène à la perfection. Dites quelque chose d'immodeste.

Elle inspira à fond et leva les yeux.

— J'ai très envie de vous toucher.

— Très bien, opina-t-il avec un sourire. Mais peut-être que la première leçon devrait porter sur l'art d'éviter de se tartiner de mousse de bière.

Il lui essuya la joue du revers de la main.

Il ne se rendait donc pas compte qu'elle parlait sérieusement ? Quelque impulsion étrange la poussa à agripper son poignet.

— Vous aviez de la mousse, expliqua-t-il. Sur la joue. Je voulais seulement l'enlever.

Elle sentait son pouls battre sous son pouce. Elle ouvrit la bouche, mais les mots se dérobèrent.

Alors, le visage d'Alex se modifia, très légèrement. Ses pupilles s'agrandirent, ses lèvres s'entrouvrirent…

— Partons ! dit-il.

— Non, murmura-t-elle dans un souffle.

Comme il cherchait son regard, elle ne se sentit même pas embarrassée. La lumière tamisée des ampoules, la valse que jouaient les violonistes, rendaient la scène irréelle, comme dans un rêve.

Elle avait besoin d'un scandale pour écarter les soupirants ? Eh bien, il se chargerait d'en provoquer un !

7

La lumière de la lampe se reflétait dans les yeux d'Alex. Sa bouche esquissa un sourire contraint.

— Très bien, fit-il calmement. Vous avez maîtrisé l'art de l'immodestie. Mais visons quelque chose de plus sophistiqué, maintenant.

Non, se dit-elle. Il n'avait pas compris de travers. Il *feignait* de ne pas comprendre. Un sentiment d'euphorie l'envahit tout entière : qu'il ait dû s'abaisser à feindre était déjà une victoire...

— Et que...

La bouche de Gwen était sèche. Elle se passa la langue sur les lèvres.

— Et que diriez-vous si je vous demandais de m'embrasser ? poursuivit-elle.

Il leva la main et passa les doigts sur la mâchoire de la jeune fille.

— Voilà qui serait intéressant, dit-il.

Son pouce se posa sur la lèvre inférieure de Gwen, exerçant la plus légère des pressions. Elle entrouvrit les lèvres. Sa peau avait un goût salé. Instinctivement, elle effleura le pouce d'Alex du bout de la langue.

Relâchant son souffle, il retira sa main et se recula sur sa chaise.

— Un peu risqué pour une première nuit d'aventure, remarqua-t-il d'une voix rauque.

— Je suis d'humeur à prendre des risques.

Les yeux d'Alex se rétrécirent.

— Dans ce cas, je suggère une partie un peu plus subtile.

— Je ne joue pas.

Il prit son menton entre les doigts, avec une subite fermeté.

— Ce serait préférable. Entre nous, du moins.

— Pourquoi ?

— Énumérer toutes les raisons me paraît inutile. Vous me connaissez suffisamment bien. Vous ne croyez quand même pas que je m'intéresse aux débutantes ?

— Non. Mais je ne suis plus une débutante.

— Il y a aussi le petit détail concernant votre frère.

— Richard ?

Le prénom lui fit l'effet d'une gifle. Se dégageant de sa main, elle recula sur sa chaise.

— Qu'est-ce que mon frère a à voir avec ça ?

Alex gardait les yeux rivés aux siens, sans ciller.

— Si nous ne jouons pas la comédie, parlons franchement. J'ai raconté à mes sœurs ma querelle avec lui, la nuit de sa mort. Elles vous ont sûrement mise au courant.

— Oui, mais il se trompait…

— Oh, vous et moi le savons bien. Mais nous savons aussi ce qu'il désirait pour vous – et ce qu'il ne voulait à aucun prix.

— C'est-à-dire… vous, précisa-t-elle.

— C'est-à-dire n'importe quel individu de mon genre. Richard me connaissait bien. Il vous connaissait bien aussi. Et si ses soupçons avaient été justifiés, il aurait eu raison de s'inquiéter.

— Vous voulez dire que… je porte atteinte à sa mémoire ? En vous demandant de m'embrasser ?

L'idée était choquante.

— Richard voulait que je sois heureuse, Alex. Il ne désirait *rien* d'autre. Et je cherche le bonheur, ici, en ce moment. S'il me faut un scandale pour y parvenir, alors, il préférerait sûrement que ce soit avec vous plutôt qu'avec un inconnu !

— Je vois. Vous voulez m'utiliser pour perdre votre réputation.

Elle eut un sourire amer.

— Trois millions de livres, rappelez-vous...

Quelle femme avait jamais dû justifier ses efforts de séduction pour convaincre un homme d'en profiter ? se demanda-t-elle. N'était-ce pas humiliant ? Il essayait sûrement de la mettre dans l'embarras.

— Il en faudrait beaucoup pour me décourager. Un homme de votre réputation me rendrait bien service.

— Charmant... À quel aspect de ma personnalité faites-vous allusion ?

— N'êtes-vous pas un roué ?

— Ah oui, on le dit. Et je suis flatté que vous me choisissiez. Mais, si ce sont des rapports physiques que vous cherchez, il y a un certain nombre d'hommes à Londres qui n'arrivent pas à garder leurs pantalons fermés. Inutile de me suivre à Paris pour ça !

Les joues de Gwen étaient douloureusement chaudes.

— Ne vous moquez pas de moi. Je sais que votre réputation n'est pas usurpée.

— Je ne me moque pas de vous, assura-t-il. En tant qu'homme d'affaires, j'approuve votre réputation. Elle est très habile... Frôler un pan de ma jaquette ternirait sans aucun doute le halo d'une sainte. Mais ne comptez pas sur moi. Soutenir la réputation dont vous parlez m'interdit de tomber dans les rets d'une vierge. De plus, je serai en bien piètre compagnie.

— Que voulez-vous dire ? Quelle compagnie ?

— Trent. Pennington. Ces tristes aristos que vous avez pourchassés afin d'avoir un titre.

— *Pourchassés* ?

— Vous le niez ? Je croyais que nous parlions franc.

Les sarcasmes d'Alex ne la démontaient pas.

— Eh bien, sachez que si je voulais un titre, c'était uniquement pour qu'on ne me parle plus avec dédain.

Il rit, ce qui la choqua.

— Du dédain, Gwen ? Vous avez fait ce qu'il fallait pour l'éviter. Ces sourires forcés, ces compliments gaspillés pour des gens qui ne les méritent pas, et même cette triste habitude de vous dévaluer – vous êtes aussi manipulatrice qu'un financier. Seules vos méthodes sont différentes.

— Mes objectifs aussi, rétorqua-t-elle. Je voulais une famille, un foyer. Mais le mariage ne devait pas profiter qu'à moi. Aujourd'hui mes objectifs ont changé, mais je ne suis pas moins désireuse de conclure un marché honnête. Si vous ne voulez pas m'aider, eh bien, je trouverai quelqu'un d'autre.

— Tiens donc !

— J'aimerais vous voir m'en empêcher.

Il jeta un coup d'œil aux alentours, comme si la conversation l'ennuyait. Et, soudain, ses paupières se plissèrent et son visage se vida de toute expression.

La transformation fut si complète que la colère de Gwen céda la place à la curiosité. Elle se retourna pour suivre son regard. La fille en robe bleue avait trouvé une autre proie – un jeune homme blond en jaquette bien coupée. Entouré d'amis, il plaisantait avec elle et assénait des petits coups de canne sur le bas de sa robe.

— Restez ici une minute, dit Alex. Je parle sérieusement, ajouta-t-il avec un regard dur. Ne quittez pas votre chaise.

Sans autre explication, il se leva et s'éloigna.

Interloquée, elle le suivit des yeux. Il se dirigeait vers le jeune homme blond, mais les amis de celui-ci l'interceptèrent. Entre-temps, l'inconnu avait pris le bras de la fille et faisait demi-tour. Alex s'élança à sa suite, tandis qu'un des compagnons du blond lui désigna le bâtiment. Alex hésita une fraction de seconde puis, jetant un regard indéchiffrable à Gwen, suivit le petit groupe à l'intérieur du Moulin-Rouge.

L'*abandonner*, ici ! Il n'allait quand même pas faire ça ?

Elle regarda autour d'elle, le cœur battant. Seule, dans ce lieu de perdition ! Au milieu de tous ces inconnus !

Elle redressa le menton, et regarda fixement l'éléphant. Elle n'avait pas besoin d'Alex, ni de personne. Elle pouvait très bien se débrouiller toute seule.

L'éléphant avait un air désabusé. Pourquoi l'artiste avait-il décidé de lui donner cette expression ? Ses grands yeux noirs fixaient tristement un point éloigné, tandis qu'il endurait sans enthousiasme les facéties d'imbéciles qui grimpaient dans son ventre et en ressortaient hilares. Pauvre créature muette !

Des larmes de compassion emplirent les yeux de Gwen. Quelle idiote ! D'un geste impatient, elle pressa les doigts sur ses paupières.

Soudain, la situation lui parut insupportable. Elle se leva, avec l'idée de chercher Alex, ou bien de sortir héler un fiacre.

Et, comme elle pivotait, elle heurta le jeune homme blond qu'Alex avait essayé d'approcher. La fille pendue à son bras jeta à Gwen un regard hostile, mais son compagnon esquissa une inclination.

— Pardonnez-moi, mademoiselle, dit-il en anglais.

— Je n'avais pas vu que vous étiez là.

— Non, non, c'est ma faute.

Il avait la figure rougeaude et l'allure sportive qui révélaient les parties de cricket des pensionnats anglais, et les étés passés à courir dans la campagne avec une meute de chiens.

— Je vous en prie, acceptez mes excuses, monsieur.

Il haussa les sourcils, manifestement surpris d'entendre un accent aussi distingué dans la bouche d'une femme seule – qui plus est dans un lieu comme celui-ci.

Elle se rappela brièvement les coups de règle sur les doigts que lui infligeait sa préceptrice pour corriger sa façon de parler. Une petite fille élevée comme un chien savant, un chien qui parle...

Le mépris d'Alex n'était pas surprenant. Toute sa vie, elle avait fait ce qu'on lui disait et, si jamais elle s'avisait d'attirer l'attention, un mot suffisait pour la faire taire.

— Vous pourriez peut-être me renseigner, dit le gentleman, ma compagne ne parle que français.

Jetant un coup d'œil à ladite compagne, il libéra le coude auquel elle s'était accrochée.

— Il ne devait pas y avoir des chansons, ce soir ? demanda-t-il.

Gwen sentit le regard de la fille sur son cou.

— Oui, mais pas avant minuit.

Il lui parut inutile de préciser qu'elle tenait cette information de son guide.

Il hocha lentement la tête.

— Quel ennui... Je vais devoir trouver autre chose pour passer le temps.

Son accent n'était pas aussi bon que celui de Gwen. Elle le percevait à présent – une inflexion rurale, qui se glissait dans les voyelles et ressortait à l'occasion, sabotant ses efforts de diction. Pour une raison inconnue, cette découverte l'enhardit.

— J'ai une très jolie voix, déclara-t-elle. Hélas, je ne connais pas les paroles de ce genre de musique.

— Oh ? fit l'Anglais qui tourna carrément le dos à sa compagne.

Comprenant le message, celle-ci croisa les bras et s'éloigna à grands pas furieux.

— Permettez-moi de me présenter, reprit le jeune homme blond d'un ton affable. Rollo Barrington, de Manchester.

— Vous êtes bien loin de chez vous, monsieur.

136

— Je ne sais pas si vous êtes jamais allée à Manchester, mais je dis toujours qu'on n'en part pas, on s'en évade. C'est le seul verbe qui convienne.

— Et que dit-on quand on part de Paris ? demanda-t-elle en riant.

— Que c'est une punition, répondit-il avec un sourire. Dites, mademoiselle – puis-je vous faire une proposition audacieuse ? Cet endroit y encourage.

Par la double porte grande ouverte donnant sur la salle de bal, elle aperçut Alex qui se frayait un chemin dans la foule.

— Vous pouvez essayer l'audace, monsieur. Cependant, je ne promets pas de l'encourager.

Il avait un rire charmant, léger et sans malice.

— Très bien. Puis-je avoir l'honneur de vous offrir une coupe de champagne ?

Elle hésita. Alex comptait sans doute la retrouver à l'endroit précis où il l'avait laissée.

Une colère toute neuve jaillit en elle. Violente et plus enivrante que la bière qu'elle avait bue.

— Je suppose que oui, répondit-elle avec un sourire. Mais à deux conditions…

M. Barrington s'inclina.

— Je prie le ciel d'être capable d'y satisfaire.

— Oh, mes conditions sont très simples.

L'effet que produisait son sourire était stupéfiant ! Le gentleman se penchait vers elle à présent, attentif, intrigué.

— D'abord, vous devez boire avec moi. Ensuite, vous devez m'assurer que nous boirons pour fêter un succès.

— Et de quel succès s'agit-il ?

— Eh bien, celui qui consiste à m'introduire discrètement dans cet éléphant !

Un billet de cinq francs satisfit le garçon qui montait la garde près de l'animal. Gwen prit la première l'escalier métallique et entra dans un petit salon qu'éclairaient des lampes à gaz. Une causeuse recouverte de velours rouge trônait au milieu d'un tapis moelleux. Les murs étaient tendus de soies exotiques de couleurs vives, embellies de broderies argentées et de franges de pièces d'or. Un immense écran en bois, délicatement sculpté, cachait le reste de l'espace d'où provenait le tintement rythmé de clochettes.

— Attendez, dit M. Barrington.

Sentant une main se poser sur son épaule, elle sursauta.

— Attention, répéta-t-il. Le plancher n'est pas plat.

Seule, dans le noir, avec un inconnu : c'était assurément une vraie aventure. Gwen se dégagea de l'emprise de M. Barrington pour aller examiner les appliques murales en cuivre. Levant une main, elle caressa les incrustations rouges et jaunes qui dessinaient quelque motif mystérieux.

— À quoi sert cet endroit ? Vous le savez ? demanda-t-elle.

— En temps normal ? À digérer, je pense.

Elle rit et se retourna. La plaisanterie l'avait mise à l'aise.

— Et sinon ? À moins qu'il soit interdit d'en parler.

— Oh, nous pouvons parler de tout ce que vous voulez, mademoiselle. Mais dites-moi qui j'ai eu l'honneur d'escorter dans ce pachyderme.

Le sourire de Gwen s'attarda sur ses lèvres. Une sorte d'ivresse l'accompagnait à présent, l'emplissant d'audace et d'euphorie.

— Une femme qui n'a pas peur des fauves – ni des brutes, ajouta-t-elle silencieusement.

M. Barrington avait un beau menton carré, remarqua-t-elle, avec une fossette au milieu, qui se creusait quand il riait.

— Vous en avez rencontré beaucoup ?

— Tous les jours ! Des fauves qui aiment les jeunes dames.

— Oh, mais on ne peut pas le leur reprocher, si les dames sont séduisantes… J'espère qu'aucun ne vous a agressée à Paris ? ajouta-t-il, en faisant un pas vers elle.

— Vous seriez étonné de voir comme je sais manier l'ombrelle.

— Pourtant, vous n'en avez pas ce soir. Sans défense comme vous l'êtes, un fauve pourrait se faire des idées.

Un rire nerveux échappa à Gwen.

— Quelle chance j'ai, alors, d'être escortée par un gentleman !

— Un *gentleman*, répéta-t-il d'un ton amusé. Était-ce ce genre de compagnie que vous recherchiez en voulant pénétrer dans le ventre de cette créature ?

— Non. Ce n'était pas ça.

Les yeux de M. Barrington se rétrécirent. Il voulait l'embrasser, elle le voyait à sa bouche qui se raffermissait. Eh bien, elle avait donc réussi ! Qu'avait-elle eu en tête en montant avec lui, sinon de lui arracher un baiser ? Elle n'était plus une gentille fille. Elle pouvait embrasser autant de messieurs qu'elle voulait, à condition qu'ils soient consentants.

Mais avait-elle envie de l'embrasser ? Elle ne pouvait pas l'affirmer. C'était très audacieux : séduire un homme au Moulin-Rouge, le dancing le plus célèbre du continent… De telles choses n'arrivaient qu'aux femmes de mœurs légères, aux héroïnes de romans. Ses amies ne le croiraient jamais. Elle aurait du mal, elle-même, le lendemain, à y croire. Peut-être cela changerait-il l'image qu'elle se faisait d'elle-même ? Elle se regarderait dans le miroir et lirait sur son visage l'empreinte de cet acte de bravoure.

La main de M. Barrington prit sa mâchoire en coupe. Il avait les doigts moites, hélas. Et il se mettait trop de pommade. L'odeur sucrée qui régnait dans cet espace était écœurante. Il avait un grain de beauté, piqué d'un poil, au coin du nez, juste derrière la courbe de la narine.

Le cœur battant à tout rompre, elle ferma résolument les yeux. Elle n'avait pas besoin de regarder. Elle pouvait imaginer que c'était quelqu'un d'autre. Alex, par exemple...

Rien ne se produisant, elle rouvrit les yeux. M. Barrington tenait toujours son menton mais il ne s'était pas rapproché. Il tourna le visage de Gwen vers la lumière et l'examina attentivement.

— Est-ce que je ne vous aurais pas déjà vue quelque part ? demanda-t-il alors.

Oh, doux Jésus ! Il avait peut-être vu sa photo dans un journal de Londres. Elle y avait eu droit lorsque ses fiançailles avaient été annoncées – par deux fois.

— Non, je ne crois pas.

— Pourtant, j'en ai bien l'impression.

Ses doigts serraient son menton.

— Monsieur Barrington, je... je pense que nous évoluons dans des milieux très différents.

— Mais votre visage m'est familier... comment m'avez-vous dit que vous vous appeliez ?

Elle soupira. De quelle maladie souffraient les hommes pour parler ainsi pour ne rien dire ? Dans les romans, les gentlemen s'emparaient des bouches des dames sans bavardages inutiles. Celui-ci, apparemment, tenait à jacasser. Il ne pouvait pas tout simplement l'embrasser, et qu'on en finisse ? Plus elle le regardait, moins elle en avait envie.

— Je ne l'ai pas dit. Mais je m'appelle... Rose.

C'était le nom d'une héroïne de roman qui avait embrassé un inconnu sous les étoiles et en était tombée amoureuse. Le héros, bien sûr, n'avait ni grain de beauté ni poil inconvenant.

— Rose... Rose..., répéta-t-il.

— Goodrick, acheva-t-elle en citant l'auteur du roman.

— Rose Goodrick. Mademoiselle Rose Goodrick, répéta-t-il.

140

Il se remit à sourire. Son pouce caressa le menton de Gwen. Il n'avait pas de défaut, en vérité, qu'une pince à épiler ne pût corriger.

— Mademoiselle Goodrick, vous êtes une délicieuse petite chose. Le savez-vous ?

— Retirez votre main.

La voix d'Alex la fit sursauter. M. Barrington, lui, ne cilla pas.

— Bonsoir, monsieur de Grey, dit-il d'un ton affable sans lâcher le menton de Gwen.

Monsieur de Grey ?

— Mes hommes n'ont pas été assez clairs ? reprit-il. Je suis à Paris pour le plaisir. Je n'ai aucune envie de parler affaires.

— Très bien, dit Alex. Néanmoins, si vous n'ôtez pas votre main du menton de cette dame, le problème sera de savoir comment la rattacher à votre poignet.

— Oh…

M. Barrington lâcha Gwen avec un curieux petit sourire. Reculant, il réajusta sa jaquette et fourra les mains dans les poches.

— C'est une question de priorité ?

Alex se planta entre eux, silhouette imposante, mais le regard dur qu'il adressa à Gwen était tout sauf chaleureux.

— Oui, dit-il d'un ton sec.

Un nerf palpita dans sa joue.

M. Barrington hocha la tête aimablement.

— Et, vous, mademoiselle Goodrick – êtes-vous d'accord avec cette revendication ? Je pensais vous proposer de faire un tour à Montmartre sous la lune. Mais, si vous me l'ordonnez, je renoncerai à cet espoir.

Elle ouvrit la bouche, et la referma. Montmartre… Existait-il un mot plus apte à titiller l'imagination ?

Alex prit son coude et le serra légèrement. Il jetait sur elle le regard sévère du grand frère fâché, rôle qu'il avait pourtant refusé.

— Répondez-lui, dit-il doucement.

Elle lui adressa un regard innocent.

— Que dirai-je, monsieur ? Je ne peux prétendre connaître depuis longtemps... M. *de Grey*, acheva-t-elle après s'être éclairci la gorge.

— En effet, c'est récent, confirma Alex, mais plutôt intime.

Sa main se posa fermement sur la hanche de Gwen et, la faisant pivoter face à lui, il s'empara de sa bouche.

Il l'embrassa *devant M. Barrington* !

Il s'écarta, lui déposa un baiser sur le cou, et remonta jusqu'au lobe de son oreille qu'il prit doucement entre les dents.

— Soyez sage, chuchota-t-il.

Puis il lui sourit. Un sourire amusé, joueur, coquin qu'elle ne lui avait jamais vu. Celui qu'il devait destiner aux femmes qu'il voulait séduire.

Soudain, elle n'eut plus qu'une seule idée en tête, une seule certitude : elle en avait fini d'être sage, de se tenir bien. Une conduite modeste ne menait qu'à l'ennui.

— J'avoue, dit-elle à M. Barrington, que M. de Grey ne m'est pas inconnu, mais ses attentions sont si inconstantes qu'il ne peut pas me reprocher de l'oublier.

Le visage de M. Barrington s'éclaircit.

— J'ai du mal à imaginer qu'un homme puisse être assez stupide pour vous négliger, mademoiselle Goodrick.

La main chaude d'Alex s'empara du cou de Gwen et ses doigts pianotèrent sur sa nuque.

— Oh, rassurez-vous, personne ne la néglige, murmura-t-il, mais elle aime les complaintes.

M. Barrington regarda Alex dans les yeux.

— En soprano ? demanda-t-il. Ou en mezzo, selon vous ?

La main d'Alex s'immobilisa. Il ignorait qu'elle sache chanter.

142

— Ni l'un ni l'autre, dit Gwen.

— Contralto, alors ? suggéra M. Barrington. Oh, vraiment, mademoiselle Goodrick, je *dois* vous entendre chanter.

— Je reviens d'une tournée en Amérique. Je voulais reposer ma voix, mais peut-être que, par amitié...

— Ça s'est achevé à San Francisco, n'est-ce pas ? demanda Alex. La tournée, je veux dire.

— Mais non, voyons ! protesta-t-elle. Les cartes et l'alcool vous ruinent le cerveau, pauvre homme. L'absinthe et la roulette, précisa-t-elle à l'adresse de M. Barrington. Terribles fléaux. Il pense à la tournée d'il y a deux ans, quand j'ai été couronnée Reine de la Côte Barbare. Cette année, je ne suis pas allée plus loin que Chicago. Je crains les tremblements de terre, voyez-vous...

— Vous êtes une femme raisonnable, approuva M. Barrington. Accompagnez-moi tous les deux au Chat Noir et peut-être que Mlle Goodrick acceptera de monter sur scène.

Avant qu'elle ait pu répondre, un martèlement sonore retentit et une femme sortit de derrière l'écran. Elle croisa ses bras nus – mais pas avant que Gwen ait pu voir ce qu'ils tentaient de cacher : ses seins généreux...

Quant aux fentes de sa jupe diaphane, elles paraissaient s'arrêter là où commençaient ses hanches.

Si c'était pour *ça* que les hommes montaient dans l'éléphant, il restait à Gwen du chemin à parcourir avant de pouvoir se vanter d'avoir de l'audace.

— Je commence à danser ? Ou bien vous allez ailleurs ? demanda la femme dans un anglais fortement teinté d'accent français. Les autres attendent...

— Oh, mon Dieu, nous sommes désolés, dit M. Barrington.

Il sortit un billet de banque qu'elle lui arracha quasiment de la main avant de retourner derrière l'écran.

— Alors ? fit-il à l'adresse de Gwen et Alex. Je l'avoue, je meurs de curiosité d'entendre la voix de Mlle Goodrick.

— Moi aussi, déclara Alex. Mais c'est à la dame de décider.

Il la regarda avec un sourire condescendant.

Persuadé qu'elle était incapable de chanter, il s'attendait à ce qu'elle invente une excuse quelconque.

Elle lui rendit son sourire.

— Allons au Chat Noir !

Le café chantant le plus mal famé de Paris était petit, sombre et étroit : un fouillis de genoux saillants, de coudes mal placés, et de bouts rougeoyants de cigarettes... Les murs étaient couverts d'un bric-à-brac étonnant, vieilles casseroles en cuivre accrochées au hasard à côté de morceaux rouillés de fausses armures, dessins, coupures de presse, une fleur séchée ici et là, le mouchoir d'un inconnu... Dans un coin, un jeune homme en veste de velours abondamment rapiécée complétait la collection d'un dessin au fusain à même le mur.

Alex accepta le verre de cognac que lui apporta l'un des serveurs dont la veste verte et le bicorne étaient censés railler la mise des professeurs d'université. Les années et l'humidité âcre avaient gauchi le plancher, si bien que les tables à trois pieds tanguaient comme des ivrognes. Lorsqu'il y posa son verre, il glissa de quelques centimètres avant de s'arrêter.

Le serveur bavarda un instant avec Barrington que quelques clients peu distingués avaient accueilli par de grandes claques dans le dos.

— J'aime vraiment la bohème, dit Barrington en soupirant lorsque le serveur s'éloigna. Ça donne envie d'être enfant à nouveau, de tout recommencer...

Il ne devait pas avoir plus de trente-cinq ans, se dit Alex. N'était-ce pas un peu tôt pour pleurer une enfance perdue ?

— Vous étiez bohème, quand vous étiez jeune ? demanda-t-il.

— Non. Mais, si l'occasion de changer de destin m'était donnée, je pense que je ferais un superbe vagabond.

— Curieux sentiment de la part d'un homme qui s'occupe d'acheter des propriétés.

— Je vous l'ai dit, je ne parle pas affaires ici.

Tous deux reportèrent leur attention sur Gwen qui conférait avec le pianiste.

Alex s'attendait à un désastre. Cette initiative lui avait permis d'approcher l'homme qu'il cherchait, mais à quel prix ? Elma Beechman leur avait souhaité une agréable promenade sans imaginer qu'ils en auraient jusqu'aux petites heures de la nuit. Elle n'avait pas non plus soupçonné que la jeune fille dont elle avait la charge se déguiserait en chanteuse de music-hall et profiterait de chaque occasion discrète pour échancrer un peu plus son décolleté.

À ce propos, il n'aimait pas la façon dont Barrington la regardait. Cet homme ne paraissait pas dangereux, mais il avait prouvé qu'il possédait un instinct de propriétaire.

Gwen secoua ses jupes, redressa les épaules et monta sur la scène. Personne n'y prêta attention. La salle était remplie jusqu'aux poutres, mais la clientèle du Chat Noir était connue pour être difficile à impressionner. Elle avait ses compositeurs, chanteurs et poètes préférés – ceux qui se faisaient une réputation en se produisant régulièrement. Quant aux autres, si elle ne leur faisait pas la grâce de les ignorer, elle les renvoyait à leur anonymat par des cris et des jurons bien sentis…

Se rompre le cou ou apprendre à voler, songea Alex : tous les oisillons apprenaient de la même manière.

Il vit les seins de Gwen se soulever et s'abaisser au rythme d'une profonde inspiration. Elle était nerveuse, sans aucun doute. Elle le regarda dans la foule et il ne reconnut pas le sourire qui retroussait ses lèvres. Était-ce l'effet de la pénombre, du décolleté ajusté et du rôle qu'elle avait décidé de tenir ? Il ne la connaissait peut-être pas aussi bien qu'il le pensait ?

Il leva son verre à son intention. Elle y répondit par un sourire malicieux, plus familier. Un sourire auquel eut également droit Barrington, qui se plia en deux avec un grand geste de la main.

En fait de bohème, ce geste faisait de lui une pâle relique de la Régence.

Si seulement il pouvait être à Lima ! se dit Alex.

Le pianiste se lança dans les premières mesures de la mélodie. Bizet – la Habanera de *Carmen*. Seigneur ! Un choix malheureux. Cet air demandait une sensualité dont la pauvre fille était incapable.

Puis Gwen ouvrit la bouche et commença à chanter.

Le verre aux lèvres, il se figea.

Dès les premières mesures, il comprit la raison pour laquelle elle avait tenu tout son entourage dans l'ignorance de son talent : sa voix n'était pas faite pour les salons.

Table après table, le silence se répandait.

— *Quand je vous aimerai ?* chantait-elle. *Ma foi, je ne sais pas. Peut-être jamais, peut-être demain… mais pas aujourd'hui, c'est certain !*

Un étrange accès de panique envahit Alex – l'envie irrationnelle de s'enfuir, ou bien de se boucher les oreilles comme un enfant effrayé.

Un premier bravo jaillit du fond de la salle. Elle réagit d'un battement de cils, avant de décocher un clin d'œil au public.

D'autres vivats fusèrent. Puis – Dieu lui vienne en aide ! – Alex vit la main de Gwen descendre vers ses jupes. Elle les retroussa, révélant une cheville, tout en entonnant le couplet suivant.

— L'amour est un oiseau rebelle que nul ne peut apprivoiser, et c'est bien en vain qu'on l'appelle, s'il lui convient de refuser…

Comme elle tournoyait sur place, ses jupes remontèrent plus haut encore. Elle portait des bas de soie blanche brodés de fleurs écarlates. Ses jambes étaient aussi minces et fermes que celles d'une danseuse de cancan.

C'était exactement ce qu'il n'avait pas besoin de savoir.

Il n'avait pas besoin non plus de savoir quelle voix elle avait. Une voix qui l'enveloppait comme ses bras l'avaient fait, douce et chaude, capable de caresser et d'émouvoir. Une voix trop rauque et trop envoûtante pour une débutante élevée dans un cocon, à l'abri de tout souci.

Mais ce n'était pas le cas de Gwen, voyons ! Elle avait souffert, comme lui, de deuils et d'échecs. Si elle souriait facilement, ce n'était pas par frivolité ou inexpérience. C'était une preuve de sa force inaltérable.

— Mon Dieu, souffla Barrington. Où avez-vous trouvé cette fille, de Grey ? C'est une voix de music-hall peu ordinaire.

Alex inspira profondément. Certes, le music-hall pouvait être un bon début. Mais Barrington avait raison. Une voix semblable – aussi basse et enfumée qu'un campement militaire, capable de transformer un air français légèrement osé en une rêverie érotique – méritait un meilleur décor. Celui d'un harem, peut-être.

Ou un lit en alcôve…

Un sourire erra sur ses lèvres. Oui, mieux valait penser à ça – un lit, des membres nus, et un peu de sueur. C'était plus rassurant.

Soudain, elle lâcha ses jupes et tournoya, les bras tendus pour imiter une danseuse de flamenco.

— L'amour est enfant de Bohème, il n'a jamais, jamais connu de loi…

La mère de Richard avait fait une brève carrière d'actrice, se rappela brusquement Alex. Comment il l'avait appris, il ne s'en souvenait plus, mais il était sûr de ne pas se tromper.

Une étrange sensation le traversa. Il voyait Gwen autrement, à présent. Elle faisait plus que *s'amuser un peu*, selon son expression. Elle révélait quelque chose qu'elle avait passé toute sa vie à cacher.

La jeune fille qu'il croyait connaître, celle d'avant, était très malléable, mais il avait souvent pensé qu'il y avait quelqu'un d'autre en elle.

Il se palpa le poignet. Son pouls battait sauvagement. Quel idiot ! Il fallait reconnaître que Gwen ne manquait pas de panache, et rompait les amarres d'une très jolie manière. Mais que lui importaient finalement son talent et son courage ?

Comme le pianiste jouait le passage du chœur, Gwen leva une main et invita la foule à l'accompagner. D'abord un homme, puis un autre entonnèrent les paroles ; les yeux de Gwen cherchèrent ceux d'Alex, un sourire amusé aux lèvres.

Ce sourire l'ébranla. Un bref instant, il se sentit désorienté. Prêtant attention aux mots que chantaient ses voisins, il ne put s'empêcher de rire.

— *Si tu ne m'aimes pas, je t'aime. Et si je t'aime, prends garde à toi !*

Cela ne résumait-il pas la vie amoureuse de Gwen ? Sa voix un peu voilée reprit :

— *L'oiseau que tu croyais surprendre, battit des ailes et s'envola,* roucoula-t-elle. *L'amour est loin, tu peux l'attendre ; tu ne l'attends plus, il est là.*

Monsanto, songea Alex. Que mijotait Monsanto au Pérou ? Avait-il déjà réussi à lui souffler les contrats d'armement ?

Au diable cette histoire ! Il pouvait se permettre de les perdre.

La chanson s'achevant dans un tonnerre, il but la moitié de son verre d'un trait. Des applaudissements frénétiques se déclenchèrent.

— Eh bien, c'était splendide ! s'écria Barrington en élevant la voix au-dessus du vacarme.

Gwen saluait, ravie. Alex aurait fait quinze kilomètres en courant qu'il se serait senti dans le même état : fourbu, la bouche sèche et en même temps bien réveillé, très vivant, un torrent de sang frais coulant dans ses veines...

Il n'avait pas à se sentir revigoré. Il était en train de perdre la partie. Or jamais il ne s'était résigné à la défaite.

Mais que perdait-il, au juste ? Furieux contre lui-même, il reposa son verre. Il avait assez bu pour la soirée.

— Il faut que vous veniez tous les deux à Côte Bleue, disait Barrington. C'est une petite propriété que je viens d'acheter sur la Riviera.

— Peut-être, répondit Alex sans réfléchir.

Gwen s'apprêtait à descendre les marches. Des individus affectant le genre poète fendaient la foule dans sa direction.

Cela n'avait rien de surprenant. Lui aussi l'admirait. Comme les artistes non conformistes qu'il soutenait, elle avait une vision qu'elle voulait transformer en réalité. À ceci près que l'œuvre qu'elle créait n'était autre qu'elle-même...

— Vraiment, j'insiste pour que vous veniez, répétait Barrington. Je reçois quelques amis ce week-end ; je pense que vous trouverez leur compagnie tout à fait agréable.

— Je voyage pour fuir la compagnie des Britanniques, non pour la retrouver, dit Alex.

— Oh, mais je suis tout à fait du même avis, dit Barrington. J'ai en tête quelques Italiens, et un artiste ou deux de Paris. Un tout petit groupe, très choisi.

L'un des faux poètes se mit à genou devant Gwen. Elle éclata de rire. Comment n'avait-il pas deviné qu'elle savait chanter ? Son rire seul le disait.

— Réfléchissez-y, insista Barrington. Et si Mlle Goodrick consentait à nous chanter un morceau ou deux, elle serait bien récompensée.

— Elle n'est pas à vendre, riposta Alex.

— Le génie n'est jamais à vendre, admit Barrington avec un sourire mielleux. Et, n'ayez crainte, monsieur, je vois bien quelle affection elle a pour vous.

La remarque hérissa Alex ; elle lui paraissait recéler une note de sarcasme.

— Néanmoins, le génie demande à être stimulé et, si Mlle Goodrick aime ce qui est beau, elle sera émerveillée par Côte Bleue. Monaco n'est qu'à une heure de route – l'idéal pour ceux qui aiment le casino.

Alex parvint à sourire. Une invitation chez cet homme était une bonne occasion de découvrir ce que mijotait Gerry.

— Je poserai la question à Mlle Goodrick, dit-il en haussant les épaules. Pour moi, ses désirs sont des ordres, comme vous avez pu le constater.

8

Gwen revint enfin à leur table. Discrètement, Alex l'observa tandis qu'elle recevait les compliments de Barrington.

Elle ne passerait jamais pour une courtisane professionnelle : de cela, il était convaincu. Le rire l'embellissait mais elle rougissait trop facilement. Personne ne croirait qu'elle maîtrisait l'art de la séduction.

Néanmoins, elle avait des talents inattendus. Une artiste bohème... elle devrait pouvoir tenir ce rôle le temps d'un week-end.

Il n'avait toujours pas pris de décision lorsqu'ils quittèrent le café, peu avant l'aube. Barrington avait proposé de les ramener, ce qu'ils avaient refusé. Gwen marchait devant lui, silencieuse. Mais, lorsqu'il l'aida à monter dans le fiacre, elle se pencha vers l'extérieur et dit brusquement :

— Vous ne m'avez pas dit ce que vous pensiez de ma prestation.

— Vous pouvez peut-être le deviner.

— Non. Vous devez me le dire.

— Sinon quoi ? demanda-t-il avec un petit sourire. Vous ne me laisserez pas monter ?

Elle le regarda, sans parler, et son silence prit une allure inquiétante. L'obscurité du véhicule cachait son corps tandis que la lumière des réverbères colorait ses joues d'un bleu fantomatique. L'effet était... frappant. Dans les tableaux de Vermeer, la lumière naturelle éclairait des visages féminins émergeant de l'ombre, obligeant le spectateur à se concentrer sur l'essentiel : l'image de la grâce. La bouche résolument fermée. Les yeux retenant une révélation...

Mais, si elle attendait quelque chose de lui, la pauvre Gwen risquait d'attendre en vain. Il se passa une main sur la poitrine, étrangement crispée, sans doute à cause de l'air enfumé qu'il avait respiré toute la soirée.

— Vous n'avez pas eu votre content de compliments ?

— Jamais.

— Eh bien, au moins vous avez maîtrisé l'immodestie, dit-il en se décontractant. La Côte Barbare de Californie ne s'est pas trompée en choisissant sa reine.

Pour toute réponse, elle rougit et se renfonça dans le véhicule.

Alex fit arrêter la voiture à mi-chemin afin de faire le reste à pied. Il voulait s'assurer que Barrington ne les suivait pas et ne risquait pas de découvrir la véritable identité de Gwen.

— Un peu d'air frais nous fera du bien, dit-il en l'aidant à descendre sur le quai.

Comme ils marchaient sous les ormes alignés le long du fleuve, elle inspira prudemment.

— J'aime bien cette odeur, dit-elle. Quelqu'un est en train de brûler... des branches ? Ça me rappelle la campagne.

— Et c'est une bonne chose ?

Elle lui décocha un regard incrédule.

— Vous n'aimez pas la campagne ?

— Pas particulièrement.

— Comment est-ce possible ? Vous y passez toutes vos vacances – et je sais que vous y avez passé une partie de votre enfance. C'est un beau domaine.

Il fit une pause.

— Oui, bien sûr. Mais la campagne me donne l'impression de…

De suffoquer, acheva-t-il en silence.

— De m'ennuyer, reprit-il. Les villes sont pleines de vie. D'ambition.

Les hommes animés d'un désir de changement allaient en ville. À l'inverse, le réel attrait de la campagne, pour ce qu'il en savait, reposait sur des notions de routine, de stabilité, d'immobilité. Pas très loin de l'idée qu'il se faisait de la prison, il y avait la vie dans la campagne anglaise – ou l'art de dépérir tranquillement au milieu de nulle part, de dîner tous les soirs face à la vue qu'il admirerait jusqu'à sa mort, au milieu de gens qui le connaissaient depuis le jour de sa naissance.

Enfant, bien sûr, on lui disait qu'un tel destin était ce qui lui convenait le mieux.

— Pour moi, la campagne est la parente pauvre de la ville, poursuivit-il. Vous n'êtes pas d'accord ? Si le vicomte n'était pas parti pour Paris – s'il était allé se réfugier… dans le Suffolk, par exemple – auriez-vous pu vivre une telle aventure ce soir ?

— Vous avez raison. Ma maison est à la campagne, vous savez, mais je n'ai jamais pensé à y vivre.

— Votre maison ? Vous parlez de Heaton Dale ?

— Oui. De quoi d'autre ? demanda-t-elle, surprise.

Il n'avait pas réalisé qu'elle pensait à cet endroit comme à sa maison. C'était une monstruosité, un palais de style palladien, qui avait été l'objet de maintes railleries de la part des amis de sa mère, quinze ans plus tôt. « Le Buckingham bourgeois d'un arriviste », comme l'appelait sa mère, qui se demandait si son époux prévoyait de s'inventer des armoiries.

— Vous y passez beaucoup de temps ?

La maison, à sa connaissance, était restée déserte depuis la mort des parents de Gwen. Richard n'y avait sûrement pas vécu. Il se moquait de son allure prétentieuse avec plus de méchanceté que quiconque.

— Oh, un jour ou deux à l'occasion. Jamais long-temps, mais j'avais espéré – enfin, tant pis ! Je venais de redessiner les jardins. Trent adorait les labyrinthes de style Tudor, alors que Thomas préférait le style chinois. Mon Dieu, j'ai abîmé la pelouse de derrière pour ce butor !

— Vous aviez prévu d'y vivre, une fois mariée ?

— Où, sinon ? fit-elle avec un petit rire. Mes fiancés n'avaient rien d'autre à me proposer. Bizarre, non ? Ces deux messieurs possédaient une douzaine de maisons à leur nom, mais pas une seule d'habitable.

— Hmm... Puis-je vous suggérer, Gwen, que la prochaine fois que vous voudrez vous marier...

— Oh, je vous en prie, ne parlons pas de ça !

— ... vous posiez une condition, acheva-t-il. Évitez tout individu incapable de vous offrir une maison avec un toit en bon état.

— Ce serait de bonne guerre, je suppose, dit-elle en secouant la tête. Mais pourquoi parlons-nous de ça ? Nous sommes à Paris, bon sang ! Paris au lever du soleil ! Faut-il que je sois insatiable pour rêver de la campagne alors que je peux profiter de cette merveille !

Elle leva les mains et tournoya sur place.

Il retint de justesse une remarque sarcastique. Paris, malgré tout son charme, était l'une des villes les plus sales du monde. Quant au lever du soleil, il n'y avait pas de quoi s'émerveiller : il pouvait témoigner qu'il avait lieu tous les matins.

Puis le visage de Gwen s'éclaira et, pris au dépourvu, il sentit son traître cœur s'emballer. Heureusement, elle ne faisait pas attention à lui, car il ignorait ce qu'elle aurait vu sur son visage, si elle l'avait regardé.

Le regard de Gwen erra au-delà de lui, puis, comme elle tournait sur place, la tête inclinée, tout autour d'eux. Elle admirait les rues endormies, les fenêtres obscures des hôtels particuliers – et les débris qui voltigeaient dans l'air. Certes, ils se mêlaient aux charmantes fleurs sauvages poussant dans les fissures du trottoir. Des fleurs canailles dont les pétales dessinaient une piste colorée, illicite, sur la promenade jusqu'à ce que les tours de Notre-Dame happent le regard vers le ciel. À l'est, au-dessus des toits, la couleur de pêche mure promettait une journée de chaleur. Sur la Seine, la lumière timide encore dessinait des rides dorées.

Il vola au passage une grappe de lilas près de la grille d'un jardin.

— Oui, murmura-t-il. Tout ceci est très beau.

Elle se retourna, la bouche de travers.

— Alex, vous savez, je crois que je suis devenue une très vilaine fille, cette nuit.

Il éclata de rire.

— Dieu nous vienne en aide ! s'écria-t-il en lui jetant la fleur. L'inconvenance vous va trop bien, mademoiselle Maudsley.

Elle rit aussi et écarta le lilas d'une pichenette.

— C'est l'hôpital qui se moque de la charité ! s'écria-t-elle avant de dissimuler un bâillement.

Lorsque sa main retomba, son expression devint sérieuse. Elle regarda de nouveau les tours de Notre-Dame.

— Ce n'est pas vraiment scandaleux, pourtant ? De vouloir vivre comme cela ?

— Comme ça ? répéta-t-il.

— De vouloir vivre... librement ? Même pour une femme.

Elle n'aurait pas dû se livrer ainsi. Il serait si facile de l'humilier à présent – de rire d'elle et de dire : « Vous pensez que ce que vous avez fait est scandaleux ? C'était un jeu d'enfant, chérie. Ce n'est pas cela, la liberté. Vous vous êtes accordé un caprice de jeune fille riche, rien de plus ! »

Il ouvrit la bouche, puis la referma.

Il ne lui dirait pas ces mots. Cela ferait de lui un hypocrite de la pire sorte. Car, s'il pouvait critiquer son vocabulaire, il savait ce qu'elle voulait dire. Ce qu'elle éprouvait... c'était la même aspiration qui l'avait poussé hors d'Angleterre dès la fin de ses études. Son premier lever de soleil sur l'Atlantique, la fraîcheur des embruns sur son visage... il s'était tellement penché par-dessus le bastingage qu'un marin qui passait à proximité avait pris peur et crié.

Que c'était étrange ! Il avait oublié cette euphorie. Qu'elle ait diminué avec le temps était normal. Les premières années, il embarquait sur des navires uniquement parce qu'il était curieux de leur destination. Maintenant, lorsqu'il regardait une carte, aucun nom ne lui était inconnu. Ses voyages étaient devenus une affaire de routine et d'obligation...

— Vous ne me répondrez pas ? demanda-t-elle doucement.

Il inspira à fond.

— Toutes mes excuses. Je... je suis un peu fatigué. Est-il scandaleux de vivre comme ça...

Serait-ce scandaleux si, la prochaine fois qu'elle le touchait, il ne la repoussait pas ?

— Je suppose que la réponse dépend de la personne à qui vous posez la question ?

— C'est à vous que je la pose.

— Alors, voici encore une leçon : la seule personne à interroger, c'est vous-même...

Lorsque Gwen se réveilla, le soleil inondait le plafond à moulures. Ce qui signifiait qu'il était midi passé. Une odeur d'omelette provenait du salon, de plus en plus forte.

Elle eut un vague souvenir d'Elma la secouant en disant :

— Nous avons rendez-vous à 10 heures chez Laferrière, chérie. Pourquoi es-tu encore au lit ?

Oh, non ! Gwen se redressa, toute droite contre la tête de lit, et revit la scène.

Encore à moitié endormie, elle n'avait pas su taire les événements de la nuit, suscitant la fureur d'Elma. Pour la première fois, Gwen l'avait entendue élever la voix. Elle ne pouvait se rappeler la totalité du sermon, mais il avait porté sur les garçons manqués, les goujats qui les encourageaient et, plus généralement, l'abomination de se donner en spectacle…

Elle se rappelait aussi le bruit de la porte qu'Elma avait claquée derrière elle.

Elle mit une main sur les yeux. Elle s'excuserait, bien sûr. Elle ne supportait pas qu'Elma lui en veuille.

Mais ce serait mentir que de prétendre regretter une seule des choses qu'elle avait faites cette nuit. Même s'endormir au petit matin semblait romantique ! Douillettement enfouie sous la couverture, elle avait lutté pour garder les yeux ouverts aussi longtemps que possible, en se concentrant sur l'ivresse de son âme, l'euphorie, l'excitation. « N'oublie pas, s'était-elle dit, que tu peux à ta guise te sentir comme cela : légère et insouciante. » Elle n'avait jamais vécu ça avant.

On frappa à la porte. Michaels, sa femme de chambre, passa la tête.

— Le courrier et le journal, mademoiselle.

Le nombre de lettres qu'elle avait reçues la surprit. Elle les feuilleta rapidement pendant que la porte se refermait. Il y en avait une de Caroline, qui désirait probablement des ragots sur les expatriés. Une autre de Belinda, qui l'amusait en ne cessant de lui proposer de nouvelles méthodes pour persécuter Thomas. Lady Anne avait envoyé un mot, elle aussi : ses papotages du jour viraient à la jubilation mauvaise devant le malheur d'autrui.

Le Comte de Whitson a fait tout particulièrement attention à moi au bal des Flinton, hier soir, écrivait-elle. *Tout le monde dit que je serai probablement mariée avant la fin de la saison. Bien sûr, mon seul regret sera que vous ne serez pas en mesure d'être là.*

La quatrième lettre arborait une écriture inconnue. Elle eut la stupeur de découvrir qu'elle était d'Alex.

Son cœur rata un battement. Il lui avait jeté une grappe de lilas ce matin, sur la berge de la Seine, et, dans la lumière dorée de l'aube, il avait eu l'air plus jeune – plus amical – et plus joueur aussi. Bref, il avait eu l'air de quelqu'un qui pourrait lui parler d'égal à égale.

Elle aurait aimé que la nuit ne finisse pas, qu'ils continuent à marcher le long du fleuve. Sa présence l'avait autant enivrée que le vin bu au Chat Noir.

Gwen, écrivait-il, j'espère que cette lettre vous trouvera d'aussi bonne humeur que vous l'étiez à l'aube. Si je vous écris au lieu de vous rendre visite, c'est que j'ai un rendez-vous urgent avec l'ambassadeur du Pérou. La teneur de ce message étant très délicate, j'espère que vous constaterez la confiance que je place en vous. Je vous prie cependant de détruire cette lettre une fois que vous l'aurez lue...

Bref, j'ai une proposition à vous faire. Mais, d'abord, il faut que je vous expose la raison principale de mon séjour à Paris...

Lorsqu'elle eut jeté la lettre au feu, elle se sentait aussi excitée et euphorique que ce matin à l'aube. Quel projet merveilleusement scandaleux il lui proposait ! Et dire que c'était à *elle* qu'il demandait de l'aide !

Mais pourquoi pas ? Il ne pouvait en effet pas aller chez Barrington sans elle.

Elle écrivit la réponse immédiatement et sonna Michaels pour qu'elle la fasse déposer. La porte refermée de nouveau, elle s'aperçut qu'il y avait un problème : Elma...

Elma interdirait de telles aventures. D'ailleurs, elle devait être déjà en train de se plaindre d'elle. Lady Lytton, la femme de l'ambassadeur anglais, était une grande amie des Beecham, et Elma devait déjeuner avec elle au Palais-Royal. « Dire que je l'ai amenée à Paris ! se lamentait sûrement Elma en se goinfrant d'huîtres, et elle refuse de m'accompagner en ville. Ce matin, elle a carrément refusé de sortir du lit. »

Lady Lytton hocherait la tête d'un air compréhensif tout en tapotant la main de sa pauvre amie. Bien sûr, on ne pouvait en attendre plus d'une fille qui avait été victime de la goujaterie masculine deux fois de suite.

Gwen n'était aucunement victime. Pour la première fois depuis une éternité, elle se sentait... maîtresse de sa propre vie.

« *Votre aide me serait utile* », avait écrit Alex.

En riant, elle repoussa drap et couvertures, et s'étira. Enfant, elle avait vu dans un musée d'Oxford une étoile de mer séchée. Si l'un de ses membres était coupé, avait raconté le conservateur, un autre poussait en l'espace d'une nuit. Il lui était peut-être arrivé quelque chose de semblable. Elle se sentait plus joyeuse que durant les jours qui avaient précédé la dérobade de Thomas Pennington.

Cédant à une impulsion, elle leva les talons en l'air. Sa chemise de nuit retomba sur les cuisses. Elle examina ses jambes nues avec intérêt ; les danseuses de cancan au Moulin-Rouge lui avaient montré de quoi faire des comparaisons. Des chevilles fines, des mollets bien galbés... Les genoux à fossettes qu'elle avait vus la veille étaient plus jolis que les siens, maigres et noueux. Mais elle levait le pied aussi bien que n'importe qui. Ce qu'elle fit sans tarder, en bottant l'arrière-train d'un Thomas Arundell Pennington imaginaire... Lily Goodrick était la Reine de la Côte Barbare, le quartier chaud de San Francisco, après tout. Elle n'était pas du genre à se laisser offenser par un homme, fût-il aussi bien né que Thomas Pennington !

Hélas, celui-ci avait déjà quitté Paris, ce qui le rendait inaccessible à la vengeance que Gwen avait concoctée pour lui. En l'apprenant, cet après-midi-là, elle faillit lâcher la théière qu'elle tenait à la main.

— Vous en êtes certaine ? demanda-t-elle à Elma.

— Absolument certaine, dit Elma. Je l'ai appris de la bouche de lady Lytton elle-même. C'est son petit-neveu et il lui rend toujours visite quand il passe à Paris. Je pense qu'il voit en elle une seconde mère, car la première est un véritable dragon... Tu l'as échappé belle, à ce sujet, ma chère, ajouta-t-elle avec un frisson.

— Mais où est-il parti ? demanda Gwen, abattue.

— À Baden-Baden selon lady Lytton, et de là, à Corfou.

Gwen hocha la tête, de plus en plus perplexe. Elma avait proposé un thé pour fêter de bonnes nouvelles. Elle était déçue. Si Thomas était parti, elle ne pourrait pas récupérer sa bague. Il n'y avait pas de quoi se réjouir.

— N'aie crainte, dit Elma en voyant son air dubitatif. J'ai de meilleures nouvelles. Mais, d'abord, portons un toast...

Méfiante, Gwen leva une délicate tasse de porcelaine – beaucoup de crème avec un nuage de thé, selon le goût d'Elma. Il était toujours possible, songea-t-elle, qu'Elma ne s'apprête pas à fêter la mort de quelque comtesse pendant sa nuit de noces, ou le décès brutal d'un héritier qui avait eu l'audace de s'être déjà marié mais dont le cadet se languissait dans le célibat.

— Chérie, d'abord, je te prie d'excuser mon accès de colère de ce matin. Tu as subi une épreuve pénible, et j'aurais dû deviner que Paris ne convenait pas à une jeune femme dans ton état. Ce qu'il te faut, c'est du repos, et pas cette agitation perpétuelle.

— Oh, non ! protesta Gwen. Ne vous excusez pas. Je suis désolée de vous avoir causé des soucis, mais je vous assure, j'ai passé une soirée fantastique hier.

— Ce n'est pas envers toi que j'aurais dû me mettre en colère. Le seul coupable est M. Ramsey. J'avoue que

160

j'ai été déçue. Bien sûr, je sais qu'il a une mauvaise réputation, mais je pensais que nos relations avec sa famille le retiendraient de t'entraîner dans ses folies.

— C'est moi qui ai insisté pour aller au Chat Noir, dit Gwen.

Elma haussa un sourcil.

— Une seule nuit de débauche ne t'aura pas nui, à condition que tu n'aies rencontré personne de nos connaissances... Mon Dieu – tu n'as rencontré personne, j'espère ? s'écria-t-elle, le front soucieux.

— Non, personne, s'empressa de répondre Gwen.

Elma relâcha son souffle.

— Alors, il n'y a pas de mal. Mais je pense vraiment qu'il est temps de partir, chérie. Pour un petit séjour à la campagne, comme les sœurs Ramsey l'ont suggéré. Guernesey ou la Cornouailles. Que préfères-tu ?

Guernesey ? Seigneur !

— Tante Elma, dit-elle en pesant ses mots, je pense que vous vous méprenez sur la situation. Je ne me sens pas du tout épuisée, ni dépressive...

— Assez sur ce sujet. Tu ne veux pas savoir ce que nous fêtons ?

L'expression habituellement austère d'Elma se changea brusquement tandis qu'elle fouillait dans son sac.

— J'ai la plus jolie des surprises pour toi. D'abord, tu es heureusement débarrassée du vicomte. Il n'était pas digne de toi et tu ne dois pas te sentir responsable de sa conduite. Mais, si c'est un vaurien, ce n'est pas un voleur. Regarde seulement ce qu'il a laissé à la chère lady Lytton, pour qu'elle nous le rende !

Elle ouvrit la main. La bague de Richard scintillait sur sa paume.

Les lèvres de Gwen s'entrouvrirent sur un « O » silencieux.

— Oui, ma chère, dit Elma gentiment. Prends-la. Je sais ce qu'elle représente pour toi, et je suis heureuse d'être celle qui a réussi à te la restituer.

Gwen tendit la main. Lorsque ses doigts se refermèrent sur l'anneau, elle eut une bizarre impression de déjà-vu.

Levant les yeux, elle croisa le regard rayonnant d'Elma qui attendait probablement une crise de larmes ou, à défaut, une exclamation de joie. L'occasion le méritait. Cette bague faisait partie de sa famille, en quelque sorte, et Gwen n'aurait pas pu trouver le repos tant qu'elle ne l'aurait pas récupérée.

Cependant, comme elle la tournait entre ses doigts, elle s'aperçut que la blessure que son absence avait causée dans son amour-propre semblait s'être refermée.

— Je n'ai pas eu tort de la lui avoir confiée, dit-elle et, cette fois, elle le croyait. C'est lui qui était en tort. Je ne pouvais pas deviner qu'il la garderait.

— Non, bien sûr, répliqua Elma. Personne n'aurait pu ! Mais, maintenant que tu as récupéré cette bague, tu chasseras ce jeune homme de ta tête. Il y a tant d'autres messieurs dans le monde ! Londres, en ce moment même, fourmille de célibataires tous plus séduisants les uns que les autres.

Elle se pencha en avant, faisant cliqueter son collier de perles.

— Pense qu'un beau garçon t'attend à Londres, reprit-elle, sans imaginer la bonne fortune qui va entrer dans sa vie !

Gwen éclata de rire. Qu'était-elle, en réalité, pour ces célibataires qui l'attendaient : une fortune à conquérir, rien de plus. Mais Elma n'était sans doute pas consciente de l'ironie de ses propos.

— Je crains que mes sentiments n'aient pas changé, ma chère tante.

En réalité, ils s'étaient plutôt renforcés.

— Je n'ai pas du tout envie de recommencer cette comédie. En fait, j'aimerais rester encore un peu en France.

La bouche d'Elma se pinça. Ce qui souligna les petites rides qu'elle détestait, au coin des lèvres et des yeux.

— Gwen, sois raisonnable. Après la nuit dernière, je ne peux vraiment pas envisager de rester ici.

— Oui, je comprends, votre sagesse s'y oppose, acquiesça Gwen.

Elle porta sa tasse de thé à son nez, humant le parfum apaisant. L'odeur de bergamote ne manquait jamais de lui rappeler son père, qui buvait tellement de cette décoction que ses vêtements en étaient imprégnés. Toute son enfance, il avait dû se satisfaire de bohea, un mélange de troisième catégorie, et il affirmait qu'aucun luxe ne l'avait plus surpris et enchanté que la découverte d'un bon thé. « Quelle merveilleuse manière de boire de l'eau ! disait-il souvent. Je te le dis, Gwen, aucune chimie ne surpassera jamais ces feuilles infusées... »

— Vous n'avez pas besoin de rester, reprit-elle en posant sa tasse. Je suis assez grande pour veiller sur moi !

Les yeux de sa tante s'écarquillèrent.

— Doux Jésus ! Ne me dis pas que tu penses rester ici *toute seule* ?

— Mais ce ne serait pas si extraordinaire, après tout ! Je vois tout le temps des femmes de mon âge sans chaperon ! À la gare Saint-Pancras, par exemple.

Elle s'interrompit, frappée par cette vérité. Elle avait beau posséder une véritable fortune, elle ne jouissait d'aucune liberté.

— Elles se tiennent debout, seules, devant le comptoir et certaines boivent même un petit verre de cognac ! Beaucoup ont l'air tout à fait respectables.

Il lui aurait poussé une seconde tête qu'Elma ne l'aurait pas regardée d'un air aussi ahuri.

— Ce sont des filles qui *travaillent* ! Des dactylos ! Des employées de la poste ! Tu ne veux quand même pas te comparer à ces gens-*là* !

Non… bien sûr que non.

Ce serait stupide. Ces femmes faisaient de leur mieux pour se maintenir la tête hors de l'eau. Si elles avaient eu le choix, elles auraient peut-être préféré être surveillées de près par une personne comme Elma.

— Mais cela ne fait pas d'elles des êtres moins respectables. C'est-à-dire… elles ne sont ni meilleures ni pires que ma mère, avant son mariage.

— Ta mère voulait mieux que ça pour toi !

Gwen baissa les yeux sur son thé.

— Mais elle n'aurait pas voulu que je me marie sans amour.

— Personne ne te demande de faire une chose pareille. Juste ciel, que t'est-il arrivé devant cet autel ? Ton cerveau aurait-il été brisé en même temps que ton cœur ?

— Mon cœur n'a pas été brisé ! protesta Gwen en reposant bruyamment sa tasse. Cela fait un bon moment que je vous le répète !

Les yeux d'Elma se plissèrent.

— Oui, tu me l'as dit. Mais il s'agit d'autre chose.

Sa voix se fit froide et sèche, et elle poursuivit :

— Dois-je te rappeler que, quand je t'ai accueillie chez moi, je me suis portée garante de ta conduite ? J'ai risqué mon *propre* nom pour veiller sur toi et te lancer dans le monde. Ce que tu ne sais sans doute pas, c'est que mes amies me l'ont déconseillé. Je leur ai dit qu'elles ne comprenaient pas la douceur, la nature franche et honnête de ton caractère. Certainement, je n'avais pas *imaginé*…

Elle s'interrompit et serra les lèvres. Puis, secouant la tête, elle regarda ailleurs.

La seule réplique qui vint à l'esprit de Gwen était suprêmement méchante. Cela faisait dix ans qu'elle payait les factures des Beecham, et elle n'avait reçu aucun remerciement.

Brusquement, Elma se retourna.

— Non, dit-elle d'un ton sec. Je te l'interdis. Et je ne veux plus en entendre parler ! Tu m'as bien comprise ?

Sans préambule, la porte s'ouvrit, ce qui les fit sursauter toutes les deux.

Alex s'appuya sur le chambranle tout en boutonnant nonchalamment son gant.

— N'ai-je pas entendu des cris ? Des appels au secours ? Quelqu'un est en danger ? demanda-t-il du ton de la plaisanterie. Rassurez-vous, mesdames, voici le chevalier blanc qui accourt à votre secours. Il ne manque que le destrier.

Oh, mon Dieu... Gwen lui décocha un regard pressant pour le prévenir. Ce n'était pas du tout le bon moment !

— *Vous !* siffla Elma en se levant. Ce dévergondage, c'est *votre* faute !

9

— N'oubliez pas d'écrire ! cria Elma en agitant son mouchoir par la fenêtre.

Le coude d'Alex lui rentrant dans les côtes, Gwen acquiesça en hochant vigoureusement la tête.

— Tous les jours, répondit-il d'une voix forte, avant de murmurer : Faites-lui au revoir, sinon nous n'arriverons jamais à monter à bord...

— Oh..., fit-elle en agitant mollement la main.

Le mouchoir claqua, puis rentra dans la fenêtre qui se referma résolument.

— Ouf ! fit Alex en renfonçant son haut-de-forme sur son crâne. Vite, maintenant, avant qu'elle ne ressorte la tête.

Il prit le bras de Gwen et l'entraîna vers l'autre bout du train. Les gens s'écartèrent prudemment de leur chemin. Du coin de l'œil, elle vit une grand-mère aux cheveux argentés pivoter sur son banc pour regarder Alex.

— Nous y sommes, dit Gwen.

Un sifflement retentit et un gros nuage de vapeur s'éleva de la locomotive. Alex bondit dans la voiture et se retourna pour aider la jeune femme. Au même moment, la voiture s'ébranla. Un pied sur la première marche, Gwen sentit qu'elle perdait l'équilibre et poussa un cri.

Il agrippa sa taille et la tira à l'intérieur, plaquée sur sa poitrine. Elle resta immobile un instant, humant son odeur – laine, savon et un soupçon d'eau de toilette.

— Quel départ mouvementé ! commenta-t-elle en s'écartant.

— En effet.

Quelqu'un toussa ostensiblement près d'eux, et ils se retournèrent.

— Les… les billets, s'il vous plaît ? leur demanda timidement un employé grisonnant.

— Ah, oui, fit Alex en les sortant de sa poche.

Le train prit de la vitesse et le sol se mit à vibrer sous leurs pieds. Gwen s'adossa à la paroi.

— J'ai réservé toute la voiture, lui dit Alex en aparté. Aussi, même si elle décide de se promener, elle ne pourra pas venir nous importuner.

Elle le regarda. Avec quelle intelligence il avait organisé tout ça… Il lui jeta un coup d'œil, puis la regarda plus attentivement.

— Oh, Seigneur ! Qu'est-ce qui vous tourmente ? Vous allez pleurer ? Il n'est pas trop tard pour sauter du train et tout annuler.

Elle s'efforça de sourire.

— Si…

Le quai fuyait à présent, et Paris s'éloignait.

— À la prochaine station, alors. Je peux sonder Barrington tout seul.

— Non, s'empressa-t-elle de répondre. Et je n'allais pas pleurer. C'est seulement que…

« C'est seulement que vous êtes plutôt effrayant », voulait-elle dire. Alex s'était assis à côté d'Elma, tout à l'heure, sans écouter ses menaces de le faire jeter dehors par la sécurité de l'hôtel. Prenant sa main entre les siennes, il l'avait humblement priée d'énumérer les péchés dont elle le trouvait coupable. Humblement ! Une première dans sa vie.

Elma s'était pliée à sa requête et avait lâché une volée d'accusations sur son horrible caractère et l'influence désastreuse qu'il avait sur la pauvre enfant dont elle était responsable. En réponse, il avait hoché la tête, pressé sa main, et fait son mea culpa.

Après quoi, Alex s'était reconnu atterré par les soucis qu'il avait infligés à Elma – aveu qui avait complètement fait dévier la conversation vers divers sujets, dont la tristesse d'une vie passée au service d'ingrats, les efforts qu'il convenait de déployer pour garder son rang dans la société et les injustices odieuses auxquelles les jolies femmes d'un certain âge étaient soumises. Un autre tour de passe-passe avait fait dévier la conversation sur M. Beecham et, fondant en larmes, Elma s'était effondrée sur l'épaule d'Alex.

À la fin de la conversation, Elma était convaincue que, si quelqu'un avait besoin de vacances, c'était *elle*.

— Oubliez *toutes* les obligations qui vous tourmentent, avait spécifié Alex. Y compris Gwen, bien sûr.

Et voici comment Elma s'était retrouvée installée quatre voitures devant eux, en route pour le lac de Côme. Avant de partir, elle leur avait fait jurer qu'ils ne diraient mot de son escapade à personne, et surtout pas à M. Beecham. Trois jours plus tard, ils se retrouveraient tous à Marseille...

— C'est juste que... Un départ si soudain, reprit Gwen. J'ai les idées un peu... embrouillées, je suppose.

— Hmm, fit-il, avec l'air d'accepter l'explication. Vous avez peut-être besoin de manger quelque chose.

La voiture qu'Alex avait réservée consistait en trois sleepings et un petit salon, dans lequel l'employé leur servit un repas sur des guéridons qu'il vissa dans le sol. Le festin était impressionnant : pour commencer, ils dégustèrent des crevettes et des huîtres de Marennes, accompagnées d'un délicieux vin blanc. Le plat principal, qui devait leur être apporté une heure plus tard, consisterait en un canard rôti, des pommes de terre sautées et une salade romaine. Pour le dessert, on leur promettait une corbeille de fruits, suivie de café et cognac.

Un dîner interminable durant lequel éviter le regard d'Alex allait tenir de l'exploit.

— Cela suffit, dit-il sèchement, l'entrée tout juste servie. Quelque chose vous tracasse. Si vous regrettez votre impétuosité, dites-le-moi. Je peux encore vous mettre dans un train pour Londres.

— Rien ne me tracasse.

Elle regardait fixement par la fenêtre. La beauté des paysages était à couper le souffle : ruines médiévales perchées sur des hauteurs que le soleil couchant teintait de rouge, bois touffus où s'enfonçait le train, plongeant le compartiment dans une pénombre que perçait timidement la lumière de l'unique plafonnier, puis grands champs de tournesols, au-delà desquels on apercevait de petites villes, avec leur clocher et les tours d'un château en ruine, aussi pittoresque que dans les contes de fées.

Elle se sentait curieusement partagée. À la fois, douloureusement vivante, vibrant à l'unisson avec l'univers entier, si bien que même le grand tube de bois et de métal qui la transportait semblait être une partie d'elle-même. Elle et lui fendaient le paysage, dans un élan irrésistible et bruyant, qui faisait se disperser les moutons et s'envoler les oiseaux avec force cris de désapprobation.

D'un autre côté, ce train était parti d'un point précis et avait une destination connue, tandis qu'elle-même se sentait étrangement sans attache, comme si elle tombait du ciel. La nuit dernière, elle n'avait pas songé qu'elle allait quitter Paris. Et, ce soir, elle en serait loin. Était-ce toujours ainsi qu'Alex vivait ? Dans une liberté folle, dangereuse et jubilatoire. Le monde était en permanence à sa disposition.

Et voilà qu'il lui en ouvrait les portes…

Elle lui jeta un coup d'œil. Surpris en train de l'observer, il lui sourit. Ce sourire, s'il exprimait un aveu, était si charmant et amical qu'il toucha quelque nerf doux et douloureux à la fois dans la poitrine de Gwen. Elle sentit le souffle lui manquer.

La fascination qu'il exerçait sur elle était à sens unique, elle ne devait pas l'oublier.

« Je veux vous toucher », lui avait-elle dit la nuit passée avec l'impudicité d'une prostituée. Le pire était que, malgré son rejet, son désir était toujours là. Depuis qu'elle sortait, elle n'avait jamais eu le mauvais goût de continuer de se languir pour quelqu'un qui la repoussait. Le vicomte pouvait aller au diable, elle s'en fichait ! Elle haïssait Trent depuis la minute où elle avait ouvert la lettre dans laquelle il rompait leurs fiançailles et implorait son pardon. Mais, maintenant qu'Alex avait répondu à ses avances par un haussement d'épaules et une platitude au sujet de son profond respect envers son frère, que faisait-elle ?

Elle se surprenait à fixer ses lèvres avec gourmandise et à envier Elma qui avait dû à ses cheveux argentés le privilège de pouvoir se blottir contre sa poitrine...

Elle soupira et redressa fièrement le menton. Au-delà d'Alex, sur le miroir fixé au panneau de teck qui séparait le salon du couloir, une fille aux cheveux roux la regardait d'un air chagrin.

Elle tenta de lui sourire, de prendre une expression délurée digne de la Reine de la Côte Barbare. L'objectif principal de cette aventure, se rappela-t-elle, était d'acquérir cette magnifique et insouciante assurance qui l'immuniserait contre le jugement d'autrui.

Son sourire faiblit. Si son but était de se moquer de l'opinion d'autrui, s'enticher d'Alex était ennuyeux. Car elle désirait vivement qu'il l'apprécie. Un sourire de lui, et elle avait l'impression que rien ne lui était impossible...

Ce qui était tout bonnement absurde. N'avait-elle pas appris ce qui se passait lorsqu'on se fiait au jugement d'un homme ?

— Le tour que vous avez joué à Elma me met mal à l'aise, dit-elle. Elle se sentira très bête lorsqu'elle aura repris ses esprits.

— Pourquoi donc ? demanda-t-il en prenant une crevette. Je lui ai seulement donné une excuse pour faire exactement ce dont elle avait envie. Jouer au tyran ne lui fait aucun plaisir, Gwen... Ou bien vous a-t-il échappé que cette femme est désespérément malheureuse ?

— Elma n'est pas du tout malheureuse ! Elle adore être à Paris ; vous auriez dû la voir compter les cartes de visite déposées pour elle. Et elle était très excitée à l'idée de tout ce qu'elle allait pouvoir raconter, de retour à Londres, sur les soirées, les célibataires, les...

— Excitée de vivre, par procuration, à travers vous, corrigea-t-il. Elle n'a pas d'enfants. Son mari la néglige et, en plus, il a le mauvais goût d'être toujours en vie, si bien qu'elle ne peut pas lui chercher de remplaçant. Et, pendant ce temps, elle prend de l'âge. Mon espoir est qu'elle se trouve un gentil Italien et qu'elle s'offre un peu de bon temps.

— Une... liaison ? Vous avez oublié ce pauvre oncle Henry ?

— Le pauvre oncle Henry l'ignore complètement. Dieu sait que je ne plaide pas pour l'adultère ; si on a la sottise de prononcer les serments du mariage, autant les respecter. Mais puisqu'il n'assume pas ses responsabilités, tant pis pour lui !

Gwen le fixa avec un regard censé le clouer au pilori.

— Vous voilà bien vertueuse, tout à coup ! s'exclama-t-il en riant. Voyons, Gwen, qu'auriez-vous préféré ? Que nous fourrions Elma dans une malle et que nous l'envoyions malgré ses protestations en Angleterre ?

— Oh, mais non, voyons ! Je disais seulement que j'avais l'âge d'être un peu indépendante. Tandis que vous, vous l'avez complètement manipulée.

— Chérie, votre hypocrisie est un spectacle magnifique. Mais vous croyez-vous vraiment autorisée à me faire la morale ?

Elle se figea.

— Je vous demanderai de parler plus clairement.

— Vous n'avez pas persuadé la société de Londres de vous adorer en lui ordonnant de le faire, n'est-ce pas ?

— Non. En effet. Je suis devenue l'*amie* de tous ces gens.

— Vos amis et admirateurs étaient persuadés que la chose la plus naturelle du monde, et la plus avantageuse pour eux, était de vous adorer... Rappelez-moi combien de paletots vous aviez promis de tricoter pour les orphelins... Vous pensez que votre popularité était due aux sourires que vous distribuez si généreusement ?

— Non, bien sûr, protesta Gwen. Comme vous le signalez toujours, il y a aussi le poids de mes trois millions de livres.

La fourchette d'Alex s'immobilisa.

— Je vous l'ai signalé une fois, lors d'une discussion très particulière. Et c'est vous qui continuez à le mentionner. On penserait presque que vous estimez votre propre valeur en livres et en pence...

La question éveilla en elle quelque colère obscure.

— Eh bien, c'est vrai, non ? Si je n'étais pas riche...

— Si vous n'étiez pas riche, vous n'auriez pas eu la possibilité d'accéder à un milieu plus élevé – bien sûr que c'est vrai. Mais ce n'est pas l'argent qui vous a rendue populaire.

Le train ralentissant avant une station, le sol frémit et la vaisselle tinta.

— Oh, je vous en prie, ne parlons pas de ma gentillesse.

— Je n'allais pas le faire, dit-il. Vous êtes rusée. Et terriblement disciplinée.

Rusée et disciplinée... Déconcertée, elle garda le silence. Les soldats étaient disciplinés, ainsi que les nonnes qui passaient toute la nuit à prier à genoux. Mais elle ? Quant à être rusée – quelle blague ! N'avait-elle pas prouvé sa naïveté ?

— Vous aviez raison pour l'Aubusson de la bibliothèque des Beecham. J'ai vérifié avant de quitter Londres.

— Et alors ?

— Eh bien, vous disiez que j'étais rusée.

— Pas pour acheter des tapis. Mais pour ce qui est d'avoir du succès en société, vous l'êtes. L'engouement que vous suscitez est beaucoup trop fort pour n'être dû qu'à la chance, au charme et aux sourires.

— Alors, quoi ? Je n'ai pas *acheté* mes amis, si c'est ce que vous voulez dire.

— Non.

Le train s'était arrêté et le silence donnait à la voix d'Alex une netteté désagréable.

— Mais vous les avez embobinés.

Elle piqua une crevette de sa fourchette.

— À vous entendre, ma vie n'était qu'une comédie.

— Ce ne l'était pas ? demanda-t-il avant d'émettre un petit bruit de gorge, mi-amusé mi-sceptique. Ne me dites pas que vous étiez dupe. Vous avez pénétré dans ce petit milieu en en maîtrisant les règles pour les utiliser à vos fins.

Il fit une pause et, les yeux rivés sur la crevette embrochée, elle forma le vœu qu'il se taise définitivement. S'entendre analyser aussi froidement était... humiliant. Elle n'était pas aussi calculatrice qu'il le disait, mais elle voyait ce qui pouvait amener quelqu'un à le penser.

Était-ce vraiment ainsi qu'il la voyait ?

Il reprit d'un ton plus aimable :

— Gwen... si vous aviez pris ce monde au sérieux, vous ne les auriez pas manœuvrés aussi habilement.

La faille dans son argumentation enhardit Gwen à lever les yeux.

— Tout le monde sait qu'il y a des règles, dit-elle. Sinon les traités de bonnes manières n'auraient pas autant de succès.

Les yeux bleus d'Alex soutinrent son regard.

— Je ne parle pas d'étiquette. Je parle d'artifices plus subtils. La flatterie, par exemple. Et le talent d'oublier certaines choses quand il le faut. Vous vous rappelez la réception qu'a donnée Caroline, il y a trois ans ? En juin, je crois.

Haussant les épaules, elle prit une autre crevette.

— Il y a eu tellement de...

— De vomi dans le vestibule, acheva-t-il.

— Oh...

Elle s'en souvenait vaguement, à présent. Le temps était lourd, pas du tout de saison. Caroline avait fait installer une jolie tente rayée au cas où il pleuvrait. Elle-même avait été trop excitée par la perspective de son prochain mariage avec lord Trent. Mais la moitié des invités avaient été malades, y compris son fiancé, à cause des coquillages...

Elle jeta un regard soupçonneux à la crevette et la poussa sur le rebord de son assiette.

— Les coquillages n'étaient pas frais. Merci de me le rappeler.

Il éclata de rire.

— Oui, c'est la seule fois où j'ai pris Caro pour Belinda. Sa fureur a donné lieu à un spectacle extraordinaire.

— Je n'avais pas réalisé que vous étiez là.

— Je n'avais pas l'intention de venir. J'étais sur les quais, pour surveiller le déchargement d'une cargaison. Lorsque les invités ont commencé à tomber malades les uns après les autres, Caro m'a envoyé chercher pour que j'aide à transporter de corpulents membres du parlement dans leur voiture.

Il sourit à ce souvenir.

— Doux Jésus ! reprit-il. Certains de ces hommes abusent vraiment de la nourriture... Bref, j'ai été là assez longtemps pour entendre une grande dame vous présenter à l'une de ses amies comme la fille d'un marchand de couleurs de quartier qui s'était découvert un talent remarquable pour les affaires.

— Oh...

De la même façon que l'on se rappelle parfois un rêve des jours ou des semaines plus tard, un vague écho s'éveilla en elle. Par principe, elle ne ressassait jamais ce genre d'incidents.

— C'était une insulte, s'écria-t-il. Même pas déguisée. Mais votre sourire n'a pas faibli. Vous l'avez remerciée d'avoir eu la gentillesse de se souvenir de votre défunt père.

— Ah bon ?

Elle prit un radis et mordit dedans. Ces radis français étaient légèrement sucrés, avec un arrière-goût piquant qui surprenait. Elle commençait à les apprécier vraiment.

— Je ne m'en souviens pas, mentit-elle.

— Non ? Moi, je ne l'oublierai jamais.

La subite gravité de son ton la fit relever les yeux. Il soutint son regard.

— Ce n'était pas une réplique apprise dans les livres, mais une brillante stratégie pour clouer le bec à une vieille harpie.

— Je m'en souviens vaguement, maintenant. C'était lady Fulton, non ?

— C'est possible, répondit-il en haussant les épaules. Vous savez, je m'efforce d'oublier les noms de ces gens.

Oui. C'était lady Fulton, Gwen s'en souvenait bien à présent. À ce moment-là, elle s'inquiétait de l'humidité qui ramollissait ses boucles et lui gâtait le teint. Quelles longues manches étroites imposait la mode cette année-là ! La remarque de lady Fulton l'avait arrachée à ses soucis futiles et, avant de répliquer, elle avait regardé autour d'elle pour s'assurer que lord Trent n'avait rien entendu.

Que c'était étrange ! Au lieu de chercher son fiancé pour qu'il prenne sa défense, elle avait craint qu'un commentaire inopiné le fasse changer d'avis sur elle et leur projet de mariage.

Eh bien, apparemment un commentaire inopiné l'avait bel et bien fait changer d'avis. Sauf qu'elle ignorait lequel puisqu'il ne s'était pas donné le mal de l'en informer…

— Je hais lady Fulton, lança-t-elle.

Voilà qui était franc ! Pourquoi n'avait-elle jamais utilisé ce mot auparavant ?

— Cette femme est une petite peste, snob et venimeuse, ajouta-t-elle.

— Assurément. Comme je le disais, j'ai été grandement impressionné par votre retenue à l'égard de cette vieille sorcière racornie.

— Racornie, dit-elle. Oui, c'est exactement le mot qui lui convient. J'imagine que son âme ressemble à un épi de maïs flétri.

— Je pensais à sa figure, mais je suis d'accord pour le reste aussi.

Ils éclatèrent de rire à l'unisson. Elle se dit que, si Alex devait jamais se marier, sa fiancée n'aurait pas à lui cacher de telles insultes proférées à son égard. Il serait heureux de riposter pour la défendre.

Mais il ne se marierait jamais, bien sûr. Elle chassa de son esprit ces pensées dangereuses.

— Mais vous disiez que vous m'aviez toujours prise pour une hypocrite doublée d'une rouée ?

— Non. Enfin, peut-être… J'ai admiré votre performance au point de vous inviter à participer à un jeu de mon invention.

Il lui adressa un sourire paresseux qui la bouleversa.

Elle inspira lentement.

— Dites-moi ce que je dois faire.

— En gros, vous êtes mon billet d'entrée. C'est plus qu'assez. Barrington vous demandera sûrement de chanter, mais vous n'êtes pas obligée de lui rendre ce service.

Il fit une pause, puis écarta son vin.

— Gwen, réalisez-vous que, pour Barrington, vous et moi sommes amants ?

— Oui, dit-elle en rougissant malgré elle.

— Vous comprenez donc que nous partagerons la même chambre.

Elle avala sa salive.

— Oui.

— Et, très probablement aussi, il n'y aura qu'un seul lit.

Les doigts de Gwen s'enfoncèrent dans le velours épais du coussin, derrière elle.

— Bien sûr, répondit-elle en affectant la nonchalance mais, même à ses oreilles, sa voix lui parut hachée.

— Contentez-vous de vous comporter gentiment avec moi, et n'en rajoutez pas trop sur la fiction de la Reine de la Côte Barbare. Moins on ment, moins on risque d'être découvert...

Elle hocha la tête, tout en sentant grandir en elle une certaine déception. Il ne lui destinait que le rôle d'un accessoire.

— Que cherchez-vous, en fait ? Vous croyez qu'il a dupé lord Weston et lui a volé les terres ?

— Je ne sais pas. Ce serait plus facile si j'avais une petite idée. Quelque chose ne va pas – Barrington ne ressemble pas à un simple propriétaire terrien. S'il a aussi les moyens de s'offrir un hôtel particulier, nous perdons notre temps. Peut-être qu'il achète des terres pour le plaisir, et qu'il n'a pas répondu à mon offre parce qu'il se moque du profit qu'il pourrait réaliser... Quelle idée perverse ! ajouta-t-il avec une grimace.

— Et étrange. S'il était aussi riche, il me semble que l'un de nous, au moins, aurait entendu parler de sa famille. D'où vient son argent ?

— Oui, c'est très étrange, acquiesça-t-il. Mais cela n'a peut-être aucun rapport avec Gerry.

Il pianota légèrement sur la table, puis regarda par la fenêtre. Le train s'était remis en route ; les poutrelles métalliques de la station défilaient lentement, et des visages se levaient pour suivre le train qui passait, comme des fleurs se tournant vers le soleil.

— En tout cas, je m'accorde deux jours pour résoudre cette énigme, pas un de plus.

— Puis je vous demander pourquoi vous vous en souciez ? demanda-t-elle après une brève hésitation.

Il lui jeta un regard impassible.

— De Gerry ?

— Non, dit-elle en riant. De Heverley End. Je suis sûre que c'est un endroit ravissant – mais je croyais que vous ne vous intéressiez pas à la campagne. Et c'est une très petite propriété, non, qui n'est pas attachée au titre. Quelle importance s'il la vend ?

— Pour moi, aucune. Mais mes sœurs le prennent très mal. Et je ne peux écarter l'idée que mon frère s'est mis dans le pétrin.

— Et vous dites que vous n'avez pas de sentiments fraternels ! s'exclama-t-elle.

— Oh, il n'y a rien de noble là-dedans, Gwen. Je suis entouré d'incompétents – un frère prétentieux et deux sœurs gémissantes et excitées qui préfèrent s'agiter que de tenter d'arranger les choses. C'est plus facile ainsi : je règle le problème, et elles me laissent tranquille… Jusqu'au problème suivant, ajouta-t-il en marmonnant.

Comme toujours, chaque fois qu'elle entendait parler d'affaires de famille, Gwen éprouvait une sorte de fascination. Et d'envie aussi, elle l'admettait. Malgré leurs querelles, les Ramsey étaient très unis. Les tribulations d'Alex avaient beau chagriner son frère et ses sœurs, ils l'accueillaient toujours à bras ouverts. Si lord Weston exaspérait les jumelles, elles continuaient d'aller dîner chez lui tous les dimanches soir. Et Alex, s'il se tenait à distance de la société policée et préférait rester hors d'Angleterre autant que possible, ne manquait pas d'assister à ces dîners lorsqu'il était en ville.

C'était tellement différent de l'enfance qu'avait connue Gwen ! Pour assurer la réussite de leurs enfants, ses parents s'en étaient délibérément séparés. Parfois, elle se demandait quelle vie elle aurait eue s'ils avaient été moins ambitieux.

Elle s'aperçut que les yeux bleus d'Alex la fixaient avec curiosité et, sans qu'elle l'ait voulu, ses doigts se serrèrent sur ses genoux.

Ils cherchaient une main à tenir, songea-t-elle. Ils le cherchaient, lui, Alex, et elle aurait aimé qu'il en soit ainsi chaque fois qu'elle aurait besoin d'aide. Soudain, avec un élancement douloureux au creux de l'estomac, elle se mit à souhaiter des choses impossibles. Pas le mariage, non, car c'était là un engagement que l'on pouvait aisément rompre ou trahir. Quelque chose de plus qu'un mariage – un lien aussi sauvage et fugace qu'une étreinte physique…

Elle avait espéré qu'un mariage lui ferait connaître ce genre de plaisirs. En la personne de Penninton, elle avait voulu voir le père de ses futurs enfants – quatre, cinq, six enfants, de quoi remplir les chambres de l'immense et vide demeure remplie d'échos que ses parents avaient fait construire. Assez d'enfants pour n'être plus jamais seule.

Au lieu d'une main à étreindre, elle referma les doigts sur la bague de Richard, suspendue à son cou par une chaîne.

Mais ses yeux refusaient de quitter Alex.

Elle ne pouvait pas l'avoir, bien sûr. Mais, Dieu, qu'elle le voulait !

Inévitablement, la conversation finit par tourner autour de Richard. Ils restèrent dans la salle à manger longtemps après le repas, partageant des souvenirs, échangeant des anecdotes, riant comme de vrais amis. Et, lorsque la lune se leva, ronde et mate dans le ciel constellé d'étoiles, tout ce territoire commun, l'amour qu'ils avaient partagé pour son frère faisait que Gwen ne se sentait plus anxieuse en présence d'Alex.

Curieusement, le désir persistait, et plus elle se sentait à l'aise avec lui, plus elle désirait être proche de lui.

Lorsque chacun eut regagné son compartiment – dans lequel elle put se déshabiller sans aide grâce aux agrafes intelligentes du corset de la marque Jolie Soubrette, acheté dans les Galeries du Louvre – il lui vint à l'esprit qu'elle confondait peut-être ses émotions ; ce qu'elle éprouvait pour Alex n'était peut-être que la continuité de son amour pour Richard.

Elle jeta le corset sur le sol, où il s'affaissa avec un petit bruit triste.

Elle baissa les yeux sur la pièce de lingerie. *Jolie Soubrette*, vraiment ! Quel nom ! Elle s'était imaginée l'offrant à Caroline, juste pour l'entendre éclater de rire. Les soubrettes pouvaient être jolies, en effet, et le prix du corset avait été fixé pour séduire cette clientèle, mais il avait un petit air coquin qui associait le sous-vêtement à une source de revenus inconvenante.

D'ailleurs, le corset en lui-même n'était pas joli. Aucune soubrette ne s'en parerait pour séduire. D'ailleurs, l'étiquette ne vantait pas son élégance, mais sa solidité et son faible prix.

Elle se renfrogna. Y avait-il là aussi une allusion obscène à une femme vigoureuse, jolie et *bon marché* ?

Elle se laissa glisser sur son siège et, d'un coup de pied, envoya le corset valser dans l'espace confiné. Il buta contre le lit et s'affaissa de nouveau. Certes, il existait des corsets beaucoup plus jolis, faits pour séduire les hommes, et plus solides, aussi. Gwen en possédait plusieurs, taillés sur mesure, chacun conçu pour modeler son corps un peu différemment, afin de flatter la ligne de telle ou telle robe. Elle s'était souvent dit, tandis qu'à moitié vêtue elle se tenait devant le miroir, que certains de ses corsets étaient trop beaux pour être recouverts – qu'il était désolant qu'on ne la voit pas ainsi parée.

Elle jeta un regard méprisant au *Jolie Soubrette*. Elle n'aurait pas dû laisser ses autres corsets à Paris. À quoi avait-elle donc pensé ? On ne devait pas abandonner ses sous-vêtements aussi légèrement. Ils étaient les atouts majeurs du succès d'une dame, dans certains milieux. Parmi les filles qui avaient débuté avec elle trois ans auparavant, chacune avait aspiré à se marier avant l'âge qui correspondait à la mesure de leur taille de corset. Au-delà de vingt-quatre ans, on approchait du statut de vieille fille.

Les corsets avaient été raccourcis depuis, et les lacer devenait plus difficile. Les débutantes d'aujourd'hui espéraient sans doute se marier avant vingt-deux ans.

Eh bien… elle se rassit. Le fait même qu'elle n'ait pas surpris de conversation entre débutantes au sujet du rapport entre la taille du corset et l'âge auquel on devait se marier était un signe certain qu'elle-même se situait déjà au-delà de la limite acceptable.

Ou que sa taille était trop épaisse !

Juste ciel ! Elle posa les mains autour de ses hanches et serra légèrement. Serait-elle toujours agréable à voir en sous-vêtements ? Les choux à la crème et le champagne coûtaient cher… Quelle sotte elle était de n'avoir pas emporté son corset vert amande, un peu trop long pour les robes actuelles, mais si élégant avec son ruban assorti et ses dentelles ivoire ! Si elle l'avait pris, c'était *cela* qu'elle mettrait pour Alex.

Elle plaqua une main sur sa bouche.

Doux Jésus ! Voilà qu'elle songeait de nouveau à le séduire. Lui, le seul homme qui lui était définitivement interdit…

10

Il lui fallut une bonne heure et un autre cognac pour rameuter son courage. Puis, déboutonnant sa chemise de nuit en coton blanc jusqu'à la naissance de ses seins, elle inspira profondément et se glissa dans le couloir.

Alex occupait le compartiment voisin du sien, et sa porte n'était pas verrouillée. Elle s'ouvrit sans bruit, ce qui lui offrit une vue directe du lit. Alex reposait sur le dos, un bras replié en travers de la tête. Il était encore habillé. Pourquoi ?

Lorsqu'il devint évident que le battement de son cœur ne le réveillerait pas, elle avança. Comment s'y prenait-on pour séduire un homme endormi ? Est-ce qu'après l'avoir réveillé, on lui annonçait son intention ? « Je suis venue vous ravir. Je n'accepterai pas que vous me repoussiez. »

Cette approche exigeait non seulement un sacré culot mais aussi une certaine force. Car l'homme, défié ainsi, chercherait précisément à la repousser. Si elle savait une chose de lui, c'était qu'il était jaloux de ses prérogatives.

L'unique chaise était tirée près du lit, et sur le dessus traînait une revue – *The Board Of Trade Journal*, un ennuyeux journal économique – et, ce qui était plus intrigant, un objet brillant. Elle s'inclina, plissa les yeux et découvrit que le scintillement provenait de la monture métallique d'une paire de lunettes.

Des lunettes ! Elle regarda Alex, bouche bée. Elle aussi avait besoin de lunettes pour lire confortablement, et, comme lui, elle ne les mettait jamais en public.

Nous sommes deux vaniteux, songea-t-elle. L'idée la fit sourire. Cela devenait une sorte d'obsession, de découvrir les petites choses qu'ils avaient en commun. Sa loyauté envers sa famille. L'amitié qu'il portait à Richard. Son mépris des opinions des idiots et des snobs...

Il fit un léger bruit et elle se figea. Dans le clair de lune, son visage était celui d'un jeune garçon, presque innocent. Elle eut envie de toucher son menton déjà bleu par une ombre de barbe, mais comme elle tendait la main, ses doigts se replièrent. Si elle le réveillait de la mauvaise façon, tout irait mal. Il en était ainsi, en tout cas, dans les contes de fées. Il n'y avait qu'une façon de réveiller une personne endormie si l'on voulait qu'elle tombe amoureuse.

Mais je ne veux pas qu'il tombe amoureux de moi, se rappela-t-elle. *Je ne suis pas ici parce que je rêve d'un avenir avec lui.*

D'ailleurs, à quoi ressemblerait un avenir avec lui ? Il n'aimait pas la campagne, ni l'Angleterre, et il ne désirait pas s'installer.

S'il tombait amoureux, sa bien-aimée devrait courir le monde à ses côtés.

Ce ne serait pas une vie très reposante.

Mais il ne tomberait jamais amoureux. De personne. Inutile d'en vouloir à la femme capable de le suivre partout puisque jamais elle n'existerait. Alex Ramsey était le célibataire le plus endurci que la terre ait jamais porté.

Cette pensée lui redonna du courage. C'était une chose de repousser une femme en public, une autre de refuser ses avances quand elle entrait nuitamment dans votre chambre. Quel homme refuserait une telle proposition ?

Enhardie, elle se pencha pour respirer son odeur. Les vapeurs du cognac restaient accrochées à lui, mais il y avait autre chose… l'odeur de sa peau nue ? Elle inspira plus fort. Oui, c'était ça. L'odeur d'un homme soigné et en bonne santé. L'odeur d'Alex…

Les yeux bleus s'ouvrirent.

Elle se figea.

Il l'examina un instant, les paupières lourdes, et elle sentit son cœur bondir dans sa poitrine.

La seconde suivante, il se réveilla complètement. Elle vit son regard se concentrer sur son visage.

Le seul bruit qu'elle percevait était le choc des roues sur les traverses.

Non. Il y avait aussi son souffle court – un bruit très embarrassant.

— Quelle position avez-vous choisie ? murmura-t-il.

Elle n'avait pas prévu qu'il parle. D'une seule question, il avait repris le contrôle de la situation, et cela la désarma complètement. Les yeux d'Alex, d'un bleu sombre à cause de la pénombre, fixaient les siens sans bouger. Il se redressa sur un coude et sa chemise déboutonnée s'ouvrit, révélant les muscles de son abdomen.

La bouche de Gwen s'assécha.

— Alors ? demanda-t-il de nouveau d'une voix douce.

— Celle que vous voudrez, souffla-t-elle.

— C'est-à-dire ?

— Vous… vous ne voulez pas ?

— Gwen…

Il inclina la tête légèrement, si bien qu'elle ne distinguait plus son expression.

— C'est vous qui me réveillez, c'est à vous de dire ce que *vous* voulez.

185

Pourquoi devait-il rendre les choses aussi difficiles ? Ce qu'elle voulait n'était-il pas évident ?

Ou bien souhaitait-il s'amuser à l'entendre bafouiller ? Probablement...

Pourquoi était-elle là ? Et pourquoi diable n'avait-elle pas emporté son corset vert ?

— C'est sans importance. Rendormez-vous...

Il eut un petit sourire moqueur.

— Gwen..., murmura-t-il d'une voix ensorcelante comme le chant d'une sirène.

Une telle voix pouvait réciter des versets de la Bible à des athées, pousser des troupes à des charges suicidaires... et convaincre une femme de se jeter dans l'abîme.

— Oui ?

— Vous ne cessez pas de dire que vous voulez vivre sans contrainte. Mais à quoi bon, si vous ne savez pas ce que vous voulez ? Pourquoi êtes-vous là ? Le savez-vous seulement ?

Elle croisa les bras étroitement.

— Je sais ce que je veux. Mais vous...

Vous me compliquez terriblement les choses, ajouta-t-elle silencieusement.

Il se pencha en avant, et elle aperçut l'une de ses larges épaules musclées dans le clair de lune qui inondait l'autre moitié du lit. Soudain, elle eut envie de la toucher, de presser les lèvres sur cette peau lisse.

— Je connais mes désirs, chuchota-t-elle.

— Alors, vous avez le choix. Ignorez-les et sortez de cette pièce. Ou bien assumez-les sans honte.

Elle hésita encore.

— Mais je vous l'ai déjà dit ce que je voulais. Au Moulin Rouge. Et vous m'avez repoussée...

— Oui. Et je vais peut-être vous repousser encore. C'est mon droit, et un risque que vous devez prendre. Mais, quelle que soit ma réaction, vous aurez eu raison de le prendre.

186

Elle le regardait fixement. Elle ne pouvait pas dire les mots qui, pourtant, lui brûlaient les lèvres. Si elle essayait ?

Il rit, un petit bruit rauque dans l'obscurité.

— Pour l'amour de Dieu, ce n'est que moi, Alex Ramsey. Pas un étranger...

Une onde chaude la traversa, réchauffant son ventre, l'intérieur de ses cuisses. Non. Ce n'était pas un étranger. Loin de là. Il l'observait depuis des années. Même quand elle ne faisait pas attention à lui, ses yeux s'attardaient sur elle, observant, examinant. Jugeant...

— Je veux que vous me fassiez l'amour. Normalement, en ce moment, je devrais être une femme mariée. Je veux... savoir.

Le souffle court, elle acheva :

— Et, maintenant que je vous ai dit ce que je veux, est-ce que vous allez refuser ?

Il resta immobile un moment atrocement long.

Puis, d'un mouvement fluide, il se mit à genoux. Une fine ligne de poils sombres descendait du nombril et s'enfonçait sous la ceinture du pantalon, que retenaient des hanches anguleuses.

— Non.

Une fraction de seconde, elle ne comprit pas s'il acceptait ou s'il refusait. Puis il se leva avec légèreté du lit, et, à son petit sourire en coin, elle comprit qu'il était d'accord.

L'expérience de Gwen se limitant à la lecture de romans, elle s'attendait à ce qu'il lui saute dessus et la jette sur le lit. Au lieu de quoi, il glissa la main sous ses cheveux pour s'emparer de son cou. Deux fois, trois fois, il le caressa avant d'approcher ses lèvres. Son souffle erra sur la gorge de Gwen, brûlant, comme s'il cherchait un endroit où se nicher.

— Et si vous essayiez d'être plus précise ? murmura-t-il à son oreille.

— Oui, fit-elle comme ses yeux se fermaient d'eux-mêmes.

Les lèvres d'Alex caressèrent la peau tendre sous l'oreille.

— Vous voulez que je vous fasse l'amour ? Ou que je vous fasse jouir ?

Elle ignorait quelle était la différence mais elle comprit pourquoi il posait la question. Il voulait que ce moment lui appartienne. Qu'il soit son choix.

— Je ne sais pas. Il faudra que vous me montriez la différence. Mais, d'abord, embrassez-moi, s'il vous plaît...

Avec un rire de velours, il posa les mains sur ses épaules. Ses paumes remontèrent le long de son cou, puis ses doigts caressèrent doucement son menton, puis ses joues. Il leva son visage vers le sien.

— Avec plaisir, dit-il.

Le baiser qu'il lui donna alors était doux, presque timide, comme si sa bouche posait à la sienne quelque question intime, un secret murmuré, pas vraiment destiné à être entendu, ni compris. Surprise par tant de tendresse inattendue, elle soupira.

Les dents d'Alex mordillèrent très doucement sa lèvre inférieure, en signe de réprimande ou d'encouragement. Elle ouvrit les lèvres, et il entra littéralement en elle, les doigts dans ses cheveux tandis qu'il la faisait reculer le dos contre le mur et que sa langue l'envahissait.

Il avait un goût de cognac, de dentifrice à la menthe et d'eau citronnée. Il avait le goût des nuits sauvages où se perdaient les filles – le genre de nuits qui faisaient vieillir prématurément. Elle lui rendit son baiser en se cambrant vers lui. Il émit un petit bruit et s'écarta légèrement afin que leurs torses ne se touchent pas. Seule sa bouche la torturait, tandis que sa main soutenait sa nuque.

Elle ouvrit les yeux et vit que ceux d'Alex étaient fermés. Il se concentrait sur la bouche de Gwen, et la tenait comme une porcelaine fragile, ce qui ne l'empêchait pas de se sentir possédée, prisonnière de son étreinte.

Quelque chose se brisa dans son cœur, et elle fut soudain vulnérable.

Cette pensée l'effraya. Elle le repoussa et les lèvres d'Alex esquissèrent un demi-sourire. Il fit un pas et la pressa de tout son corps contre le mur...

Alors, elle jeta les bras autour de son cou et l'embrassa à pleine bouche, entremêlant ses jambes aux siennes, toutes les fibres de son corps découvrant l'urgence d'être touchées, caressées, absorbées... Les doigts d'Alex plongèrent dans ses cheveux et son bras l'enlaça fermement. Sentant son membre durci contre son ventre, elle céda à une impulsion et se mit à onduler contre lui. Il laissa échapper un long soupir.

Elle en fit autant lorsqu'il lui toucha le sein du bout du pouce, avant d'y poser ses lèvres.

La vue de sa tête sombre penchée sur sa poitrine nue la bouleversa, et ses genoux manquèrent de se dérober sous elle.

Il la fit pivoter dans le compartiment étroit et l'allongea sur le lit. Ses doigts remontèrent le long des jambes de Gwen, s'attardèrent derrière les genoux avant de lui écarter très doucement les cuisses. Elle le regarda et vit qu'il l'observait ; l'intimité du moment était à la limite du supportable, mais elle s'interdit de fermer les yeux. N'avait-elle pas dit qu'elle voulait tout cela ? Alors, il ne lui restait plus qu'à tenir sa promesse, la partie la plus facile, la plus agréable... Dieu du ciel, la main d'Alex remontait jusqu'à son sexe humide, et il la caressait ! Elle faillit crier de plaisir.

La main s'attarda entre ses jambes, tandis que, penché au-dessus d'elle, il avait l'air étonnamment grave dans la pénombre. Comme les doigts bougeaient doucement, elle se redressa pour poser ses lèvres sur l'épaule plus lisse, plus ferme, plus chaude qu'elle ne l'avait imaginé. Elle lécha la peau, ce qui lui arracha un petit rire satisfait.

— Mordez, murmura-t-il.

Mordre était une idée brillante. Elle planta douce-ment les dents dans sa chair, et, au même moment, il glissa un doigt en elle. Elle gémit, et quand Alex toucha du pouce la partie la plus sensible de son être, elle se sentit littéralement fondre de bonheur.

Ce n'était pas tout, et elle savait que le sexe ne se limi-tait pas à ça, et brûlait de le sentir en elle. Mais il appro-fondit sa caresse, sans paraître se soucier de son propre plaisir. Il se raidit quand elle referma la main sur toute la longueur de son membre, et plaqua ses hanches contre les siennes. Voilà ce qu'elle voulait, songea-t-elle avec une sensation de vide, de vulnérabilité et d'urgence nouvelle à la fois douloureuse et délicieuse. Cela ne pouvait pas continuer, elle ne pouvait en sup-porter davantage. Elle mordit la lèvre d'Alex pour expri-mer son impatience. Pesant de tout son poids sur le sien, il laissait sa main lui prodiguer la plus intime des caresses.

— Oh ! cria-t-elle, au comble du plaisir, la tête ren-versée en arrière.

Les muscles totalement détendus, elle reposait sur le dos, le souffle court, les yeux fixés sans les voir sur les silhouettes fantomatiques des arbres qui défilaient par la fenêtre du train.

Jamais, elle ne s'était sentie aussi... heureuse.

Un baiser effleura sa pommette. Elle cligna des yeux, puis tourna vers lui son visage rougi.

On aurait pu craindre que ce soit gênant. Au contraire. Voir Alex, ainsi penché sur elle, une main entre ses cuisses, lui semblait étrangement naturel.

— Et... et vous ? murmura-t-elle d'une voix éteinte.

Il lâcha un soupir, qu'elle sut comment interpréter : il aimait le son de sa voix, ou bien ce qu'elle avait dit. Elle n'était pas naïve au point d'imaginer que c'était cela que

190

les hommes allaient chercher dans les bordels. Elle voulut s'asseoir.

— Vous n'avez pas…

— Chut, fit-il. Rallongez-vous, Gwen.

— Mais je voulais…

— Non. Nous ne ferons pas ça.

Elle l'avait regardé dans ses moments d'intense plaisir et, voyant qu'il l'observait, elle s'était crue en totale harmonie avec lui. Demain, que ferait-il ? Il la repousserait encore ? Elle avait faim de lui. Tous les pores de sa peau réclamaient le contact avec son corps.

— Mais pourquoi non ? demanda-t-elle, déçue.

Il se leva du lit et alla se servir un verre de cognac. Se sentant observé, il la regarda et la lumière fit scintiller ses yeux sous la masse de ses cheveux bruns.

— Je ne peux pas faire ça, dit-il posément.

Il posa son verre sur la tablette et s'assit à califourchon sur l'unique chaise du compartiment.

Elle tira sa chemise de nuit sur ses jambes et remonta le décolleté. Lui avait l'air très à l'aise, bien qu'il soit nu au-dessus de la taille. Son torse – eh bien, Gwen ne put s'empêcher de l'admirer ! Enfant, il avait été renvoyé de Rugby pour avoir roué de coups Reginald Milton – elle le tenait de Richard, que son intervention avait sauvé, et aussi des jumelles. Il continuait à pratiquer des sports violents, ce qu'on avait du mal à imaginer tant il était nonchalant, jusqu'à ce que l'on voie ses bras et sa poitrine.

— Vous pouvez tout faire, dit-elle.

La gorge nouée, elle eut du mal à prononcer la suite.

— Mais, si vous ne voulez pas, c'est une autre chose.

Aussi vif qu'un serpent, il se pencha et attrapa la chaîne qu'elle portait autour du cou. Il la laissa filer entre ses doigts et la bague de Richard se balança au-dessus des seins de Gwen.

— Je voulais l'enlever, murmura-t-elle, étonnée d'avoir oublié.

— Ah bon ? fit-il, songeur. Nous avons parlé de Richard toute la soirée, vous savez.

Lâchant la chaîne, il prit une gorgée de cognac, puis ajouta :

— Mais nous n'avons jamais parlé de ce que votre frère aurait pensé de ça.

Elle sentit un frisson glacé courir dans tout son corps.

— Nous n'en avons pas parlé parce que mon frère est mort. Son opinion n'a plus d'importance.

— J'en suis bien conscient, dit-il, caustique. Mais, lorsque je parle de Richard, c'est à vous que je pense. Je commence à m'interroger sur vos motifs, Gwen.

Elle le fixa, troublée.

— J'ai été aussi franche sur mes motifs que j'en suis capable ; je suis en quête d'une vie différente. De quelque chose… quelque chose qui soit…

— Irrévocable. Vous recherchez un moment, une expérience tellement intense que vous ne pourrez jamais revenir en arrière.

Elle examina cette remarque, guettant un piège, mais n'en trouva aucun.

— Peut-être en partie…

Mais pas totalement. Sinon, n'importe quel homme aurait fait l'affaire…

Alors qu'elle ne voulait que lui.

— C'est bien que vous l'admettiez. Mais comme je l'ai dit, il y a toujours deux options. Et je n'en fais pas partie. Sans parler de ce qui est arrivé à Richard…

Les mots la glacèrent. Au lieu de les réunir, ils les séparaient aussi bien que l'aurait fait un mur de pierre.

— Ce qui est arrivé à Richard n'a rien à voir avec ça.

— Et pourtant nous n'en avons jamais parlé. Une absence aussi pesante n'est plus une absence.

Elle ramena les genoux contre la poitrine.

— Je n'ai… aucune envie de mourir, si c'est ce que vous voulez dire. Ce n'est pas une sorte de jeu suicidaire de ma part.

192

— Lui non plus n'en avait pas l'intention.

Silence.

— Il était… fâché contre vous, dit-elle enfin. Je le sais.

— J'aurais pu le retenir. Tellement facilement…

L'âpreté de sa voix l'émut.

— Alex… vous pensez que je vous *reproche* sa mort ? Je ne l'ai jamais fait. Pas une seule fois.

Alex se rassit dans l'ombre et elle ne vit plus son expression.

— Pas *une seule fois*, répéta-t-il, d'un ton sceptique.

Devait-elle être franche ?

— Enfin… peut-être, au début, commença-t-elle précautionneusement. Quand il venait juste de nous quitter.

— D'être assassiné, corrigea-t-il d'un ton dépourvu d'émotion. Il ne nous a pas quittés, Gwen. On nous l'a arraché. C'est une distinction importante : elle signifie que quelqu'un est responsable.

— Très bien, reprit-elle doucement. Après qu'il eut été assassiné… j'ai pensé, une fois ou deux, que vous l'aviez initié à cette existence – que c'était votre chemin qu'il avait suivi, jusqu'à la tombe, lui.

Voilà. C'était le plus difficile à dire, et elle l'avait dit.

Par pure volonté, elle se retint de se jeter en avant.

Lui, en retour, restait impassible et l'observait dans la pénombre.

Elle fixa l'ovale de son visage aux traits invisibles. Elle n'avait pas besoin de lumière ; elle savait ce qu'elle regardait. Les cheveux châtains, les yeux bleus, les larges pommettes au-dessus de joues creuses et l'arête du nez légèrement saillante : l'image même de la beauté naturelle, sans apprêt, qui avait tout pour plaire aux femmes…

Elle avait toujours admiré, avec réticence, ses qualités intangibles – en particulier son impassibilité à toute épreuve.

Une impassibilité qui, en ce moment précis, l'horripilait. Il avait posé une question, elle avait répondu, il lui devait sûrement quelque réaction.

Le silence qui se prolongea éveilla en elle une pointe de ressentiment, juste assez pour lui rappeler l'enterrement de Richard.

— À l'enterrement, vous étiez terriblement froid, ajouta-t-elle.

Cela l'avait rendue furieuse. Elle avait perdu la dernière personne qu'il lui restait au monde, tandis qu'Alex Ramsey avait encore tant de gens pour l'aimer, ce qui, vu la façon dont il repoussait tout signe de sollicitude, lui semblait être un dû.

— J'étais en état de choc, expliqua-t-il.

— Oui...

C'était ce qu'elle avait pensé ensuite. Mais, sur le moment, prisonnière de son chagrin, elle s'était dit que ce n'était pas tant le sang-froid que l'inhumanité qui le soutenait.

Elle ne le croyait plus aujourd'hui.

— Écoutez-moi, Alex. Je me disais alors que vous jetiez un sort aux gens – par inadvertance, bien sûr. Parfois, je le pense encore. Votre esprit et votre charme semblent si naturels – presque accidentels. Et, comme tout a l'air de vous être facile, les gens pensent qu'ils peuvent vous imiter – saisir la vie à la gorge comme vous le faites. Mais il faut du talent pour esquiver les dangers que vous courez. Et mon frère n'avait pas ce talent. Il n'était pas... assez aux aguets... Moi, si, ajouta-t-elle après une pause.

Il émit un petit bruit, de scepticisme ou de mépris.

— Je le suis, affirma-t-elle. Je ne suis pas mon frère. Et je connaissais mon frère aussi bien que vous. Quand je dis que vous l'avez ensorcelé, je ne veux pas dire que vous soyez à blâmer.

En se liant à Richard, Alex n'avait fait que ce que ses parents souhaitaient.

194

Ils avaient voulu que Richard apprenne à voir le monde d'un certain point de vue : qu'il apprenne à penser, à vivre, à s'amuser comme tout gentleman de la haute société le faisait. Voilà pourquoi ils avaient envoyé leur fils à Rugby.

Malheureusement, Richard s'était lié à l'unique fils d'aristocrate qui avait choisi de ne pas respecter les règles.

— Vous aimiez profondément Richard – de cela, je n'ai jamais douté. Et il vous connaissait bien mieux que moi. Il savait forcément quel courage vous aviez, et donc ce qu'il essayait d'égaler. Et, s'il n'y arrivait pas... eh bien, c'était son échec, pas le vôtre.

— Peut-être.

— Puisque vous m'avez posé la question, vous me ferez le plaisir de croire à ma réponse. Étant sa sœur, je suis mieux à même de juger. Et, même si vous l'aviez accompagné dans ce casino, cela n'aurait pas empêché un barbare aviné de lui planter un couteau dans la poitrine.

Il se redressa et la regarda droit dans les yeux.

— Je vous ai entendue.

— Mais me croyez-vous ?

Comme il ne répondait pas, elle se pencha et agrippa sa main.

— Ne me faites pas l'offense de croire que j'aurais aimé toucher un homme qui soit de près ou de loin mêlé au meurtre de mon frère.

Elle sentit ses doigts bouger légèrement dans sa main, mais son regard resta aussi neutre et froidement attentif que sa voix.

— Vu ce que vous avez dit de l'effet que je produis, vouloir me toucher semble très déraisonnable. Mieux vaut, je pense, que vous gardiez vos distances avec moi.

— Oui. C'est vrai pour beaucoup de gens. Mais pas pour moi. Et, si vous me croyiez si influençable, vous ne m'auriez pas invitée à vous accompagner dans ce voyage.

Il promena son regard sur elle : les lèvres, les épaules, les seins...

— Je commence à le regretter...

Saisie d'un soudain vertige, Gwen posa la main sur son ventre. Un quart d'heure plus tôt seulement, il lui avait fait découvrir la plénitude absolue, le bonheur parfait. Et voici qu'il la crucifiait...

Avec un soupir, il se tourna vers la bouteille de cognac.

— Allez vous coucher, Gwen. Je n'ai plus besoin de compagnie pour la nuit.

11

Alex se réveilla avec difficulté, et eut du mal à lutter contre le sommeil qui voulait le reprendre. Ses yeux s'ouvrirent brièvement et la lumière tomba comme un poids sur ses paupières, les refermant. Il resta immobile un instant, écoutant sa respiration, rauque comme s'il sortait tout juste d'un combat. Son cerveau voulait lui rappeler quelque chose. Ah, oui... La nuit dernière, il avait initié la sœur de Richard au plaisir. Quelque part dans l'au-delà, un défunt maudissait son nom.

Même ce petit effort de réflexion était laborieux. De l'exercice, voilà ce qu'il lui fallait ! Il se sentirait plus alerte après avoir fait sa gymnastique. La brûlure de ses muscles l'obligerait à se réveiller. Il transpirerait pour faire pénitence envers Richard.

Il s'assit lentement et ne put réprimer un soupir. Chacun de ses os craquait, mais il n'avait pas mal à la tête.

Il lança les jambes hors du lit, et fit une pause. Pourquoi sa tête *devrait*-elle le faire souffrir ? Cette sensation ne pouvait être due à l'alcool, car il n'avait bu que deux cognacs, en près de sept heures.

Il s'aperçut – enfin – que le train ne bougeait plus.

Il se pencha et tira le rideau. *Nice*, lut-il sur un panneau.

Sa main retomba lourdement.

Doux Jésus ! Rien d'étonnant à ce qu'il ait l'impression d'avoir reçu des coups de maillet sur le crâne. Il avait dormi – il calcula rapidement – neuf heures d'affilée.

Hébété, il regarda le quai. C'était bien Nice ? Le panneau n'était pas une blague ?

Non. Il reconnaissait la station, avec ses arcades qui menaient à la place.

Sur le quai, des hommes tiraient des chariots à bagages. Une femme passa, à grands pas nerveux, battant des coudes avec colère, ce qui faisait se balancer avec vigueur l'ombrelle suspendue à son poignet. L'homme qui la suivait fit un vif pas de côté pour esquiver les coups, puis émit une protestation, à laquelle la femme réagit en se retournant, la bouche formant un « O » parfait.

Elle s'arrêta. Lui aussi. Il pressa les mains sur son cœur. Tout d'un coup, elle éclata de rire. Il lui tendit le bras, qu'elle saisit, et tous deux se remirent à marcher.

Il faisait chaud. La jupe de soie bleue de la femme scintillait dans le soleil. Une lumière crue ricochait sur les bancs verts, faisait resplendir les pétales écarlates des rosiers plantés le long de la voie. Une belle journée ensoleillée et pleine de vie…

Hélas ! Il n'avait pas le droit de se sentir heureux. Si Richard n'était pas mort, il réclamerait le sang d'Alex pour la trahison de cette nuit. Une jolie chose qu'il avait faite – satisfaire ses appétits avec la sœur de l'homme que l'on avait envoyé à la mort ! Il avait sombré dans le sommeil, furieux contre lui-même.

Cette colère semblait à présent très éloignée.

Il se passa la main dans les cheveux, et stoppa son geste. En fait, il n'arrivait plus à se reprocher quoi que ce soit au sujet de Gwen, pour la simple et bonne raison qu'il ne se sentait pas coupable du tout.

Un coup ébranla la porte. Un peu agressif pour un employé des wagons-lits, qui espère un pourboire, songea-t-il. Il ouvrit et découvrit son talon d'Achille : Gwen se tenait là, les bras croisés, vêtue d'un tailleur en tweed. Sur sa tête trônait le chapeau le plus ridicule qu'il ait jamais vu – un étrange couvre-chef aux larges bords offrant un vaste assortiment de créatures des jardins : oiseaux, abeilles et papillons miniatures. Il tendit la main vers l'oiseau pour lui décocher une chiquenaude. Gwen recula et l'abeille tressauta joyeusement.

Il ne put s'empêcher de sourire.

— Entrez, dit-il.

L'air très raide, elle fixa sa poitrine nue.

— L'employé disait qu'il n'arrivait pas à vous réveiller. Moi, j'aurais pensé que, vu l'heure, vous seriez habillé. Ça n'a pas d'importance. Je vais attendre dehors.

— Attendez, souffla-t-il comme elle s'éloignait.

— Qu'y a-t-il ?

Il ouvrit la bouche. Qu'y avait-il à dire ? Jusqu'à la nuit dernière, il ne se rendait pas compte à quel point la mort de Richard pesait sur sa conscience.

Il n'était pas du pouvoir de Gwen de lui pardonner, bien sûr. Pourtant, il se sentait absous, délivré d'un poids.

— Rien. Sauf que... la pudeur ne semble plus de mise, entre nous...

— Je n'ai aucune envie d'assister à vos ablutions, l'interrompit-elle.

Il éclata de rire.

— Quelle pruderie ! Est-ce ma punition pour ne pas vous avoir donné ce que vous réclamiez, hier ?

En réalité, il aurait mérité une récompense pour l'admirable retenue dont il avait fait preuve.

Le visage de Gwen avait pris une couleur rose très intéressante.

— Entrez, voyons. À moins que vous n'ayez changé d'avis pendant la nuit et n'ayez peur pour votre vertu ?

Elle soupira d'un air agacé, puis passa devant lui et marcha à grands pas – du moins s'y essaya-t-elle, car la taille du compartiment ne s'y prêtait guère – jusqu'à la fenêtre. Puis elle se retourna, et lui décocha son regard le plus meurtrier.

— Vous êtes vraiment ignoble !

En guise de réponse, il sourit. S'il avait eu un talent artistique, il aurait dessiné sa silhouette se détachant sur la fenêtre, encadrée de rideaux de velours verts que retenaient des embrasses à pompons dorés. « *Jeune Femme en Colère sur le Chemin de la Perdition* », dirait le titre réservé au public, et en privé on pourrait écrire « *Encore Un Problème que J'aurais Pu Éviter en Partant pour Lima* ».

À ceci près que ce dernier titre était mensonger. Certes, il aurait pu éviter Gwen en regagnant l'Amérique du Sud. Mais c'eût été dommage, car elle était amusante. Et courageuse. Abandonner son petit monde familier et envoyer promener tous les interdits qui avaient gâché son enfance, peu de femmes en étaient capables. Et elle avait raison : l'histoire de Richard n'avait pas à l'entraver. Les Maudsley lui avaient tracé un chemin que beaucoup de jeunes filles auraient été heureuses de suivre, mais voilà : Gwen n'en voulait pas et les intentions des morts ne devaient pas avoir prise sur les vivants.

Attendri, il la regarda. La scène était ravissante. Le soleil jouait sur ses cheveux, faisant briller dans la masse auburn des fils dorés et cannelle, et certains d'une teinte proche du rouge. Il avait plongé les doigts dedans la nuit dernière juste pour le plaisir.

— Il faut que je vous le dise... Vous mordez très bien. Ça vous a plu ?

Elle arrondit la bouche sous l'effet de la surprise. Le rouge qu'elle s'était mis l'autre jour avait été de trop ; sa bouche pleine, teintée d'un rose naturel, n'avait pas besoin d'être rehaussée. Il aimait la voir manger des radis. Se rendait-elle compte qu'à la lumière bleutée des lampes à gaz, la couleur de ce légume était parfaitement assortie à ses lèvres et ses cheveux ?

— Vous flirtez, dit-elle lentement.

Il réfléchit. Il flirtait ?

— Oui, c'est vrai.

Étrangement, cet aveu lui procura de la satisfaction. Il flirtait avec Gwen Maudsley comme il pourrait le faire avec n'importe quelle femme qui lui plairait et dont le frère n'aurait pas été son meilleur ami. Une jeune fille qui ne se cachait pas derrière des formalités hypocrites et des minauderies. Il n'avait jamais eu de goût pour les vierges effarouchées.

Une étrange expression traversa le visage de Gwen, qu'il ne sut comment interpréter. Ça aussi, c'était intrigant. Jusqu'à tout récemment, il l'avait crue plus transparente que le cristal.

— Cela vous ennuie ? demanda-t-il.

— Non, Alex, pas du tout. Mais vous devez vraiment vous décider. Vous êtes plus indécis qu'une débutante.

Il sentit sa mâchoire se décrocher. Puis, sans prévenir, un fou rire le prit. Bonté divine ! Elle avait raison.

Elle l'examinait maintenant avec attention, arborant une expression renfrognée qui le fit rire de plus belle.

Il tenta de reprendre souffle, chercha quelque chose à dire. Elle ne lui en laissa pas le temps. Avec un soupir exaspéré, elle serra ses jupes et passa devant lui.

— Habillez-vous, idiot ! lança-t-elle avant de tourner les talons et de claquer la porte derrière elle.

La route serpentait le long de la côte. À gauche, la mer aigue-marine scintillait sous un ciel bleu vif. À droite, des bosquets d'oliviers peuplaient les collines. Gwen dévorait des yeux ce paysage très particulier, et elle ne fut pas déçue quand la voiture les déposa devant le perron de Côte Bleue.

La maison était un modeste édifice d'un étage, à la façade ornée de bougainvilliers pourpres qui s'emmêlaient comme les mèches d'un chignon. Ses volets verts donnaient sur un jardin en terrasses, couvert d'une végétation luxuriante qui s'étendait jusqu'à la falaise surplombant la mer. Derrière, sur la colline sauvage, oliviers et orangers croulaient sous le poids des fruits.

Alex descendit le premier de voiture. Il s'était montré d'agréable compagnie durant tout le trajet, faisant de charmantes observations sur les villes qu'ils traversaient et lâchant des plaisanteries désopilantes auxquelles elle avait eu grand mal à ne pas rire. Gwen voyait dans ce bavardage un jeu érotique un rien pervers : combien de temps résisterait-elle à l'envie de se jeter dans ses bras ? Si c'était le cas, qu'il joue sans elle ! Les hommes l'avaient humiliée, certes, mais sans son concours. Elle ne rirait pas à ses plaisanteries.

Penser à lui comme à n'importe quel homme demandait un effort soutenu. À chacun de ses commentaires, elle avait souri et répondu avec une parfaite courtoisie. Les fantasmes, les rêves stupides qu'elle avait faits à son sujet ne la paralyseraient pas. Elle se ferait embrocher et rôtir avant de quémander de nouveau ses attentions !

Alex l'aida à sortir dans l'air chaud. Une foule de parfums l'accueillit – les roses se baignant au soleil, l'air salé, la douceur du chèvrefeuille, l'acidité des agrumes. Et, dessous, une légère note épicée. Prenant une profonde inspiration, elle examina de nouveau la colline. Des poivriers se cachaient parmi les orangers. Au crépuscule, leur odeur se renforcerait, submergeant la douceur des fleurs.

Elle ne repéra pas de jasmin qui aurait accompagné la tombée du soir. Bien sûr, ce n'était pas une très jolie plante, mais était-il impossible de concevoir un paysage en pensant d'abord aux parfums ?

Cette question tournait dans sa tête lorsque M. Barrington sortit en courant pour les accueillir.

202

À Paris, il avait pris l'allure du bohème. Aujourd'hui, avec son complet de lin blanc et son canotier écrasé sous le bras, son teint rougeaud et ses cheveux ébouriffés par le vent, il faisait plutôt penser à un yachtman de retour d'une journée de régates.

Alex se rendait-il compte des points communs qu'il avait avec cet homme ? Tous les deux semblaient à l'aise où qu'ils aillent. Fallait-il faire confiance à ce genre d'individus ?

M. Barrington prit sa main et la porta théâtralement à sa bouche.

— Votre Majesté ! dit-il avant de saluer Alex d'un hochement de tête. Vous êtes arrivés les derniers. Je commençais à craindre que vous vous soyez perdus.

— Les autres sont peut-être partis avant que nos invitations ne nous soient parvenues, murmura Alex.

Barrington s'esclaffa.

— Venez, dit-il en les précédant dans la maison.

Le vestibule de la villa était spacieux et frais ; une fontaine s'écoulait dans la lumière qui tombait d'une coupole en verre située deux étages au-dessus. Des mosaïques bordaient les dalles roses du sol laissé nu, à l'exception d'un étroit chemin de tapis de soie qui suivait le couloir vers les chambres. Les murs étaient décorés de peintures de la Renaissance italienne et de fresques d'artistes locaux qui représentaient la célèbre bataille des fleurs de Nice, les réjouissances de mardi gras, et un coucher de soleil vu de la Promenade des Anglais.

Barrington s'arrêta au bout du couloir devant deux portes en bois sculpté de style rustique.

— Des rafraîchissements sont servis à 17 heures dans le jardin, annonça-t-il. Et nous dînons à 19 heures, assez tôt afin que ceux qui veulent jouer aient le temps d'aller à Monte-Carlo. La voiture part à 21 heures ; d'habitude, il y en a une autre pour le casino de Nice – ouvert toute la nuit, celui-là – mais nous avons cassé un essieu la nuit passée, si bien qu'aujourd'hui nous n'avons plus le choix… Bon, j'imagine que vous voudrez vous reposer un peu avant de vous joindre à nous. Bien que, mademoiselle Goodrick, vous ayez l'air aussi fraîche qu'une rose, prête à être cueillie.

— Merci, dit Gwen après une brève hésitation.

— Hélas, la saison de la cueillette est passée, dit Alex avec affabilité.

Barrington gloussa.

— Nous sommes sur la terrasse en ce moment, aussi faites comme il vous plaira. Les Rizzardi – vous ne les connaissez pas, par hasard ? Giuseppe et Francesca ? Non ? Eh bien, ils sont arrivés sans prévenir hier, si bien que je les ai installés dans la chambre voisine de la vôtre. Ce sont de grands admirateurs de Bizet, et très excités à la perspective d'une prestation de Mlle Goodrick. Oh… attendez une minute.

Sans lâcher la poignée de la porte, il se pencha dans le coin.

— Moakes ! Viens ici, espèce de sacripant !

Un petit homme aux cheveux argentés tourna le coin, portant un plateau avec une bouteille de champagne et des coupes.

— Servez-vous, insista Barrington. Autant commencer les vacances avec style. Je vais boire avec vous.

Gwen vit qu'Alex examinait Barrington avec attention. Les commissures des lèvres étrangement retroussées, celui-ci avait le sourire d'un enfant qui s'efforçait de garder quelque merveilleux secret.

— À votre santé, dit Alex, les yeux rivés sur leur hôte.

Ce dont Barrington ne semblait pas conscient, car lui ne regardait que Gwen.

— J'ai remarqué quelque chose d'inquiétant quand vous êtes arrivée, murmura-t-il.

— Oh ?

Le cœur battant, elle se demanda si elle ne s'était pas trahie d'une façon ou d'une autre. À moins qu'il ne soit

204

tombé sur une photographie dans quelque gazette londonienne.

— Votre ombrelle, ma chère... Je crois que vous l'avez encore oubliée.

— Oh, je n'en ai pas besoin, assura Gwen en nouant son bras à celui d'Alex. J'ai apporté un bâton beaucoup plus gros, vous voyez.

Alex s'étrangla dans son verre.

— Je vais vous croire sur parole, dit Barrington en ouvrant la porte. Voici votre demeure pour les prochains jours – ou pour aussi longtemps que vous voudrez.

Il s'inclina et s'éloigna. Comme prévu, il leur avait attribué une seule suite. Le salon était de bonne taille, dans les tons taupe et ivoire, et inondé de lumière grâce aux portes-fenêtres qui donnaient sur un balcon et, plus loin, sur la mer.

— Étrange individu..., murmura Gwen.

— Pourquoi dites-vous ça ? demanda Alex qui s'arrêtait devant le balcon.

— Vous ne le trouvez pas bizarre ?

— Si. Mais j'aimerais entendre votre point de vue.

— Il y a son accent, commença-t-elle après une seconde de réflexion. Il se donne beaucoup de mal pour avoir l'air de sortir d'un collège huppé. Mais il a corrigé sa diction trop tard et il a des problèmes avec les voyelles.

— Ce qui ne le condamne pas, bien sûr.

— Non, bien sûr ! s'écria-t-elle. Mais il me fait une impression étrange, pour une raison que j'ignore.

— Cependant, il ne faut jamais écarter l'intuition.

Alex ouvrit une porte. Un minuscule dressing-room donnait sur une chambre à coucher au papier peint pêche et or. L'unique fenêtre donnait sur un lac artificiel, sur l'un des côtés de la maison. Une moustiquaire enveloppait le lit. Visiblement, dans cette maison, dormir n'était pas le premier objectif. Tous les soins avaient été accordés au salon, plus grand et doté d'un balcon.

Peut-être pas, finalement, rectifia Gwen en regardant le lit qui aurait été assez vaste pour accueillir Henry VIII et la moitié de ses épouses, au moins.

Alex entra, apparemment inconscient des problèmes que poserait cette chambre. Peut-être se comporterait-il en gentleman – pensée absurde, mais puisqu'il avait tenu à se comporter ainsi la veille au soir, peut-être continuerait-il et proposerait-il de dormir sur le sol. Sinon, elle savait ce qui allait arriver : couchée en lui tournant le dos, elle ferait frémir la moustiquaire de son souffle fébrile tant elle lutterait contre le sommeil, de peur que ses mains la trahissent et effleurent la poitrine d'Alex, comme elles avaient rêvé de le faire dans la voiture, alors même que sa fierté le maudissait et que son cerveau s'escrimait à trouver des propos affables.

De quelle tare souffrait donc une femme qui, invariablement, s'entichait d'hommes qui ne voulaient pas d'elle ?

Il y avait sûrement d'autres mâles sur terre ?

— *Rose*... Quelles ravissantes fleurs ! dit Alex.

Elle regarda. Il était en arrêt devant un vase de roses.

— Eh bien, oui, ce sont des roses, dit-elle sèchement.

— Très drôle, *Rose*.

Son insistance la fit sursauter. Ainsi, même dans cette suite, ils devraient jouer la comédie ?

— Mon objectif est toujours de vous amuser...

— Alors, venez regarder de plus près. Vous êtes experte en fleurs, non ?

— Je vous ai dit que je n'étais pas particulièrement intéressée par les fleurs. Je ne suis pas jardinière.

— Venez quand même, dit-il en écartant les pétales pour découvrir le mur. Venez regarder.

Elle comprit qu'il ne s'intéressait pas non plus aux fleurs, et le rejoignit. La main d'Alex s'empara de sa nuque tandis qu'il caressait ses lèvres des siennes.

Elle se pétrifia. La nuit dernière, elle s'était retournée pendant des heures, incapable d'écarter le souvenir du vif plaisir qu'il lui avait procuré. À présent, la plus légère pression de sa bouche réveillait en elle le souvenir de cet émerveillement. Une délicieuse faiblesse la saisit.

Que la colère chassa bien vite... Cet homme ne savait pas ce qu'il voulait et son indécision la rendait folle. Peut-être était-ce son objectif ! La provoquer, la manipuler pour qu'elle en vienne à s'avilir de nouveau...

La bouche d'Alex glissa sur sa joue, jusqu'à son oreille.

— Un judas, murmura-t-il tandis que sa main frôlait paresseusement la taille de Gwen. Penchez-vous comme pour humer le parfum de ces fleurs. Et regardez bien.

Un judas ! Seigneur ! Avec qui lord Weston faisait-il des affaires ?

Alex fourra le nez dans son cou. Un frisson de plaisir hérissa les fins cheveux de sa nuque. Elle le repoussa d'un haussement d'épaule. Il revint se lover contre elle.

— Quelqu'un est peut-être en train d'observer.

Son souffle chaud la fit frissonner.

— Dépêchez-vous de regarder, reprit-il tout en lui léchant le lobe de l'oreille. Ou bien dites-moi pourquoi vous hésitez.

Elle s'éclaircit la gorge.

— Laissez-moi jeter un œil à ces fleurs ! s'exclama-t-elle avec enthousiasme.

Il lui cligna de l'œil et recula. Bravo, elle était plutôt bonne comédienne, même si sa prestation laissait encore un peu à désirer.

Elle se pencha et, très théâtralement, effleura un pétale tout en se retenant de toucher l'oreille qu'Alex avait baisée.

— Celle-ci, dit-il en désignant une rose. La couleur est splendide. Elles ont été teintes, vous ne pensez pas ?

S'il ne lui avait pas montré le judas, elle ne l'aurait pas remarqué. Il était minuscule, un trou d'épingle dans le papier peint. Si toutefois il s'agissait bien d'un judas, et non de la bévue d'un ouvrier trop pressé.

Elle se redressa.

— Ce sont des Gloire de Dijon, Alex. Une espèce très jolie, mais relativement commune. Je ne pense pas qu'elles aient été teintes.

— Oh ? Je dois vraiment développer mes connaissances en botanique.

Il suivait le mur à présent, les doigts glissant sur le papier peint, avec l'air d'inspecter la décoration de la pièce. Une aquarelle de Venise attira son attention.

— Barrington a un goût remarquable, murmura-t-il. Vous êtes déjà allée à Venise ? Quelle belle vue offre la place Saint-Marc !

Tournant le dos à l'aquarelle, elle regarda le lit. Une vue très directe, en vérité. Si quelqu'un les épiait, Alex ne devait surtout pas passer la nuit par terre.

Reprenant son inspection, il s'arrêta devant le miroir de la coiffeuse, brossa sa jaquette, se recoiffa des doigts. Le regarder se pomponner était presque comique ; à part son refus de porter des lunettes en public, il semblait dépourvu de vanité.

Peut-être les évitait-il pour la même raison qu'elle, c'est-à-dire un sentiment de vulnérabilité. Les lunettes la dépouillaient de l'une de ses plus grandes armes : la possibilité d'ignorer ce qu'elle ne voulait pas voir.

Qu'est-ce qu'Alex pouvait bien vouloir ignorer ?

Sa famille. Et tout ce qui pourrait l'obliger à renoncer à sa vie de nomade.

— La vue vous plaît ?

Il se retourna et sourit.

— Oui. Je me demande si cette chambre est assez confortable pour vous ? Je sais que vous préférez quelque chose de plus... décoré. Nous pourrions trouver facilement une chambre à Cannes.

Deux chambres, même. Que c'était tentant !

— Laissez-moi encore tout examiner, dit-elle en entrant dans le dressing-room.

Il la rejoignit. La pièce était minuscule et la présence d'Alex, juste derrière elle, mit les nerfs de Gwen à vif. Elle resta immobile, chaque fibre de son être aspirant à un contact physique.

Il fallut à Alex moins d'une minute pour avoir la certitude que ce réduit ne dissimulait aucun trou indiscret. Quand sa cuisse frôla sa jupe, elle se raidit.

— Très bien, dit-il. Nous pouvons parler librement, ici.

Il baissa les yeux sur elle et parut découvrir soudain leur très grande proximité. Si seulement...

Non ! Elle referma brutalement la fenêtre, comme pour chasser cette pensée incongrue.

Le souffle inégal, elle tenta d'inspirer à fond.

— Donc...

Il plongea une main dans ses cheveux, ôtant une épingle, puis une autre. Une boucle lui retomba sur la tempe. Il la prit et l'étira lentement entre ses doigts.

Gwen poussa un long soupir.

— Il n'y a pas de judas, chuchota-t-elle. Pas ici.

— Dehors, nous allons devoir déployer tous nos talents de comédiens. Or la perfection est affaire d'entraînement.

Ses doigts chauds se posèrent sur les coudes de Gwen.

— Que diriez-vous d'une petite séance de répétition ?

Elle recula, heurtant un rayonnage.

— Pas celui-là.

— Pas lequel ?

— Celui auquel vous pensiez, marmonna-t-elle, la gorge nouée.

— Mais j'y pense sérieusement, dit-il avec un petit sourire.

Elle détourna les yeux. Elle en avait *assez* de lutter contre ses compliments obscurs. Fuyant son visage, elle fixa sa gorge, le cœur battant.

— Je suppose que le désir animal n'a rien d'extraordinaire.

— En effet.

Comme il inclinait la tête, ses cheveux frôlèrent le menton de Gwen.

— Mais le désir animal est facilement maîtrisable, reprit-il, les lèvres collées à la gorge de la jeune femme. Ceci, au contraire...

Ses lèvres se posèrent sur celles de Gwen, qui ne put empêcher ses yeux de se fermer.

— Je pense que nous pourrions parler de résonance, murmura-t-il.

— Résonance...

Elle avait voulu prendre un ton sarcastique, mais brûlait d'entendre la suite.

— Chaque être vibre avec une fréquence qui lui est propre...

Il fit glisser sa bouche sur sa mâchoire, et elle sentit, brièvement, l'arête de ses dents. Dans son oreille, il souffla :

— Mettez-en deux de la même espèce côte à côte et le premier qui vibre fait vibrer l'autre au même rythme. J'ai dormi cette nuit d'une traite, pour la première fois depuis six mois. Et vous ?

Elle avait de plus en plus de mal à garder son sang-froid. Il était vrai qu'elle se sentait en harmonie avec lui. Mais que suggérait-il ? Qu'ils étaient de même nature ? S'il le pensait vraiment, pourquoi l'avait-il repoussée ? Pourquoi se soucierait-il le moins du monde de sa vertu ?

Elle se détourna.

— Je n'ai pas pu dormir pendant des heures, dit-elle, tournée vers le mur. J'en ai assez qu'on joue avec moi, Alex. Vous vous êtes montré très clair hier soir. Pour vous, je suis la petite sœur de Richard. Et, bien que vous jouiez au rebelle, vous m'avez repoussée comme le plus conventionnel des gentlemen.

Elle s'arrêta le temps d'un rire bref.

— En fait, j'ignore pourquoi cela me surprend. Vous pouvez critiquer autant que vous voulez nos parlementaires ventripotents, ce sont eux qui ont ouvert les routes commerciales qu'empruntent vos navires, non ? Et même votre rébellion convient à notre gouvernement. Je suis sûre que vous payez une fortune en impôts. Finalement, vous êtes beaucoup plus ennuyeux que vous ne le pensez.

Il la surprit par un rire de gorge dont le souffle chaud balaya sa tempe.

— Voilà un vrai règlement de comptes ! Essayez de ne pas éblouir Barrington par votre intelligence. Il n'en attend pas de la part de la Reine de la Côte Barbare.

— Ainsi, nous restons dans cette maison ?

— Nous pouvons aller dormir à Cannes et revenir lui rendre visite.

Le contact de sa main sur sa taille la fit sursauter.

— Chut, fit-il. Habituez-vous à votre personnage. Il ne faut pas que vous bondissiez quand je vous touche en public...

Elle fixa résolument un crochet planté dans le mur, s'efforçant de rester impassible.

— Quel serait l'intérêt de s'éloigner ? Votre objectif est d'obtenir des informations. C'est plus facile en restant ici.

Il dessina un cercle sur sa hanche. Cette fois-ci, elle fut très fière de ne manifester aucune réaction, mais à l'intérieur, dans son ventre, sa poitrine, et aux endroits qu'il avait excités et apaisés hier soir, elle fondait littéralement.

— Je n'aime pas qu'on m'épie, dit-il. Voilà pourquoi.

Elle ne put retenir un éclat de rire.

La main d'Alex reposait toujours sur sa hanche mais, si elle se concentrait sur sa tâche, son rôle à tenir, cela pouvait être amusant.

— Inutile de me toucher maintenant ; c'est promis, je ne sursauterai pas et je ne pousserai pas de petits cris effarouchés.

La main d'Alex se resserra sur sa hanche.

— Gwen...

— *Rose*, corrigea-t-elle. Nous resterons. Nous n'avons pas fait tout ce voyage pour rien. Et, si cette nuit, ils ne voient pas... eh bien, ce qu'ils s'attendent à voir, nous pourrons prétexter une petite dispute. Oui ? Cela nous permettrait de nous comporter très froidement dès maintenant.

Le judas était une bénédiction : elle avait à présent une excuse pour se tenir le plus possible éloignée de lui. Peut-être même pour retenir ses propres mains.

— Ce n'est pas raisonnable, dit Alex. Barrington risque de vouloir en profiter pour vous faire des avances.

— Le flirt ne me fait pas peur. Je ne suis pas une innocente. Il n'y a pas que des messieurs bien élevés dans les bals.

— Très bien. Mais à condition que nous ne découvrions pas d'autres surprises déplaisantes. S'il se révélait dangereux...

Elle leva vers lui un regard las.

— Je sais. En bon grand frère, vous insisterez pour que nous partions immédiatement.

Le temps qu'ils prennent un bain – Gwen avait fait installer le tub dans le dressing-room – et s'habillent élégamment, le soleil avait commencé à décliner et la température à chuter. Gwen jeta un châle pashmina d'un splendide rouge rubis sur le décolleté très échancré de sa robe. Elle regarda avec admiration Alex qu'elle voyait pour la première fois en habit, car il ne se rendait jamais aux soirées qui l'exigeaient – pas dans le milieu qu'elle fréquentait, du moins.

Coupé de façon plus ajustée que ne le demandait en ce moment la mode anglaise, l'habit soulignait la largeur de ses épaules, la finesse de sa taille, et la longueur et le galbe parfait de ses jambes.

— Nous allons nous quereller, lui rappela-t-elle.

Il lui décocha un sourire railleur.

— Je vous préviens, je ne perds jamais.

— C'est parce que vous ne vous êtes jamais querellé avec moi, riposta-t-elle. Rappelez-vous que, d'un simple sourire, j'ai fait s'enfuir deux hommes. Imaginez le résultat si je décide de froncer les sourcils.

Il lui décocha un regard étonné, puis rit et lui offrit son bras. Un instant plus tard, elle comprit pourquoi il avait eu l'air surpris : c'était la première fois qu'elle plaisantait sur ses mésaventures.

Le cœur léger, elle descendit l'escalier à son bras, puis, jouant la comédie qu'ils s'étaient fixée, elle entra seule dans le salon.

À l'intérieur, un petit groupe bigarré était assis autour d'une table – six gentlemen penchés sur leurs cartes, avec devant eux une bouteille d'alcool ouverte et, jetés à leurs pieds, leur chapeau melon. Quatre très jeunes femmes les entouraient dans des poses alanguies, trois d'entre elles à peine vêtues.

La quatrième, une beauté aux cheveux noir de jais qui avait l'air d'avoir une trentaine d'années, était allongée sur un divan, les bottes à talons hauts posées sur l'accoudoir, la jupe rayée noir et rouge remontée jusqu'aux genoux. Posture qui révélait les jarretelles écarlates qui retenaient ses bas.

En dépit de son attitude désinvolte, il émanait d'elle un air d'autorité, que confortèrent les coups d'œil que les autres jetèrent sur elle lorsque Gwen entra. Elle se redressa, et examina tranquillement la jupe en soie

213

lavande, la large ceinture et le pendentif orné d'une améthyste qui retenait le châle de la nouvelle venue.

Lorsque leurs regards se rencontrèrent, la bouche de la femme avait pris une expression peu amicale.

— C'est l'une des vôtres ? demanda un des hommes. Chérie, viens là, dit-il en tapotant son genou.

— Non, elle n'est pas à moi, dit la dame. Mais je te l'ai dit, Alessandro, si Véronique n'arrive pas, je te jouerai de la flûte.

Alex arriva, et plaqua une large main sur les reins de Gwen.

— Qu'y a-t-il ? demanda-t-il d'un ton léger.

Ce contact rappela à Gwen son objectif premier : faire illusion. Et elle ne fut pas choquée par la vue des jarretelles ; elle en portait elle-même.

— Je ne sais pas, dit-elle avec un grand sourire. Mais ce gentleman a parlé de flûte et de flûtiste. J'en déduis que tout le monde ici s'intéresse à la musique...

La remarque fut ponctuée d'un silence étrange. La femme aux cheveux noirs lui jeta un regard stupéfait. Alex émit un bruit curieux.

Elle eut soudain le sentiment qu'elle devrait être en train de rougir. Et puis, tout d'un coup, elle *se mit* à rougir. Un embarras qu'elle s'efforça de dissimuler par un sourire déluré. Le résultat ne dut convaincre personne car l'un des hommes se pencha, les coudes sur les genoux.

— Vous ne seriez pas Mlle Goodrick et M. de Grey ?

— Si, répondit Alex.

— Pardonnez-moi, monsieur. Mais le dîner est servi dans l'aile est.

Son regard se déplaça sur Gwen à qui il décocha un sourire en coin.

— Revenez plus tard, si ça vous tente – il y a toujours de la place pour d'autres joueurs.

Gwen se rendit compte, soudain, que les hommes étaient plus nombreux que les femmes dans la pièce.

— Entendu, dit Alex en poussant Gwen dans le couloir où il dit à mi-voix : de la *flûte* ?

— Je ne sais pas à quoi je pensais, avoua-t-elle. Ce doit être une sorte de mot de code. Je doute que cet homme ait jamais touché un tel instrument.

— Chérie, murmura-t-il d'une voix étrangement essoufflée, je pense que vous feriez mieux de vous taire, ce soir.

Son ton était railleur, et elle faillit demander qu'il lui explique ce qu'elle n'avait pas compris. Puis elle vit Barrington sortir du couloir devant eux. L'occasion était trop belle.

— Me taire ? répéta-t-elle en mettant de la colère et du dépit dans sa voix. Comment osez-vous ? Peut-être trouverais-je ici quelqu'un qui m'admire et a envie de m'écouter, vous savez !

Prévisible, Barrington s'écria :

— Ah, mademoiselle, monsieur !

Adressant un sourire doucereux à Alex, il ajouta :

— Mademoiselle Goodrick, puis-je avoir l'honneur de vous escorter jusqu'à la salle à manger ?

12

Les invités s'enivraient peu à peu. Quatre personnes séparaient Alex de Gwen, assise coude à coude avec Barrington, en bout de table. Au début, Alex la surveillait juste pour s'assurer qu'elle ne laissait pas leur hôte remplir son verre toutes les cinq minutes. Étant censé incarner l'amant en colère, il se disait que des regards noirs de temps à autre étaient permis.

Au cinquième plat, cela ne lui demandait plus d'effort. Il avait laissé tomber la jolie comtesse italienne assise à sa droite et offrait sans doute la parfaite image de l'amant obsédé et furieux. Gwen était-elle une aussi bonne comédienne, ou bien était-elle vraiment fâchée contre lui ? On aurait dit qu'elle cédait aux avances de Barrington et ses sourires ressemblaient fort à ceux auxquels il avait eu droit la veille, sur les berges de la Seine.

Le dîner achevé, le programme de la soirée devait se poursuivre par une promenade en bateau au clair de lune. Affichant un air boudeur, Alex tira Gwen dans un coin.

— Est-ce que vous savez ce que vous faites ? chuchota-t-il à son oreille.

— Bien sûr ! répondit-elle en arborant une expression méprisante. Je l'ai interrogé sur ses relations à

Londres. Il affirme n'y connaître quasiment personne et préférer la société du continent.

— Doux Jésus ! marmonna-t-il. Ce n'est pas à vous de l'interroger. Tâchez de le retenir un moment sur le lac. Je vais faire un tour dans la maison.

— Mais bien entendu ! s'écria-t-elle d'une voix parfaitement audible. Je ne suis qu'un jouet pour vous ? Une jolie poupée qu'on peut prendre dans ses bras ou oublier dans un coin, c'est ça ?

Il la regarda fixement, cherchant une réplique appropriée. Elle était un peu trop convaincante.

— Bien sûr que non…

— Ne faites pas l'idiot, fulmina-t-elle.

Il perçut le véritable sens de cette réplique : *Ne déclarez pas forfait maintenant*.

— Je vous souhaite une bonne soirée, alors, dit-il. Je ne me joindrai pas à votre petite partie de canotage.

— À votre guise ! jeta-t-elle avant de tourner les talons.

Il se dirigea vers leur suite et, assis près de la fenêtre, il attendit de voir la procession des invités traverser le jardin. Gwen marchait bras dessus bras dessous avec Barrington. Elle trébucha et ce salaud en profita pour l'étreindre.

Alex s'écarta de la fenêtre.

Ce n'était qu'une comédie…

Pourtant, il sentait bien que Gwen était décidée à profiter de sa liberté, et lui-même l'avait repoussée la veille ; elle s'impatientait peut-être…

Une comédie, rien de plus ! Il inspira à fond et quitta la pièce.

La maison était construite en demi-cercle, le vestibule, l'escalier et le dôme en verre occupant le centre. Grâce à une discussion qu'il avait lancée pendant le dîner, il avait compris que toutes les chambres étaient situées à l'ouest et les pièces communes – grand salon, petit salon, salle à manger, galerie – à l'est.

Restait l'étage de l'aile est…

Il se dirigea vers le petit salon où les gardes jouaient aux cartes. Tendant l'oreille, il n'entendit que trois voix masculines à l'intérieur. Très bien. Il s'inquiétait peu des femmes, embauchées pour distraire ceux des invités qui n'avaient pas prévu de compagnie féminine pour la soirée.

Le vestibule et l'escalier étant trop brillamment éclairés, il rebroussa chemin dans le couloir jusqu'à ce qu'il trouve la porte capitonnée de l'escalier de service. Supposant que les domestiques étaient occupés à débarrasser la salle à manger, il emprunta le petit escalier. Un bruit le fit se figer avant qu'il ne devine qu'un valet maladroit avait dû lâcher un plateau de verres.

Arrivé au palier, il tourna vers l'est. Oui, cette partie de la maison n'était visiblement pas destinée au public : le sol du couloir n'était pas recouvert d'un chemin de soie mais d'un tapis robuste et peu élégant, et les murs étaient nus. Ce dernier détail retint l'attention d'Alex. Si Barrington passait peu de temps ici, il n'y trouverait rien d'intéressant sur ses affaires.

À moins que Barrington soit comme Alex, et voyage légèrement en n'emportant que l'essentiel.

Les portes étaient verrouillées, mais il en fallait plus pour l'arrêter. Il sortit de sa poche deux des épingles à cheveux de Gwen et vint rapidement à bout de la première serrure. Au début de sa carrière, il avait dû faire appel à des espions industriels pour découvrir ce qu'il était advenu d'une cargaison mystérieusement envolée ou bien d'un contrat perdu juste avant qu'un notaire n'ait authentifié les documents. Ensuite, certains de ces experts l'avaient initié à telle ou telle technique. Il n'avait toujours pas maîtrisé l'art de briser une fenêtre sans faire de bruit, mais peu de serrures lui résistaient.

La première pièce était une petite bibliothèque, sans bureau ni commode. Il examina cependant les rayonnages de livres. Pour un homme qui préférait passer ses printemps en France, Barrington semblait être un vif admirateur de la campagne de son pays natal. Il possédait plus de cent livres sur l'histoire de l'Angleterre, son habitat naturel et son histoire géologique, sa flore et sa faune.

Alex prit l'un de ces livres. *Histoire naturelle des sédiments anglais.* Seigneur ! Existait-il lecture plus ennuyeuse ?

D'un autre côté, Gwen trouverait cela sûrement plus intéressant que ses livres de comptes. Pourvu que Barrington se cantonne à un badinage niais ! S'il évoquait quoi que ce soit qui ait un rapport avec les paysages, Gwen s'emparerait de ce sujet, ce qui ne serait guère cohérent avec son personnage de Reine de la Côte Barbare.

Bien que, avec elle, on ne pouvait être sûr de rien…

N'était-elle pas un véritable caméléon ? Il avait toujours suspecté qu'elle avait du potentiel. Il avait même été, une ou deux fois, tenté de la provoquer pour voir ce qui en sortirait, et se l'était interdit parce qu'elle était la sœur de Richard et qu'elle avait un chemin bien tracé devant elle.

Mais à présent, sa route avait dévié. Et pourtant il hésitait encore, lâche et indécis comme une débutante, ainsi qu'elle l'avait dit.

Non, corrigea-t-il. Elle ne l'avait pas traité de lâche…

Mais les humains n'étaient pas des machines. Ils ne pouvaient pas changer du tout au tout. Leurs traits de caractère fondamentaux finissaient toujours par ressurgir et ceux de Gwen la ramèneraient sur la route étroite de la bienséance, quelle que soit la véhémence avec laquelle elle tentait d'en éliminer les contraintes. Mieux valait alors ne rien faire qui l'empêche d'y revenir sans dommage.

C'était d'une logique imparable – mais c'était celle de la peur.

220

Bon sang ! Si, après tout ce temps, il allait laisser la peur dicter ses faits et gestes, alors autant se faire ramener, en fauteuil roulant, en Angleterre, pour suffoquer tranquillement dans le presbytère de quelque petit village austère ! Telle aurait été sa vie s'il avait écouté sa peur, et accepté l'image que les autres se faisaient de lui.

Il avait toujours su que les autres se trompaient sur son compte, ce que Gwen venait tout juste de découvrir quant à elle. C'était l'unique différence entre eux. Et voilà qu'il avait refusé de l'écouter, la repoussant dans le carcan qu'elle voulait briser. Et pourquoi ? Uniquement parce que c'était plus facile pour *lui* de cette façon.

Quel individu lâche et *aveugle* il avait été, cette nuit !

Eh bien, il rectifierait son erreur sans tarder.

Il essaya la porte suivante. À première vue, cette pièce était plus prometteuse – un cabinet de travail avec des gravures aux murs, et une douzaine de diagrammes entassés sur le bureau. Il les feuilleta. Les croquis étaient accompagnés de notes sur la flore du Suffolk. Seigneur, pourquoi donc ?

Un bruit dans le couloir le fit s'immobiliser. Il jeta un coup d'œil autour de lui, mais il y avait peu de place où se cacher. Un magnifique paravent en bois lui parut la meilleure option, non pas parce qu'il procurerait un véritable abri – il était trop délicatement ajouré pour le cacher – mais parce qu'il était placé dans l'ombre, et derrière la porte quand on l'ouvrait.

Il se glissait derrière lorsque le battant s'ouvrit

— Tiens, je croyais l'avoir verrouillée, dit Barrington. Bizarre. Ah, peu importe. Entrez, entrez…

— Oh, vous disiez vrai, fit la voix grave de Gwen.

Alex se colla au mur pour se retenir de bondir. Quelle mouche l'avait piquée de quitter le groupe pour s'aventurer avec cet individu dans la partie déserte de la maison ? De plus, son élocution était légèrement hésitante. Avait-elle bu plus qu'il ne l'avait vu ?

Barrington posa la main sur sa taille – geste trop familier envers une invitée mais tout à fait normal à l'égard d'une chanteuse de music-hall – et l'entraîna devant la fenêtre. Dans la lumière froide du clair de lune, le profil de Gwen était aussi pâle et lisse que du marbre.

— Oh, fit-elle. Les vagues se brisent sur les rochers, c'est magnifique.

Le cœur d'Alex manqua un battement. Elle n'avait pas l'air de feindre l'enthousiasme. Se glissant derrière elle, Barrington souleva du doigt une mèche égarée.

— Je suis entouré de beauté, murmura-t-il. Mais rien n'est aussi irrésistible que la femme qui se trouve devant moi...

Elle se retourna, ce qui eut pour résultat d'obliger son hôte à la lâcher. À dessein ? se demanda Alex. Puis elle adressa à Barrington un petit sourire indéchiffrable et passa devant lui pour faire le tour de la pièce, effleurant nonchalamment les meubles du doigt. Arrivée au bureau, elle s'arrêta.

— Des dessins ? Vous êtes artiste ? demanda-t-elle en éparpillant les feuilles avec désinvolture.

Barrington la rejoignit et prit sa main qu'il porta à ses lèvres.

— Hélas, non. C'est la muse qui m'a manqué jusqu'à aujourd'hui.

Elle eut un petit rire espiègle.

— J'ai du mal à le croire, dit-elle en continuant à avancer, la main toujours prisonnière de celle de Barrington qui préférait la suivre plutôt que la lâcher.

Elle examinait les murs à présent – une série de masques décorait celui du fond. Si elle continuait à faire le tour de la pièce, ils seraient bientôt tout près de lui, songea Alex.

Barrington s'enhardissait. Sa main se risqua sur le cou de Gwen et il déposa un baiser dans ses cheveux.

Alex comprit soudain que ce petit tour était destiné à la rapprocher de la porte, une manière très habile de prendre la fuite.

Mais le paravent était trop joli pour qu'elle l'ignore.

Il vit l'instant où elle le repéra. Sa bouche s'ouvrit pour se refermer immédiatement, puis ses yeux rencontrèrent ceux d'Alex et s'écarquillèrent.

Il retint son souffle. Il ignorait comment expliquer sa présence dans cette pièce. Se faire jeter dehors n'avait jamais tué personne, mais le fait que des gardes armés circulaient un peu partout dans la demeure laissait présager une expulsion un peu plus musclée.

Il lui faudrait donc immobiliser Barrington. Cette perspective ne l'aurait pas ennuyé s'ils se rencontraient dans une salle d'armes, ou bien s'il avait la preuve que Barrington avait nui à Gerry. Mais, dans l'immédiat, sa seule certitude était que cet individu lui déplaisait. Et il n'avait jamais puni les gens pour lui avoir déplu. Il laissait cela aux brutes.

Gwen interrompit ses réflexions en prenant une décision. Pivotant sur les talons, elle se jeta sur Barrington.

Durant une fraction de seconde d'incrédulité absolue, Alex crut qu'elle voulait l'attaquer. Barrington eut peut-être la même idée ; pris au dépourvu, il recula en chancelant. Cependant, ce dernier comprit la situation avant qu'Alex l'aperçoive. Plaquant les mains sur les fesses de Gwen, il colla son visage au sien.

Eh bien, voilà ! songea Alex. C'était très futé de la part de Gwen. Les bras enlaçant les épaules de Barrington, elle le fit se retourner, dos à la porte.

Uniquement pour le distraire…

Alex commençait à voir la scène à travers un étrange brouillard rouge.

Soudain, Gwen lâcha un long soupir et plongea les doigts dans les cheveux de Barrington, poussant sa tête vers ses seins. Le salaud obéit avec joie.

Rencontrant le regard d'Alex par-dessus les épaules de l'homme, elle articula silencieusement : « Sortez ! Filez ! »

Il la fixa durement. « Petite idiote ! » articula-t-il en réponse. Pensait-elle vraiment qu'il allait s'en aller tranquillement en laissant Barrington prendre ce qu'elle lui avait offert, mais qu'il avait lâchement refusé, imbécile qu'il était ?

Les yeux écarquillés, elle pointa un doigt sur la porte. Puis elle replia le doigt et fit signe d'approcher.

Que voulait-elle dire, bon sang ?

Barrington releva la tête. Elle lâcha un souffle rauque et enroula sa jambe autour de son mollet.

Alex comprit enfin. Dieu du ciel, qu'il était bête ! Il sortit de derrière l'écran, se glissa dans le couloir et referma derrière lui, le tout sans aucun bruit. Puis il frappa. Une fois, deux fois, trois fois. Pas plus. N'attendant pas de réponse, il ouvrit la porte si brutalement qu'elle rebondit.

— Espèce de petite traînée ! cracha-t-il.

Plaquant les mains sur sa bouche, Gwen se dégagea de Barrington… mais, au lieu de se ruer vers Alex comme il l'avait prévu, elle courut se planter derrière le bureau.

— Oh ! monsieur de Grey, gémissait-elle. Je vous en prie, c'était… pas du tout ce que vous pensez !

— C'était exactement ce que vous pensez, protesta Barrington en tirant sur sa jaquette. Qu'est-ce qui vous prend de venir fouiner par ici ?

Alex lui décocha un regard noir.

— Je vais vous poser la même question, riposta-t-il d'un ton glacial. Ne vous ai-je pas dit que Mlle Goodrick était avec moi ?

Barrington ricana.

— La dame n'a pas l'air d'accord. Nous devrions peut-être lui demander son avis.

— Oh ! fit Gwen, les mains dans le dos et les yeux rivés sur ses chaussures.

Elle prit une voix plaintive avant de lever sur Alex un regard suppliant.

— Je suis tellement désolée, monsieur de Grey. C'est une décision si difficile… D'un côté, vous avez été tout ce qu'il y a de plus aimable avec moi. De l'autre, M. Barrington…

Elle s'interrompit et soupira comme si la bonté de celui-ci était trop grande pour être exprimée avec des mots.

— Je commence à comprendre, poursuivit-elle, l'intérêt des joutes pour déterminer quel chevalier aurait les faveurs d'une dame. S'il n'en restait qu'un seul debout… il devait être plus facile de choisir, non ?

Un bref instant, Alex éprouva une certaine compassion envers Barrington dont le sourire assuré virait à la grimace perplexe.

— Mademoiselle, pour vous je combattrai autant d'hommes qu'il faudra, fussent-ils chevaliers, assura celui-ci.

— Mais je doute que vous gagniez contre Alex, répliqua-t-elle en adressant à l'intéressé un regard pressant.

Seigneur… Dans un soupir, il fit craquer les articulations de ses doigts pour les assouplir. La lutte avec les poings n'était pas son fort, bien sûr, mais la semaine à Paris l'avait un peu dégourdi après le long voyage en mer.

— Bon, ça suffit. Je suis vraiment déçu, dit Barrington en plongeant une main dans sa poche.

Il en sortit un objet métallique et brillant…

Alex s'immobilisa.

— J'espérais que vous n'étiez qu'une putain talentueuse…

Il redressa lentement son arme et la braqua sur Alex.

— Quant à vous, que faites-vous dans ma maison ?

225

— Je ne comprends pas de quoi vous parlez…

Il fallait se méfier des pistolets. C'étaient de petites choses perfides. Un coup de pied pouvait désarmer l'homme, ou bien faire partir le coup. Et Gwen n'avait nulle part où s'abriter.

Barrington lâcha un éclat de rire hargneux, sans que son arme vacille.

— Vous me prenez pour un idiot ? J'ai pensé vous reconnaître dès hier soir. Quelque chose de familier dans les yeux… Une petite enquête a confirmé cette première impression. Curieux choix d'émissaire, car je n'ai jamais entendu Weston dire du bien de vous… Mais, si c'est un sale boulot qu'il vous a confié, je comprends mieux.

« Ne bougez pas ! » ordonna Alex silencieusement. Craignant de ramener sur Gwen l'attention de Barrington, il évitait de la regarder.

— Je ne suis pas l'émissaire de mon frère, dit-il.

Il aurait dû s'en souvenir avant d'entraîner Gwen dans cette aventure. Il avait mis sa vie en danger en croyant venir à l'aide de son frère, alors que celui-ci était – *quoi* ? La victime d'une arnaque ? D'un vulgaire chantage ? Que se passait-il donc ? Comment Barrington l'avait-il convaincu de se séparer des terres ?

— Alors, expliquez-vous, dit Barrington. Ou bien dois-je demander à la dame de parler ?

Soudain, il avait oublié Gerry.

— Elle ne sait rien !

Il regarda Barrington avec attention. L'homme était nerveux. Les commissures de ses lèvres tremblaient légèrement. Plus tôt, Alex s'était trompé et avait pris cette grimace pour un sourire embarrassé.

— Et je ne discute pas avec une arme braquée sur moi.

— Pardonnez-moi mais votre trahison n'inspire pas la politesse. Vraiment, pourquoi est-ce que je perds mon temps avec vous ? Weston est un lâche. S'il vous a embauché pour tenir le rôle de l'homme à sa place – eh bien, je suis désolé pour vous !

L'instinct d'Alex lui fit savoir que Barrington avait pris une décision, probablement peu agréable.

— Je comprends, dit-il d'un ton posé, en se préparant doucement.

Un seul coup de pied...

— Crétin ! s'écria Gwen en jetant un vase à la tête de Barrington.

Alex bondit. Barrington recula en chancelant et gifla Gwen du revers de la main.

Elle tomba à terre et un cri de fureur jaillit de la gorge d'Alex tandis qu'il se jetait sur Barrington. Tous deux roulèrent à terre. Alex saisit le poignet de son adversaire et l'immobilisa, tout en évitant un coup de genou dans l'entrejambe. Barrington se débattait comme une anguille mais il n'avait pas l'habitude de la lutte. Ses doigts serrés autour de l'arme étaient blanchis par l'effort. Si Alex lui cognait la main sur le sol et si le coup partait, les gardes accourraient. Il plaça son genou droit sur l'aine de Barrington et le genou gauche sur son bras gauche, et sa main gauche sur sa gorge, serrant, serrant, jusqu'à ce que les yeux se révulsent et que le corps soit sans résistance.

Gwen était allongée près du bureau, sans plaies visibles. Il fallait faire vite : prendre le pistolet, enclencher la sécurité...

Alex inspira profondément. Nom de Dieu, il était venu ici pour aider cet idiot de Gerry, et c'était elle qui payait le prix de son inconscience. Il tuerait son frère pour se venger !

— Gwen, répéta-t-il d'une voix qu'il ne reconnut pas.

Elle ouvrit les yeux, qu'elle tourna immédiatement vers la gauche. Vers Barrington.

— Ne pensez plus à lui, dit-il en l'aidant à s'asseoir. Regardez plutôt la mer.

— Je vais bien.

— La vue est très belle, d'ici. Regardez...

Il tira les rideaux.

— Alex, les documents...

— Est-ce que la lune est pleine ? demanda-t-il tout en ligotant les poignets de Barrington. Il me semble que ce devait être aujourd'hui.

Elle ne répondit pas. Il regardait ses mains nouer les chevilles de Barrington. Pas de sang répandu, mais la scène était tout de même impressionnante. Quoi qu'ait fait Gerry, il aurait éventré et ficelé ce type avec plaisir – suspendu par les talons pour qu'il se vide lentement de son sang.

Sa main se remit à trembler.

— Oui, c'est la pleine lune. Et vous, vous allez bien ?

Il fallut un moment pour que ces mots pénètrent dans le cerveau d'Alex.

— Oui, oui, dit-il.

— Drôle de moment pour bavarder, non ?

Il passa le second cordon entre les dents de l'homme, l'enroula autour de son crâne et de son cou et le laissa retomber dans le dos pour le nouer à celui qui retenait les poignets et les chevilles. Si Barrington se débattait, il s'étranglerait.

Alex le tira derrière le paravent afin qu'on le découvre le plus tard possible.

Il se retourna et, inspirant à fond, se prépara à soulever Gwen – les bras déjà prêts à sentir son poids, à la savoir enfin complètement sous sa protection. Après cela, il serait enfin capable de réfléchir.

Mais Gwen était déjà debout et remplissait son sac de documents. D'un bref coup d'œil, elle s'assura qu'il en avait fini avec Barrington.

— Ce sont des cartes. Ça peut tout expliquer.

Il la regarda fixement.

— Je vais vous porter pour vous faire sortir d'ici.

Elle inclina la tête puis, comme si elle s'en souvenait seulement maintenant, toucha la joue que Barrington avait frappée.

— Ce n'est que la figure. Je peux marcher.

— Je vais vous porter, répéta-t-il.

— Mais ces cartes, Alex…

— Au diable les cartes !

Écarquillant les yeux, elle le regarda un instant puis coinça le sac sous son bras.

— Très bien, dit-elle en le rejoignant. Peut-être que je me sens un peu faible, en effet.

Ils étaient au milieu de l'escalier lorsque Gwen sentit Alex se crisper. Relevant la tête, elle vit qu'un garde approchait. Son rictus trahissait le mépris que lui inspirait la vue d'Alex la portant.

— Reposez-moi, murmura-t-elle lorsque l'homme eut disparu vers l'aile privée de Barrington.

— Restez tranquille !

— Mais… s'il trouve son maître…

— Nous allons nous rendre directement aux écuries, chuchota-t-il. Et demander qu'on nous emmène à Monte-Carlo.

Il la transporta à travers le vestibule. Le majordome ouvrit la porte sans émettre de commentaires, visiblement habitué à d'étranges spectacles. Les marches du perron… Le gravier qui crissait sous les pas d'Alex… La lune et ce ciel noir, troué d'étoiles…

Elle ferma les yeux. Elle entendait au loin le bruit de la mer qui s'écrasait contre la falaise et, plus près, le bavardage des invités. Une inspiration profonde lui apporta l'odeur d'Alex, de l'amidon qui imprégnait sa chemise, de son après-rasage. Elle sentait qu'il livrait un combat contre lui-même, et qu'il était inutile de le questionner. Tout ce qu'il voulait était qu'elle reste tranquille dans ses bras.

Quant à elle… Plus que de ses bras forts autour d'elle, elle rêvait d'une étreinte passionnée, fougueuse…

Doux Jésus, elle était sûrement la femme la plus frivole au monde. Avoir de telles pensées en un moment pareil ! Si le garde libérait Barrington avant qu'ils aient pu quitter la propriété...

— Le groupe pour Monte-Carlo est en retard, on dirait. C'est notre chance...

Il la posa délicatement à terre et, prenant sa main, tourna au coin de la maison.

Des invités en tenue de soirée s'apprêtaient à monter en voiture. Francesca Rizzardi les repéra immédiatement.

— Au casino ? cria-t-elle.

— Où peut-on aller d'autre ? répliqua Alex en riant.

— Vous arrivez juste à temps ! s'esclaffa la *signora* Rizzardi. Mais on va devoir se serrer !

— Oh, je n'ai pas d'objection, dit Alex en décochant à la dame un sourire suggestif. À moins que...

Il se tourna vers Gwen, les sourcils haussés, un petit sourire aux lèvres.

Elle s'obligea à le regarder.

— Chéri, dit-elle en posant une main sur son bras, tant que je suis serrée contre vous, je n'imagine pas de meilleure manière de voyager.

Cela parut crédible, probablement parce que ce n'était pas un mensonge.

Alex garda les yeux fixés sur la maison jusqu'à ce que le premier virage la cache. Il guettait un signe d'alerte. Un jaillissement de lumières ? Des aboiements furieux ? C'était stupide... Barrington voyageait avec des gardes du corps, certes, mais visiblement il n'avait pas l'expérience de négociations dangereuses. Seul un idiot invitait chez lui un homme dont il savait qu'il le trompait.

Barrington n'était pas le seul idiot dans cette affaire.

Avec quelle *désinvolture* il avait décidé d'inclure Gwen dans cette aventure ! Accepter l'invitation à Côte Bleue avait paru une façon efficace et rapide de régler le problème de Gerry. Et, pour Gwen, ce serait une blague, une bonne rigolade, une escapade amusante : tels avaient été les termes avec lesquels il avait justifié ce qu'elle pouvait en tirer.

Le *profit*… Le profit et le divertissement, aussi.

La main de Gwen se posa sur son bras, très légèrement, juste pour lui rappeler son rôle. Il adressa un sourire vide à la compagnie. Comme l'avait annoncé la *signora*, ils s'étaient entassés avec autant d'excitation que des enfants dans une cabane. Sur la banquette opposée, Francesca était perchée sur les genoux de son mari et poussait des cris à chaque cahot de la route qui menaçait de la faire tomber. Entre les cahots, elle lisait à haute voix les potins d'un journal de Monte-Carlo que son mari tenait ouvert pour elle : Lord Ceci avait laissé sur le tapis vert un total de quinze mille dollars mais avait juré de les récupérer dans la semaine. Sir Cela avait subi des pertes semblables avant de gagner au trente-et-quarante, et, les poches pleines, voguait à présent vers un autre casino.

À côté des Rizzardi, Mme d'Argent, une jeune veuve aux yeux noirs, se faisait toute petite, un sourire ironique aux lèvres. Sans doute savait-elle que ces articles étaient de pures fictions commandées par le casino.

Il leur restait environ une demi-heure de trajet sur des routes refaites à neuf, ce qui leur permettrait peut-être d'arriver au casino avant les hommes de Barrington, songea Alex. Ensuite, il leur faudrait vite trouver un endroit où se cacher et attendre le matin pour monter dans le premier train en partance.

Il n'avait pas un centime sur lui, et il doutait que Gwen soit plus argentée. Leurs lettres de crédit, rédigées avec leurs vrais noms, étaient restées cachées dans leur chambre. Et on ne se chargeait pas de monnaie lorsqu'on dînait sur place.

Gwen émit un gloussement très convaincant – en réponse à quelque plaisanterie qu'Alex n'avait pas écoutée. « Ne riez pas », eut-il envie de dire. En montant, elle avait jeté sa jambe droite par-dessus le genou gauche d'Alex alors qu'il l'aurait voulue loin, très loin... *En sécurité*. Il fallait qu'elle n'ait pas une once de bon sens pour l'avoir accompagné !

Sur le flanc droit d'Alex s'écrasait le ventre mou d'un gentleman espagnol – un *señor* de Cruz. Comme il tentait de changer de position, Alex sentit une épaisseur éloquente dans la poche intérieure de son voisin.

— Oh, regardez, dit-il en pointant le doigt juste sous le nez de l'Espagnol. Quelle belle lune !

De Cruz tourna la tête, se délestant par la même occasion de quelques pièces de vingt francs.

— C'est très amusant, disait la *signora* Rizzardi, de voir ce qu'est vraiment un casino, comparé aux horribles petites notes que les hommes d'Église font circuler à Nice.

Ses yeux noisette en amande décochèrent un regard enjôleur à Alex. En guise de réponse, il s'embrassa le bout des doigts. Geste machinal. Elle battit des cils.

— Avez-vous déjà lu ces notes, monsieur de Grey ? Non ? Oh, elles sont atroces, je ne peux pas vous les décrire.

— Faites-le, s'il vous plaît, dit Gwen.

Son ton était enjoué ; personne n'aurait pu soupçonner la posture rigide de sa colonne vertébrale, due à six ans de corset de bois. Chaque fois qu'elle se sentait vulnérable, son dos se redressait sur une ligne verticale parfaite, bien que très douloureuse. C'était encore l'une des innombrables choses que savait Alex, à l'insu de Gwen elle-même. Richard, qui adorait sa petite sœur, ne pouvait s'empêcher d'en parler à tout propos, et son meilleur ami l'y encourageait subtilement.

— Oh, mademoiselle Goodrick, je vous déconseille d'y jeter un œil. Oh... bon, si vous y tenez. Ce sont des listes d'hommes censés s'être ruinés au casino, et qui se sont suicidés. Mais la moitié des noms, au moins, sont inventés. Ces prêtres feraient n'importe quoi pour nous effrayer.

— Ah bon ? fit Gwen, avec l'expression choquée qui convenait à la situation.

« Elle apprend à ne pas rester bouche bée, avait raconté un jour Richard. Cela fait partie des leçons qu'une dame doit connaître, au lieu de déclinaisons latines. Sa gouvernante lui affirme qu'elle court le risque d'avaler des mouches par accident ! Et ça fonctionne... »

— Ce sont peut-être en partie des mensonges, disait l'Espagnol à Francesca Rizzardi, mais il doit cependant y avoir quelque vérité dans ces listes.

— Vraiment ? Mais, voyons, comment des indigents pourraient-ils pénétrer dans le casino ? On est contrôlé à l'entrée, il me semble.

— Peut-être qu'ils n'étaient pas indigents en arrivant, dit de Cruz. La fièvre du jeu, ça existe, vous savez. J'en ai été témoin. Elle arrive à vider les poches les plus profondes.

— Pauvres âmes..., murmura Gwen.

— N'importe quelle passion peut briser une âme faible, décréta la *signora*. Je n'ai aucune compassion pour les gens qui se détruisent eux-mêmes.

— Je crois sincèrement qu'ils ne se contrôlent plus, tenta d'expliquer l'Espagnol. Cette fièvre est une véritable maladie qui les pousse à risquer sans hésiter ce qu'ils n'ont pas les moyens de perdre.

S'ils le font, songea Alex, *c'est qu'ils ne pensent qu'au profit éventuel, en le tenant pour acquis.*

Aucun profit ne valait le risque de perdre Gwen de nouveau. D'aucune façon.

13

Gwen avait entendu parler des célèbres jardins de Monte-Carlo – vastes pelouses émeraude peuplées de paons et émaillées de fontaines et de sentiers menant à des bancs offrant des vues splendides sur la ville. Elle avait pensé qu'à peine arrivés au casino, Alex et elle s'enfuiraient par les jardins. Au lieu de quoi, il prit sa main et lui fit monter le perron, ce qui l'empêcha de voir autre chose que des palmiers frémissants dans la nuit.

Dans le vestibule dallé de marbre, des colonnes ioniques soutenaient une galerie bondée de gens qui semblaient bien s'amuser. Les invités de Barrington s'arrêtèrent pour se débarrasser de leurs chapeaux et gants. Un grand nombre de noctambules s'attardaient autour d'eux, parlant à mi-voix. Une musique leur parvenait d'une autre pièce. Gwen ne comprenait pas pourquoi Alex l'avait entraînée là. De grandes fresques représentaient le lever du soleil sur une ville aux murs blancs – Monaco !

Alex la prit à l'écart et encadra son visage de ses mains comme s'il voulait la caresser.

— Avez-vous de l'argent ? chuchota-t-il.

— Non, souffla-t-elle, paniquée.

Lui non plus n'en avait pas, manifestement...

— Restez près de moi, alors. Je vais jouer, juste le temps de gagner de quoi aller passer la nuit à Nice.

Ils entrèrent dans un petit bureau où, en échange de leur nom, on leur donna des cartes d'accès aux autres pièces.

— Allons-y, dit Alex, sans attendre les autres invités.

D'un pas rapide, ils traversèrent la salle de lecture, puis la fameuse salle de concert, où l'on jouait une symphonie de Mozart. Des hommes en livrée leur ouvrirent les portes de la pièce suivante, une galerie au plafond bleu sombre parsemé d'étoiles dorées. Un grand silence y régnait ; les quelques rares personnes assises sur les bancs buvaient du thé en lisant les journaux. Curieusement, Monte-Carlo évoquait plus une bibliothèque qu'un lieu de perdition.

En d'autres circonstances, elle aurait trouvé particulièrement injuste de ne pas pouvoir explorer cet endroit célèbre et de passer en courant devant ses principales attractions. Mais tout ce qu'elle désirait à présent, c'était d'être le plus loin possible. Barrington pouvait être déjà en route. Or, ils n'avaient pas d'argent. Pas d'argent ! Toute sa vie, elle en avait eu plus que nécessaire et savait fort bien tout ce que l'argent pouvait offrir : sourires, services, complicité... Ainsi démunie, elle se sentait terriblement vulnérable.

Ils traversèrent un autre salon couvert de dorures et encore plus silencieux que le précédent, avant que les doubles portes s'ouvrent enfin sur les salles de jeu. Ici, le silence était total, comme si tous les joueurs retenaient leur souffle en même temps. Épaules voûtées, des hommes et des femmes, assis dans des fauteuils recouverts de velours cramoisi, examinaient leurs cartes, sourcils froncés. Elle suivit Alex, passa devant un très jeune homme qui se mordait le doigt en suivant des yeux la roulette qui tournait et tournait. Au milieu de toute cette concentration muette, la petite boule faisait un bruit assourdissant.

Alex s'arrêta au fond de la salle. Dans cette partie, chaque table avait un grand bol en argent délicatement gravé. Il voulait donc jouer au trente-et-quarante, se dit Gwen. Elma aimait ce jeu qui, disait-elle, offrait de meilleures chances que la roulette.

Elle se hissa sur la pointe des pieds pour chuchoter à l'oreille d'Alex :

— Vous avez au moins quelques pièces ?

— Uniquement ce que j'ai volé à l'Espagnol.

Volé !

— Et vous êtes bon au jeu ?

— La chance est toujours utile, murmura-t-il en portant la main de Gwen à sa bouche.

Ses lèvres se pressèrent sur ses doigts gantés, la brûlant comme une marque au fer. Un instant, son anxiété parut se muer en un délicieux bien-être.

Il lui décocha un clin d'œil et se dirigea vers un siège vacant. Serrant sa main sur sa poitrine, Gwen recula vers une banquette libre contre le mur.

Comme elle s'asseyait, le croupier de la table d'Alex annonça :

— Messieurs, faites vos jeux.

Alex sortit une pièce. Gwen se redressa, paniquée. Enfin, peut-être avait-il raison...

S'il perdait, il ne leur resterait plus qu'à persuader quelqu'un de les emmener à Nice. Persuader qui, et comment ?

Elle jeta un coup d'œil nerveux vers les portes, puis revint à la table de jeu. Les autres joueurs – deux jeunes gentlemen bien nourris, un vieil homme moins élégant qui, avec sa barbe blanche et ses joues rougeaudes, pouvait faire un capitaine au long cours tout à fait convaincant, et une petite femme revêtue des voiles de veuve, portant un grand pendentif de jais, se montraient plus prudents. La femme changea d'avis deux fois avant de poser ses mains sur ses genoux, ce qui ne devait pas les empêcher de s'agiter fébrilement.

Gwen aurait aimé qu'Alex la regarde. Que feraient-ils si Barrington surgissait ? La lumière des lustres ricochait sur les tapis verts, jetant sur les visages une lueur jaunâtre qui ne les avantageait pas. Elle n'avait jamais vu Alex aussi livide.

— Les jeux sont faits, rien ne va plus, dit le croupier.

D'un geste élégant de la main, il commença à distribuer les cartes.

Gwen se pencha en avant en se mordant les lèvres. Et, du coin de l'œil, elle aperçut un chapeau melon.

Elle retint un cri. L'un des employés en livrée avait intercepté l'homme et désignait son chapeau. Une pancarte dans le vestibule proclamait très lisiblement que tout couvre-chef était interdit dans les salles de jeu.

L'homme prit un air méprisant. Avec un juron bruyant qui couvrit momentanément le bruit des roulettes, il jeta son couvre-chef aux pieds de l'employé.

Celui-ci recula, le menton redressé. Un autre employé approcha et, tout en parlant trop bas pour qu'on puisse l'entendre, ramassa le chapeau qu'il rendit à l'homme.

Alex se concentrait sur ses cartes. Gwen ne savait pas si elle devait se lever pour aller le prévenir, ou bien éviter de se faire remarquer. Elle ne reconnaissait pas cet homme mais il lui semblait déraisonnable d'espérer que tout allait pour le mieux. Son comportement et sa tenue le faisaient vraiment trop ressembler aux hommes de Barrington. Alex tournait le dos à l'entrée, si bien que l'individu avait pu ne pas le remarquer. Il y avait une chance pour qu'ils puissent s'échapper sans avoir été vus…

L'homme croisa son regard et, aussitôt, il secoua le bras de l'employé et la désigna.

— Rouge, annonça le croupier en poussant des pièces et des billets vers Alex qui les empocha aussitôt.

— Alex…, fit Gwen d'une voix terrifiée.

Entendant l'avertissement, il se leva, salua les autres joueurs et prit Gwen par le bras.

— Où ?

Le ton uni de sa voix la rasséréna. Il n'y avait qu'un seul garde, et ils se trouvaient dans un espace public.

— À droite, près des tables de roulette, avec un chapeau melon. Oh, mon Dieu…, ajouta-t-elle car l'homme et les employés se mettaient à marcher vers eux.

— Traversez la pièce, longez le mur gauche et attendez-moi près de l'entrée, murmura Alex. Ne quittez pas la salle sans moi.

— Mais…

— Allez-y !

Elle releva le bas de ses jupes et tourna sur place, se hâtant entre les rangées de joueurs indifférents, sous l'alignement de lustres qui atténuaient les couleurs vives du tapis oriental, sous ses escarpins. La lumière créait d'étranges effets ; un instant, la pièce lui parut irréelle, comme dans un vieux daguerréotype… Plus vite, s'exhorta Gwen qui se retourna brièvement, avant de s'immobiliser : Alex *causait* avec le petit groupe. Les mains dans les poches, un pied posé négligemment devant lui, il avait l'air très calme.

L'homme au chapeau melon éleva la voix :

— Mais puisque je vous dis que…

Sans ménagement, les employés le prirent par les coudes pour le jeter dehors. Alex secoua la tête, lança un coup d'œil à Gwen puis indiqua du menton la sortie avant de s'y diriger lui aussi.

Elle se remit en route, comptant mentalement le nombre de tables qu'il lui restait à franchir – cinq, quatre, et puis trois – et surveillant la progression d'Alex, incroyablement nonchalante, de l'autre côté de la pièce.

Deux tables…

Soudain, un autre juron perça le silence de la pièce. Quelques joueurs posèrent leurs cartes.

Une table…

Elle parvint à l'entrée en même temps qu'Alex. Il l'enlaça et, au même instant, les portes s'ouvrirent devant eux.

— Baissez la tête, chuchota-t-il.

Ils sortirent.

Devant eux, un couple déambulait, bras dessus bras dessous, avec une assurance qu'elle leur envia. Les portes suivantes s'ouvrant, elle relâcha son souffle : elle ne voyait ni Barrington ni aucun de ses hommes sur la longue étendue qu'il leur restait à parcourir.

— Avons-nous assez d'argent pour aller jusqu'à Nice ?

— Oui.

D'un commun accord, ils hâtèrent le pas. Ils étaient presque arrivés au vestibule quand une voix cria :

— Ramsey !

Le cri parut ricocher sur les dalles de marbre. Gwen leva les yeux et vit Barrington debout à côté d'une *signora* Rizzardi très agitée.

— Musique ! décida Alex.

D'un coup de coude, il ouvrit les portes de la salle de concert et poussa Gwen dedans.

L'intérieur était sombre et, au début, elle ne distingua que des rangées et des rangées de fauteuils, puis le dos des têtes tournées vers la scène brillamment éclairée sur laquelle jouaient une bonne cinquantaine de musiciens. Sa main dans celle d'Alex, elle suivit le mur du fond, tout en accommodant sa vue. Elle eut un vague aperçu des fresques de divinités grecques qui ornaient les murs et le plafond. Elle était redevenue la petite fille d'autrefois qui se faufilait dans l'ombre tandis que ses parents donnaient une grande réception…

Arrivé à l'autre coin de la salle, Alex ouvrit une porte et ils se retrouvèrent dans un petit jardin, à côté de l'entrée principale.

Dès que les pieds de Gwen touchèrent l'herbe, elle s'autorisa à respirer librement et, soudain, elle eut envie de courir. De danser sur un rythme joyeux, endiablé ! Elle se tourna vers Alex, tout sourire, lorsqu'elle vit derrière lui l'homme accourir, un objet métallique brillant dans la main.

Elle agit instinctivement. Gwen se jeta de toutes ses forces sur Alex, l'écartant de la trajectoire.

— Traînée ! cria l'homme.

Alex le frappa violemment. C'était la première fois que Gwen voyait un homme prendre un vilain coup. Le craquement des os, le jaillissement du sang, ce n'était pas un spectacle convenable pour une débutante.

L'homme s'écroula sur le sol.

— Venez, dit Alex. Tâchons de trouver un fiacre.

À cause de Barrington et de ses sbires, il eût été déraisonnable d'aller dans un palace, un hôtel de seconde catégorie et, au grand regret de Gwen, dans tout établissement ayant pignon sur rue. Arrivés à Nice, Gwen et Alex s'enfoncèrent dans un labyrinthe de rues de moins en moins larges et de plus en plus sombres et désertes. Blotti dans un coin, un gamin dormait. Alex le secoua et lui demanda en français où l'on pouvait trouver un lit. Le garçon fit celui qui ne comprenait pas jusqu'à ce qu'une pièce le rende plus loquace.

— Mme Gauthier, dit-il et, sur la promesse d'une autre pièce, il se leva pour les guider.

Gwen s'était préparée à devoir se contenter d'un logement sordide et l'aspect négligé de Mme Gauthier – peignoir taché et châle mité sur la tête – ne fit rien pour la rassurer. La femme prit une carafe d'eau et, traversant une charmante petite cour aux murs blanchis à la chaux, les mena à une pièce dépouillée qui ne contenait qu'un lit double, une table de toilette, et deux verres. Les murs étaient fendillés mais aussi blancs que du marbre.

La porte refermée, Gwen se laissa tomber sur le lit.

— Vous croyez qu'on ne risque plus rien maintenant ?

Alex mit le verrou et s'adossa à la porte.

— Pour le moment, répondit-il froidement.

Surprise, elle le regarda avec crainte. Il avait les yeux mi-clos, les mâchoires crispées.

— Vous êtes… en colère ?

— Si je suis en colère ? répéta-t-il avec un rictus. À votre avis, Gwen ?

— Je ne vois pas une seule raison…

— Pas *une seule* ?

Il fit une pause pour souffler bruyamment.

— Vous êtes partie, sans moi, avec un homme en qui, vous le saviez, je n'avais aucune confiance.

Il avait parlé lentement, détachant chaque syllabe.

La stupéfaction la paralysa brièvement. Puis elle éclata d'un rire incrédule.

— Selon vous, tout est arrivé par ma faute ? Je pensais obtenir des informations. Poser quelques questions…

— Obtenir des *informations* ?

Il se redressa et parut encore plus furieux.

— Je vous ai dit que je m'en chargeais !

— Je voulais jeter un œil à ses appartements privés, dit-elle rapidement, avoir en tête un plan de la maison. Et si *vous* n'aviez pas fouiné partout, je serais bien tranquillement dans mon lit après vous avoir dit où se trouvait son cabinet de travail ! Sauf, bien sûr, que nous ne nous étions pas rendu compte qu'il savait qui vous étiez. Aussi, forcément, quelque chose devait arriver. Mais, quand même… ce n'était pas *ma* faute.

— Quelque chose devait arriver. Oui. *À moi*. Et avez-vous réfléchi à ce qui devait vous arriver *à vous* ? Si je n'avais pas été en train de « fouiner partout », croyez-vous qu'il vous aurait laissée partir ?

— Oui ! C'est un…

Non, Barrington n'était pas vraiment un gentleman.

— Il ignorait que j'étais votre complice, reprit-elle.

— Mais peut-être que je me trompe, répliqua-t-il avec une affabilité glaçante. Vous vouliez le séduire ?

Après avoir échoué avec moi, vous avez tourné vos vues sur lui...

— Ne faites pas l'idiot, l'interrompit-elle sèchement. Jamais je ne l'aurais embrassé si je n'avais pas voulu l'empêcher de découvrir votre cachette. Si nous avions été seuls et qu'il avait essayé de m'embrasser, je l'aurais repoussé !

Il rit. Un son déplaisant qui hérissa les cheveux sur la nuque de Gwen.

— Vous l'auriez repoussé ?

— Oui !

— En auriez-vous été capable ?

Il prit sa main et l'attira à lui.

— Faites-moi une démonstration, siffla-t-il.

Il l'agrippa si habilement que, bien qu'elle n'y fût pas préparée, son geste ressembla à un pas de danse : elle pivota avec fluidité et son dos vint se coller contre le corps d'Alex.

Le miroir de la table de toilette lui renvoya leur image. Celle d'un voyou et d'une héritière...

Elle redressa le dos mais il l'attira de nouveau à lui.

— Allez-y. Essayez de vous dégager.

Elle exerça une poussée sur son bras. En vain.

— Je lui aurais donné des coups de pied.

— Essayez.

— Je n'ai pas du tout envie de vous frapper !

— Pensez-vous que vous le pourriez ?

Son regard dans le miroir était neutre et détaché – il l'examinait avec la curiosité nonchalante d'un étranger.

— Vous n'avez jamais entendu parler de mon petit passe-temps ? J'étais sûr pourtant que mes sœurs vous auraient raconté que je n'arrête pas de donner des coups de pied aux gens, rien que pour m'amuser. Quitte à briser une mâchoire au passage. C'est une façon économique et efficace de se battre. Barrington l'aurait découvert ce soir si vous n'aviez pas senti le besoin d'intervenir.

243

Gwen avala sa salive. Alex avait envoyé valdinguer Barrington avec l'aisance d'un lion terrassant une gazelle un peu fatiguée. Il avait tort cependant de croire que, sans son aide, il aurait pu l'emporter. Une mâchoire brisée était douloureuse, mais un pistolet pouvait tuer. Cette colère était injuste – et peu conforme au caractère d'Alex, qui pouvait se montrer cruel, mais jamais injuste.

— Il avait un pistolet, dit-elle.

— Oui, dit-il, le souffle subitement laborieux.

Il croisa ses yeux dans le miroir et elle comprit que quelque chose l'avait alarmé.

Il avait eu peur pour elle ?

Dieu du ciel !

Elle desserra sa prise sur son bras et lui caressa le poignet, doucement.

— Tout va bien, Alex. Je n'ai rien.

Il laissa retomber son bras et s'écarta.

— Je m'étonne que vous ayez vécu jusque-là. Vous ne vous accordez aucune valeur en dehors de la fortune qui vous vient de vos parents… *Mademoiselle Trois Millions de Livres*, prête à les dilapider avec n'importe quel individu qui daignera lui accorder un peu d'attention.

Elle ne put retenir un soupir étranglé. Il savait très bien comment la blesser.

— Je devrais vous gifler, dit-elle d'une voix faible.

— Mais vous ne le ferez pas, bien sûr.

D'un haussement d'épaules, il se débarrassa de sa jaquette et la jeta à terre.

— Vous ne le ferez pas parce que vous reconnaissez que j'ai raison, reprit-il en s'adossant au mur. Pauvre Gwen ! La vie serait tellement plus facile pour vous si vous étiez seulement idiote, comme tout le monde.

— Vous êtes injuste, Alex. J'essayais d'aider…

— Oh, ce vase que vous lui avez jeté à la tête !

Fourrant les mains dans ses poches, il baissa les yeux sur elle, un sourire ironique sur les lèvres.

— Vous essayiez d'*aider* – par pure gentillesse, je suppose ? Oui, ce doit être ça ; quelle autre raison auriez-vous de prendre de tels risques ? Vous pensiez obtenir des informations, c'est cela ?

Il avait pris, pour l'imiter, la voix d'un enfant pleurnichard.

— Et pourquoi cet acte de bravoure, Gwen ? L'amour des terres Ramsey ? Mais que vous importe un domaine inconnu, pas même attaché au titre, comme vous l'avez précisément noté ? Le nom de lord Weston vous importe-t-il à ce point ? Pour la fille d'un marchand de couleurs, ce n'est pas négligeable, évidemment.

Le goujat.

— Je vous ai dit ce que je pensais du sarcasme, riposta-t-elle.

— Peu importe. Le vrai problème, c'est que vous ignorez votre propre valeur. Et, du coup, vous agissez en fonction de ce que vous supposez de l'opinion d'autrui.

— Vous êtes un mufle ! Un butor ! Un crétin !

Il éclata de rire.

— Vos injures sont pathétiques. Traitez-moi de « bâtard », de « salaud ». Ça sera plus efficace.

— Très bien, reprit-elle d'un ton vif, espèce de bâtard, en parlant de valeur, laquelle vous attribuez-vous donc ? Un homme a braqué un pistolet sur vous, il aurait très bien pu vous tuer, et pour quoi ? Pour votre frère ?

Elle partit d'un grand rire.

— Lord Weston ne fait que se plaindre de vous et vous renier, reprit-elle. S'il a vendu des terres, laissez-*le* se débrouiller avec vos sœurs. Ou bien qu'*elles* les rachètent, si elles les aiment autant ! Pourquoi devez-vous régler le problème à leur place ?

Alex blêmit. Une émotion indéchiffrable passa sur son visage. Il s'assit sur le lit.

— Oh, Alex...

Tout sentiment belliqueux la quitta. La peur, l'adrénaline, la colère se muèrent en un grand accès de tendresse douloureuse qui fit se dérober ses genoux, la poussant à s'asseoir à côté de lui sur le lit. Elle avait une envie folle de le toucher, mais n'osait pas.

— Je ne voulais pas dire ça, bien sûr. Vous aidez Gerry et les jumelles, parce que vous les aimez. Exactement comme vous le devez.

À peine eut-elle prononcé ces mots qu'elle se sentit glacée. Elle ne pouvait pas *aimer* Alex. Elle le connaissait depuis trop longtemps. Elle connaissait tous ses défauts. Elle devinait même ce qu'il s'apprêtait à formuler – quelque remarque cynique sur l'amour et ses pièges…

Au lieu de quoi, il marmonna :

— Je n'ai pas voulu tout ça.

— Je l'imagine sans peine.

— J'aurais dû repartir de Gibraltar pour Lima.

— Probablement.

— L'Angleterre ne m'a jamais donné de raison d'y rester.

— Vous aimez votre famille, voyons, protesta-t-elle. Ce n'est pas parce que votre frère a commis une erreur…

Il la regarda longuement, sa poitrine s'élevant et s'abaissant comme celle d'un homme qui s'apprête à plonger.

— Laissez-moi vous expliquer quelque chose, dit-il.

Elle acquiesça d'un hochement de tête.

Il s'inclina vers elle, comme pour lui confier un secret.

— Vous parlez d'amour, Gwen, comme si ce sentiment pouvait retenir quelqu'un.

Les lèvres de Gwen s'entrouvrirent. *Oui*, avait-elle envie de dire, *l'amour devrait vous retenir. Il devrait vous lier.*

246

— Je suppose que c'est ce qui se produit le plus souvent, poursuivit-il avec un sourire triste. Mais il y a d'autres circonstances où il se confond avec... avec la lâcheté.

— Il faut du courage pour aimer ! protesta-t-elle. Je ne vois nulle lâcheté dans le fait d'être lié à un être cher.

— Vous, non, vous n'en voyez pas. Mais écoutez : voici une histoire que vous connaissez en partie. Enfant, j'avais de l'asthme.

Elle le savait grâce à Richard et, bien sûr, grâce aux sœurs d'Alex qui craignaient toujours que cette maladie n'ait laissé des séquelles. Inquiétude que Gwen ne trouvait pas justifiée : Alex était l'homme le plus vigoureux qu'elle connût.

— Une maladie atroce ! s'exclama-t-il. Je ne la souhaite à personne. Sur quoi pouvez-vous compter, sinon sur votre propre respiration ? Et il n'existe pas de cause identifiable. Je ne savais jamais quand elle allait frapper – un moment, je me sentais très bien ; une minute plus tard, j'étais allongé à terre, sur le dos. Alors, l'unique question était : où se trouvait le remède ? Parfois, il était dans ma poche, et tout allait bien. Mais, d'autres fois, il se trouvait dans une autre pièce – ou, pire encore, sur la table, à un mètre de moi. Je voyais le papier nitraté et les allumettes qui pouvaient me rendre la vie, mais j'étais incapable de tendre la main ou d'appeler, mon seul espoir étant que quelqu'un... passe par là.

Il inspira profondément comme pour chasser ces souvenirs odieux.

— Je me souviens de ces attentes, reprit-il. De chacune d'elles. Suffoquant, impuissant comme un tout petit enfant. Terrifié. Persuadé que je mourrais ainsi, attendant, attendant, attendant en vain.

Gwen sentit une larme couler sur sa joue. Elle l'essuya en feignant de repousser une mèche. Il n'aimerait pas la voir s'apitoyer.

— Malgré moi, je dépendais d'autrui.

— Je comprends, dit-elle d'une voix rauque qui la trahit.

Il lui jeta un regard scrutateur.

— Non, ne soyez pas triste. Je ne le suis pas, moi. Je vous raconte tout ça uniquement pour vous expliquer quelque chose. Après quelques épisodes effrayants, mes parents ont chargé quelqu'un de me suivre partout. De pièce en pièce, de la maison à la pelouse, de la pelouse à la maison. Une oreille collée à la porte des toilettes... Les promenades dans la campagne m'étaient interdites : on suspectait le pollen. Pas de chiens, pas de chevaux. Aucune source d'excitation. Les autres garçons de mon âge jouaient sans se ménager ; je devais rester avec mes sœurs et Gerry, qui répugnait à jouer avec un infirme.

— Alex...

— C'est le mot qu'il utilisait. Je ne l'acceptais pas, bien sûr. Mais tous ces soins n'empêchaient pas les crises de se répéter. Les médecins se sont alors demandé si l'asthme n'était pas dû au système nerveux. Résultat, on m'a envoyé à Heverley End. Mes parents espéraient que la solitude et un mode de vie très strict me guériraient. Une grande promenade tous les jours au bord de la mer. Une nourriture saine et parfaitement ennuyeuse. Des leçons. Après quoi, toilette et au lit ! J'avais dix, onze ans. Un animal tenu en laisse. Mais, au moins, j'étais en sécurité. Il n'y avait aucun risque qu'une crise me jette à terre.

Cela ne dura pas longtemps. Je grandissais. Mes poumons aussi. Je suis devenu plus hardi et j'ai décidé que je voulais aller à l'école. J'ai supplié, et discuté, et imploré, et prié pour qu'on m'y envoie. Mes parents refusaient. Par amour, bien sûr. Je me mettais en colère. Je me sauvais. On me rattrapait et on m'enfermait dans ma chambre. Toujours par amour. Heverley End a été transformé en prison, avec des verrous, des gardiens. Je savais que ces décisions, les restrictions qu'on m'imposait, semblaient nécessaires. Parce qu'ils m'aimaient. Ils pensaient me garder vivant. Et je ne leur en ai jamais voulu. Mais il a fallu quelques menaces particulièrement spectaculaires pour gagner le droit d'aller au collège. Le résultat de tout ça, Gwen, c'est qu'il m'est très difficile de penser à l'amour et à la sollicitude sans penser d'abord à son pouvoir destructeur.

Il se tut. Elle resta immobile. Les mots d'Alex avaient sonné comme un glas dans son cœur.

Dieu du ciel, elle n'avait vraiment pas de chance avec les hommes !

Elle parvint enfin à sourire.

— Mais les jumelles vous adorent et vous ne leur avez jamais rien refusé.

— Il est plus facile de ne rien leur refuser, dit-il carrément. Elles ne demandent que de petites choses parce qu'elles ont peur, je pense, de demander plus. Ce qui prouve leur perspicacité, mais ne me flatte pas. Car, si je cède à leurs prières – vacances, cadeaux et présence occasionnelle à leurs dîners – c'est peut-être pour éviter qu'elles ne s'irritent et réclament des choses plus importantes. Ma compagnie. Une présence dans la vie de leurs enfants. Un engagement…

Il décrivait une vision qui correspondait au fantasme de Gwen.

— Serait-ce vraiment affreux ? murmura-t-elle. Est-ce que vous ne… perdez pas quelque chose en vous excluant ainsi ? Ne le regretterez-vous pas un jour ?

— Ah…, fit-il avec un fantôme de sourire. C'est la question que je ne me suis jamais permis de poser. Je me dis que je ne veux rien de plus que ce que j'ai. Mais… je commence à penser que c'est exactement la philosophie contre laquelle je me suis tant révolté, enfant. Je les accusais de m'enterrer pour me garder hors de la tombe. De me garder prisonnier dans cette triste petite maison sur la côte parce que c'était moins dangereux que de m'envoyer en pension, de me laisser réellement *vivre*.

Il la regarda dans les yeux et reprit :

— Éviter un risque parce qu'il pourrait coûter cher, dit-il, c'est mettre l'amour au service de la peur. C'est ce à quoi je me suis toujours opposé. Et, pourtant, c'est ce que je fais. Je pense qu'il est grand temps que j'arrête.

— C'est la raison pour laquelle vous aidez Gerry ?

Il eut un petit rire.

— Je ne parlais pas de Gerry. Loin de là.

Un frisson la parcourut et, sans se lever, elle s'écarta d'Alex. Il ne parlait pas de Gerry...

— Dès que mes poumons ont été guéris, j'ai juré de ne plus dépendre de personne. D'éviter toute situation qui m'y conduirait. Richard a été une exception, qui ne m'a pas encouragé à recommencer, acheva-t-il avec un petit sourire triste.

— Oui, je sais, dit-elle. Je sais.

— Vous faites plus que savoir. Vous faites la même chose.

— Non, Alex. Vous vous trompez. J'ai dépendu de tellement de gens dans ma vie. Seigneur... j'ai pensé me marier, deux fois ! Je ne me suis détournée de personne.

— Mais si. Vous le faites en ce moment même. Vous vous mentez.

Légèrement, si légèrement, il posa la main entre les seins de Gwen.

— Qui êtes-vous dans le noir, Gwen ?

Ce contact, si léger que c'était à peine une sensation, parut la transpercer comme une flèche. Elle le dévisagea, ce dévoyé, ce grand voyageur, le héros de son frère et celui qui avait causé sa perte.

— Je ne comprends pas ce que vous voulez dire, murmura-t-elle, malgré l'étrange frayeur qui naissait en elle.

— Gwendolyn Elizabeth Maudsley, dit-il en articulant soigneusement. C'est la personne que vous tenez cachée, loin du monde. Je me demande si vous la connaissez seulement ? Pas celle qui s'est approchée de l'autel, mais celle d'aujourd'hui. Quand vous vous regarderez dans un miroir, vous efforcerez-vous désormais d'être honnête envers vous-même ?

Le cœur de Gwen s'accéléra. Il avait raison. Un mois plus tôt, cette question n'aurait pas eu de sens pour elle. Et elle n'aurait pas pu répondre comme elle le fit :

— Oui, je crois.

Il sourit gentiment.

— Et qui verrez-vous ? murmura-t-il. Est-ce qu'Elma reconnaîtrait cette Gwen-là ? Et Belinda ? Et Richard ?

Non. Ils ne la reconnaîtraient pas. Mais...

Vous la reconnaîtriez, songea-t-elle. *Vous, Alex.*

Cette révélation la sidéra. Peut-être le vit-il, car ses doigts remontèrent jusqu'à la clavicule de Gwen, légers comme une plume, chauds comme un souffle. Les yeux d'Alex suivirent son geste, avec une expression étrange sur le visage qu'elle interpréta comme de la révérence d'un homme, abasourdi d'avoir le privilège de la toucher.

Seule dans le noir, réalisa-t-elle, elle devenait la femme qu'elle était avec Alex.

Ce n'est qu'avec vous et dans l'obscurité que j'ose me regarder franchement...

L'idée s'insinua en elle comme un lent et doux poison, bousculant ses pensées et ses meilleures intentions, chassant sa peur, et se muant en un appétit avide.

— Il n'y a rien en vous dont vous devriez avoir honte, murmura-t-il. Ne laissez jamais quiconque le prétendre. Ne vous laissez jamais renfermer. Cela me chagrinerait, Gwen... au-delà des mots.

Elle prit sa main. Son pouls battait sous son pouce, et elle s'en réjouit secrètement. Il n'était pas insensible à sa présence. Pas du tout, même...

— Alex...

— Gwendolyn Elizabeth Maudsley, murmura-t-il, et il l'embrassa.

14

Ce fut le plus lent, le plus doux des baisers. Puis, telle une bourrasque brûlante, Alex emporta Gwen vers le lit dont le matelas la recueillit, moelleux comme un nuage. Elle plongea les mains dans ses cheveux et ferma les yeux. Il s'inclina sur elle et leurs poitrines se frôlèrent. La bouche d'Alex explora chaque centimètre de ses lèvres, paresseusement et complètement...

Alors, elle entrouvrit la bouche et il approfondit le baiser, sa grande main glissant sur sa taille, son dos, sa nuque...

Elle ouvrit les yeux et ils se regardèrent. Les yeux d'Alex avaient la teinte des lacs alpins ; elle y distingua les éclats d'or, secrets que peu de personnes devaient connaître.

Elle avait envie de lui ôter sa jaquette, de déchirer sa chemise. Son cerveau l'exhorta à se presser contre lui, d'agir vite avant qu'il ne se ravise à nouveau.

Mais l'instinct lu dicta de rester immobile et d'attendre. S'il la désirait, il devait prendre l'initiative.

Il passa la main dans ses cheveux, écartant les mèches de son visage, et embrassa sa joue. Sa bouche descendit sur la gorge de Gwen, et il en lécha le creux avant de descendre vers la clavicule. Elle ne put retenir un gémissement et ses doigts se recroquevillèrent dans ses paumes.

Il glissa les mains autour de sa taille et la fit s'asseoir. Puis, soudain, ses doigts s'immobilisèrent sur le corset.

— Mon Dieu, qu'est-ce que c'est ?

Un éclat de rire étranglé échappa à Gwen.

— *Jolie Soubrette*.

Les sourcils haussés, il lui adressa un regard sceptique. Puis, voyant comme ce corset s'ouvrait facilement, il grommela :

— Vous devriez le porter tous les jours…

La chemise ôtée, elle se retrouva complètement nue. Elle sentit sa peau rougir. L'air frais enveloppa ses seins.

— Gwen, murmura Alex. Vous êtes…

Comme il ne poursuivait pas, elle s'inquiéta. Elle était… Trop ronde ? Trop potelée ? Elle avait un buste trop long ?

— Je suis ?

— Vous êtes la palette idéale d'un peintre préraphaélite, murmura-t-il. Crème, rose, et écarlate. Vous êtes… au-delà de mon imagination. Pouvoir seulement vous toucher tient du miracle…

Elle en resta muette. Les mots d'Alex étaient si éloignés de ses inquiétudes qu'un instant, elle douta qu'ils lui soient adressés. Puis, comme ils tournaient dans sa tête, elle reprit espoir. Ronde, potelée, quelle importance ?

De nouveau, les lèvres d'Alex se posaient sur sa peau, sa gorge, sa joue… Soudain, il entoura sa nuque de sa main et la fit basculer sur le lit. Comme elle croisait d'un geste instinctif les bras sur sa poitrine, il les écarta, les plaçant doucement mais fermement de chaque côté du corps.

Pour quelque raison, cela la bouleversa.

D'un doigt sous le menton, il l'obligea à le regarder.

Rencontrant ses yeux, il lui adressa un sourire tendre, et elle sentit une délicieuse onde de chaleur la traverser.

254

Il baissa la tête et prit l'extrémité d'un sein entre ses lèvres. Gwen frémit et ferma les yeux. De sa main libre, il traça un brûlant sillon le long de son corps ; il effleura du doigt son ventre, encore et encore, tandis qu'un plaisir languide commençait de l'envahir. Puis ses doigts glissèrent plus bas, vers le cœur de son intimité...

— Gwen, fit-il d'une voix douce et rauque.

Gardant les yeux fermés, elle s'efforça de reprendre le contrôle de sa respiration, tandis que la langue d'Alex titillait délicatement son sein. Elle ne put s'empêcher de frissonner lorsqu'il la mordilla très légèrement, et son torse se cambra de lui-même vers la bouche d'Alex.

Il glissa une main sous son dos et la souleva vers lui, en caressant doucement de l'autre l'endroit chaud et humide entre ses jambes. Oui. *Oui*, c'était ce dont elle avait envie. Elle rouvrit les yeux. Il était au-dessus d'elle, les bras tendus, les biceps apparents sous le tissu fin de la chemise blanche. *Enlevez-la*, eut-elle envie de dire.

Il la regarda et rencontra ses yeux.

— Ouvrez les jambes, murmura-t-il.

Gwen faillit feindre de ne pas avoir entendu, mais la pression de la main d'Alex s'accentua, et son corps se raidit, submergé par une subite vague de plaisir. Elle renversa la tête en arrière...

— Gwen... fit-il, avec dans la voix un rire qui la désarma.

Elle le regarda et le vit planter un baiser dans sa paume avant de l'appliquer sur sa joue. Le contact de cette peau chaude et rugueuse eut soudain raison de ses résolutions. Elle ne comprenait plus pourquoi elle avait retardé le moment de la reddition ; tout ce qu'elle voulait était là, les sourires d'Alex, son corps, et l'intensité brûlante de son regard. Se redressant, elle déboutonna son gilet, fit tomber les bretelles, arracha à moitié sa chemise.

Elle se mit à genoux et l'attira si étroitement à elle que la panique la prit : on n'étreignait de cette façon que si l'on craignait que l'autre ne se sauve. Mais...

— Chut, faisait Alex dans son oreille. Chut...

Et voilà qu'il s'inclinait, embrassait son ventre, traçant de la langue un chemin vers son sexe. Puis les mains d'Alex agrippèrent fermement ses cuisses, sa bouche se glissa entre ses jambes et le contact de sa langue fut presque insupportable ; il la rendait consciente, trop consciente, de cette partie de son corps. Il la caressa lentement, suivant délicatement les contours extérieurs de cet endroit palpitant, encore et encore, jusqu'à ce qu'elle ne puisse plus retenir ses soupirs, des soupirs suppliants. Elle se serait débattue s'il ne l'avait pas maintenue aussi fermement. Encore et encore il la caressait, puis il posa le pouce sur son bouton de rose tandis que sa langue s'introduisait en elle.

Le plaisir ne s'annonça pas, cette fois-ci : il la submergea si violemment qu'une fraction de seconde la frayeur l'accompagna. Comme elle se raidissait, les doigts d'Alex remplacèrent sa bouche. Ils s'introduisirent lentement en elle, avec une pression légère, brûlante qui la fit crier. Elle sentit à peine qu'il embrassait sa cuisse, son ventre, ses seins. Puis il la reprit dans ses bras, l'étreignant tandis qu'elle s'efforçait de reprendre son souffle.

Peu à peu, un délicieux sentiment de plénitude l'envahit. Elle replia les jambes autour de celles d'Alex et sentit la force de son érection ; elle ondula contre lui, et il soupira. *Oui*. Elle aussi pouvait le faire crier. Elle glissa les mains entre eux. Il les écarta mais elle ne céda pas. Elle le fit basculer, se hissa sur lui, et repoussa ses bras sur les côtés, dans la position qu'il lui avait fait prendre un instant plus tôt.

— Ne bougez pas, murmura-t-elle.

— Oui...

Elle déboutonna son pantalon et le déshabilla complètement. Avec ses hanches minces, sa musculature saillante, il ressemblait à ces statues grecques du British Museum qu'elle avait toujours feint d'ignorer. Elle toucha le léger sillon qui descendait vers sa virilité, laquelle se dressait fièrement, plus longue et plus épaisse qu'elle ne l'avait imaginé.

Elle referma les doigts autour de son membre. Il était doux et ferme. Elle se pencha pour l'embrasser.

— Plus tard, souffla-t-il en la repoussant doucement.

D'un baiser, il fit taire ses protestations, puis la fit basculer sur le dos et se hissa sur elle. Elle en soupira d'aise. C'était merveilleux ! C'était comme s'il lui appartenait. Il l'embrassait à présent avec une telle passion qu'elle y sentait presque une pointe de désespoir, et cela aussi était une sorte de miracle : lui aussi avait besoin de la toucher.

Elle jeta les bras autour de lui et souleva les jambes. Le désir montait dans son ventre, réclamant l'assouvissement. Il s'écarta pour glisser de nouveau sa main vers le sexe de Gwen, mais le plaisir qu'il lui avait donné de cette façon ne lui suffisait plus. Soulevant les hanches, elle plaqua le ventre contre le membre durci.

Elle agrippa ses fesses, douces et fermes, et y enfonça les ongles tout en se cambrant de nouveau.

— N'arrêtez pas, chuchota-t-elle.

Il l'embrassa, sauvagement, les doigts agrippant ses cheveux à la limite de la douleur, et entra en elle d'une poussée.

Elle retint un cri.

Il était en elle...

— Gwen, dit-il doucement en lui mettant un pouce dans la bouche.

Elle le lécha docilement, puis le regarda, avec surprise, le glisser entre eux. Lorsqu'il toucha l'endroit où ils s'unissaient, elle lâcha un cri et se raidit.

Instinctivement, elle resserra les jambes autour des hanches d'Alex. Elle eut envie de le lécher, de le dévorer, de l'envelopper au point qu'aucun centimètre de sa peau ne soit oublié.

— Je ne sais pas, murmura-t-elle. Que dois-je faire ?

— On ne peut pas mal faire, murmura-t-il d'une voix rauque. Tout ce que vous êtes, tout ce que vous faites me plaît.

La paume sous ses reins, il la guidait pour qu'elle bouge en même temps que lui. Elle sentit le plaisir monter en elle, telle une vague immense.

L'orgasme la submergea soudain. S'agrippant à lui, elle s'y abandonna pendant qu'Alex cédait lui aussi à l'extase.

Il roula sur le dos en la maintenant contre lui.

Elle resta immobile, écoutant leurs respirations se calmer, tandis que sous sa joue les battements du cœur d'Alex ralentissaient.

Finalement, c'est lui qui rompit le silence.

— Vous souvenez-vous du Noël de vos dix-huit ans ? demanda-t-il. C'était juste avant vos débuts dans le monde. Richard et vous étiez en vacances chez Caroline. J'étais sur le point de partir pour mon premier voyage en Argentine. Richard a vendu la mèche sur mon projet de randonnée à pied dans les Andes…

— Oui, je me rappelle cette période, dit Gwen, distraite par les cils d'Alex que toute femme eût enviés. Les jumelles étaient furieuses.

— Elles ont demandé quel conseil donner à un frère fou et suicidaire. Vous vous rappelez ce que vous avez dit ?

Elle tendit la main pour toucher ses cils, et il la laissa les effleurer.

— J'ai dit que je n'avais aucune opinion, car j'avais peur de l'altitude et ne connaissais rien à la montagne.

— En fait, votre réponse a été légèrement différente, dit Alex en souriant. Vous n'avez jamais dit que vous craigniez l'altitude. Vous avez dit que vous aviez peur de faire un faux pas et de tomber.

— Oh…

Elle posa le pouce sur le front d'Alex, pour le simple plaisir de le toucher.

— Et j'ai dit : « Voilà pourquoi vous ne grimpez pas sur les montagnes, Gwen ». Mais, maintenant, je me ravise : vous n'avez pas peur de l'altitude.

— Non. Pas particulièrement.

— Uniquement des faux pas…

Elle interrompit sa caresse. Voulait-il dire qu'elle venait de faire un faux pas ?

— J'*avais* peur, dit-elle en pesant ses mots. Pendant longtemps. Mais plus maintenant.

— Moi aussi, j'avais peur, dit-il, et il l'embrassa.

Le lendemain matin, elle se réveilla, le visage au creux de l'épaule d'Alex, une jambe entre les siennes, les bras autour de son torse. Il était très tôt. La lumière grise de l'aube éclairait à peine la pièce. Alex dormait silencieusement, un bras replié au-dessus de sa tête, l'autre autour de la taille de Gwen…

S'abandonnant à une douce rêverie, elle ferma les paupières et se rendormit.

Lorsque ses yeux se rouvrirent, elle trouva Alex assis près d'elle, les jambes croisées, la tête penchée sur les diagrammes qu'elle avait pris sur le bureau de Barrington.

— Alex…

Tournant la tête vers elle, il sourit.

Un sourire qui lui fit l'effet d'un rayon de soleil et qu'elle lui rendit. Une ombre de barbe assombrissait sa mâchoire anguleuse et ses cheveux bruns étaient ébouriffés. Elle tendit la main pour écarter une mèche de son front. Elle se surprit à songer qu'elle venait de partager le lit d'un homme qui n'était pas son mari – et qu'elle ne le regrettait pas le moins du monde.

— Bonjour, lança-t-il.

Il se pencha pour l'embrasser dans le cou.

— Café ? demanda-t-il en désignant un petit pot de terre cuite sur la table. Mme Gauthier vient tout juste de l'apporter.

— Non, merci.

Elle s'assit et regarda les cartes.

— Elles ont eu l'air de vous inquiéter, hier soir. Mais je n'arrive pas à en tirer quoi que ce soit.

Elle les rassembla. Elle les avait à peine regardées la veille mais, lorsqu'elle les feuilleta de nouveau, elle comprit.

— Ce sont des diagrammes.

— Oui, je vois bien, mais que trouvez-vous d'intéressant ?

Elle en choisit deux et les étala côte à côte.

— Ceci.

Il se rapprocha, et son épaule frôla la sienne.

La proximité, la façon désinvolte dont il caressa sa nuque lui donnèrent le vertige. Elle s'exhorta à ne pas se laisser distraire. La carte présentait des lignes estompées et toutes sortes de formes, de couleurs différentes selon la nature du terrain.

— C'est une carte topographique, que l'on consulte lorsqu'on veut estimer la valeur d'une propriété ou la redessiner. On y trouve plusieurs sortes d'informations : l'altitude, la composition du sol, la présence éventuelle de nappes phréatiques...

Elle fit une étrange grimace.

— L'*écoulement des eaux* ! Après la première modification de Heaton Dale, l'étang s'est écoulé vers la folie grecque. Les pieds des statues classiques ont été inondés de boue. Athènes en plein marécage !

Il éclata de rire.

— Mais y a-t-il quelque chose qui ne va pas avec ces cartes ?

Il les examina tranquillement.

— Cela ne concerne que trois propriétés, mais chacune a droit à deux relevés, dit-il enfin.

— Oui. Et c'est le même expert – son nom est en bas, un certain M. Hopkins, qui les a établis. Vous voyez comme certaines ombres sont différentes ?

Les yeux d'Alex se plissèrent.

— Très bonne remarque, dit-il doucement.

Elle sourit.

— Grâce aux problèmes que m'a causés mon étang, j'ai appris à décrypter toutes sortes de documents. Maintenant, je n'accorde plus une confiance aveugle aux entrepreneurs ! En tout cas, l'une de ces cartes est fausse. Mais comme je ne sais pas ce que désignent ces ombres, je ne peux deviner quel élément a été falsifié.

— La composition des sols, vous avez dit ? Est-ce que cela concerne l'éventuelle présence de minéraux ?

— Bien sûr. Oh, vous pensez… ?

— Je pense que des terres qui ne contiennent pas de gisements de minéraux se vendent moins cher… Heverley End, reprit-il après une pause, est bâti sur des gisements abondants de cuivre et d'étain. Gerry devrait être au courant, mais peut-être est-ce pour cela qu'il s'obstine à refuser de parler de cette vente. Si on lui a donné des renseignements erronés sur la composition du terrain… Mais cela n'explique pas pourquoi il a voulu vendre.

— Eh bien… Dieu sait que les hommes font parfois des choses étranges. Personne n'est parfait.

— Oh, Gerry peut se montrer négligent, mais pas dans ce genre d'affaires.

Les yeux dans le vide, Alex jouait machinalement avec une mèche de Gwen tout en réfléchissant.

— Laissons de côté les débats philosophiques jusqu'à ce que nous ayons pu sortir de Nice sans dommage. Barrington s'attend sûrement à ce que nous prenions la direction de l'est, vers Marseille, aussi je propose que nous partions plutôt pour le lac de Côme.

— Oh ! Elma, bien sûr ! s'écria Gwen en bondissant sur ses pieds. Donnez-moi dix minutes et je serai prête.

Quarante-cinq minutes plus tard, ils attendaient le train. Gwen avait les deux bras noués autour de celui d'Alex, et le serrait contre elle comme un trésor.

— Oh... Mademoiselle Maudsley ! C'est vous ?

L'exclamation fit à Gwen l'effet d'un couperet. Elle scruta les quelques voyageurs qui attendaient le train et reconnut lady Milton. Le regard de sa sœur, lady Fanshawe, passait tour à tour d'elle à Alex.

— Oh, bonjour ! s'écria Alex avec affabilité. Comment va ce cher Reginald ?

Lady Milton émit un cri étranglé et se redressa complètement. C'était une femme très mince et, en guise de chapeau, elle portait une espèce de galette triangulaire. Elle se tourna vers Gwen.

— Mademoiselle Maudsley, siffla-t-elle, où se trouve Mme Beecham ?

Et voilà, sa réputation était totalement ruinée ! se dit Gwen, qui se réjouissait secrètement.

— Je ne saurais dire où elle est car je ne voyage plus avec un chaperon.

— Et pourquoi le ferait-elle ? demanda Alex tout en portant la main de Gwen à ses lèvres pour y déposer un baiser. Mme Ramsey n'a pas besoin de chaperon lorsqu'elle voyage avec son mari !

Enfant, Alex avait lu tous les contes de fées classiques, mais il ne lui était jamais venu à l'esprit avant cette matinée que l'intérêt de ces histoires était souvent la façon dont ces princesses se réveillaient. Par les baisers et les caresses d'un gentil prince dont les manifestations de tendresse ne s'arrêtaient pas là. Voilà ce qu'il fallait lire entre les lignes apparemment anodines de ces contes...

Ce matin, le réveil de Gwen avait eu quelque chose de magique. Il avait vu la conscience lui revenir lentement tandis que ses joues rosissaient et ses cils frémissaient. Un soupir avait fait bouger ses cheveux. D'un geste inconscient, elle avait passé les doigts sur sa bouche, ravivant le rouge de ses lèvres. Lorsqu'elle avait bougé, son odeur avait embaumé l'air autour de lui.

Il se serait moqué de lui-même s'il ne s'était pas lassé de se moquer de ce que d'autres prenaient au sérieux. Railler était facile, certes, mais si certains s'en abstenaient, ce n'était pas forcément qu'ils manquaient d'imagination ou d'humour. La vie n'était pas qu'un sujet de raillerie, même si le rire pouvait ouvrir de nouveaux horizons.

Il avait regardé Gwen se réveiller, et il s'était demandé quelle sorte de vie il pouvait lui offrir. La réponse lui était venue sur le quai de la gare de Nice, lorsqu'il avait répondu aux deux harpies.

Apparemment, il s'était trompé.

— Vous êtes fou ? s'écria-t-elle soudain, tandis qu'elle faisait les cent pas dans le minuscule compartiment du train qui les menait vers Milan. Vous avez perdu la tête ? Il y a deux jours, vous ne vouliez pas de moi... et voici que vous nous déclarez mari et femme !

Il se laissa tomber sur la banquette.

— C'est probable, dit-il, que je sois fou. C'est votre faute.

— Quelle mouche vous a piqué ? Vous ai-je jamais donné l'impression que j'attendais que vous preniez ma défense ? Comment avez-vous pu penser que je vous demandais cela ? Dites-moi pourquoi vous avez fait cette déclaration ridicule et ce que nous allons faire maintenant !

— Vous ne seriez pas partie sans chaperon si je n'avais pas suggéré une aventure.

Il avait raison.

— Donc, je suis en quelque sorte responsable de ce qui vous arrive...

C'était vrai aussi.

— Il n'y avait pas d'alternative, ajouta-t-il.

Même à présent, il n'en imaginait pas.

— Vous auriez pu ne *rien* dire. Avez-vous pensé à ça ? Je vous l'ai dit – je me moque de ma réputation, désormais.

Il ne put s'empêcher de sourire. Elle avait parlé d'un ton sec, tranchant.

— Vous ne me croyez pas ? s'écria-t-elle. Pourtant, hier soir, vous avez paru me prendre au mot. Hier soir, nous avons agi en toute liberté, sans nous soucier de l'opinion d'autrui. Et voici qu'aujourd'hui, vous vous érigez en moraliste, en nous présentant comme un couple officiel. J'ai quand même droit à une explication, non ?

Il soupira.

— Gwen, entre cette nuit et ce matin, il s'est passé beaucoup de choses, mais je vous parie chaque sou de vos trois millions de livres qu'après notre entrevue, lady Milton s'est dirigée tout droit vers le bureau du télégraphe.

— Oui ? Et alors ?

— Alors, vous dites que l'infamie ne vous gêne pas, mais je me réserve le droit d'en douter. Vous êtes une femme qui cherchait à faire plaisir aux autres, Gwen.

Une douleur violente au pied le fit bondir.

Elle venait de laisser tomber un pot de chambre sur ses orteils.

— Ça vous a plu, Alex ? demanda-t-elle avec un sourire charmant. Dois-je recommencer ?

Il écarta les jambes.

— Si nous étions tombés sur quelqu'un d'autre – *n'importe qui* sauf cette femme – j'aurais pu essayer d'acheter sa discrétion. Mais...

Il s'interrompit, stupéfait : il mentait. En réalité, il était enchanté de la tournure qu'avaient prise les événements.

Elle avait l'air furieuse.

— Qu'allons-nous faire, maintenant ? glapit-elle.

— Nous trouverons un chapelain.

— Quoi ? Vous ne parlez pas sérieusement.

— Mais si !

— Voyons, Alex, protesta-t-elle en se laissant tomber sur l'unique siège du compartiment. Et si nous n'étions pas assortis ?

Il se redressa. Comment diable pouvait-elle en douter ? Après la nuit dernière ? Après ces quelques jours ?

Elle était pâle comme un parchemin. Il poursuivit :

— D'ailleurs, rassurez-vous : si nous sommes mal assortis, nous trouverons un avocat. La loi a été votée. Pas par Gerry, bien sûr...

Il s'allongea de nouveau, la main sur les yeux. Il ne s'agirait pas d'un vrai mariage, bien sûr, mais ils feraient en sorte de respecter les conventions. Gwen faisait déjà partie de son milieu, et évoluait dans la même société que ses sœurs et ses nièces.

— Vous voulez parler... du divorce ? demanda Gwen d'une voix blanche.

— C'est moins excitant que la ruine sociale, n'est-ce pas ? remarqua-t-il avec un ton blasé. Les divorcées, on en trouve à la pelle, ces jours-ci. C'est presque une mode.

— Une mode...

Le mot s'acheva sur un cri étranglé.

— Oh, rasseyez-vous, s'il vous plaît ! Vous n'allez quand même pas dormir pendant que je cherche une solution !

Il la regarda. Elle serrait les bras autour d'elle, et il vit une larme glisser sur sa joue.

Il s'assit.

— Mon Dieu, Gwen... Vous n'aviez pas imaginé qu'il y avait un risque qu'on nous voie ensemble lorsque vous avez accepté de m'accompagner chez Barrington ?

— Si, bien sûr ! Mais je pensais que j'agissais en connaissance de cause ! Or vous avez pris la décision pour moi, une décision à laquelle je n'avais jamais pensé. Et vous, l'aviez-vous imaginée ?

Elle leva les yeux vers lui.

— Et vous, Alex ? insista-t-elle. Avez-vous imaginé une issue telle que... le mariage ?

Il la prit par les coudes. Elle tremblait. La violence de sa réaction lui parut incompréhensible.

— Je ne l'avais pas prévu, dit-il lentement. Mais, puisque vous étiez prête à perdre votre réputation, je ne vois pas en quoi tout cela est grave.

Elle secoua la tête, le visage sombre.

— Gwen, reprit-il, je n'ai jamais eu l'intention de me marier. Je n'avais pas non plus l'intention de vous faire visiter Paris. Ni de vous initier à l'amour physique... Mais je jure sur Dieu et tous ses saints que j'en ai rêvé pendant des années !

Gwen se figea. Assurément, ce n'était pas la façon la plus romantique de parler à une femme. Mais, au moins, elle avait cessé de trembler, ce qui l'encouragea à poursuivre :

— Pendant des années, répéta-t-il. Et pas seulement parce que vous êtes ravissante. La façon dont vous regardez le monde est émouvante, et vous avez le don de communiquer cette émotion aux autres. Vous m'avez horripilé en gaspillant votre temps avec des bons à rien ! Je vous en ai voulu de vous brader. Et, si je n'ai jamais fait ma cour, c'est que je craignais de ne pouvoir vous offrir ce que vous méritez. Aussi, si c'est le principe du divorce qui vous ennuie, nous pouvons l'oublier...

Elle ne réagit pas.

— Nous pouvons nous marier. Pour de bon.

Était-il réellement en train de la demander en mariage ? Dieu du ciel, ses sœurs allaient organiser une réception qui durerait jusqu'au nouvel an.

— Pour de vrai, insista-t-il.

Un soupir lui répondit, presque inaudible.

Il ignorait comment l'interpréter. Ses propres pensées étaient un peu confuses, mais il pensait avoir parlé de façon compréhensible. Alors, pourquoi gardait-elle le silence ?

— Je partage mon temps entre New York et Buenos Aires, expliqua-t-il avec l'impression grandissante de se comporter en parfait idiot, mais si vous préférez rester à Londres, pas de problème. En fait, avec l'affaire péruvienne... non, peu importe. Deux voyages par an, ce serait bien. Nous pouvons trouver une maison en ville. Où vous voulez... Grosvenor Square, si vous préférez, ajouta-t-il à mi-voix, incapable d'aller plus loin.

Elle lui décocha un regard noir et, lui tournant le dos, elle alla se planter devant la fenêtre.

— Est-ce que vous m'aimez ?

Il se demanda quelle sorte de fossé cela créait entre eux qu'il connaisse, à son insu, une multitude de choses sur elle – des faits, des anecdotes, des propos entendus, des récits d'autrui... Il les collectait depuis une éternité, en feignant de n'y voir qu'un amusement banal, alors qu'en fait, cela tenait de l'obsession. Il n'oubliait aucune des remarques qu'elle avait faites, ou qu'avaient faites les autres à son sujet, et il appréciait ces gens, ou les méprisait, selon la façon dont ils traitaient Gwen Maudsley. De ce fait, une intimité très inégale existait entre eux, créant un gouffre dont ils ne connaîtraient la profondeur que lorsqu'ils essaieraient de le sonder. Ce gouffre se révélerait-il impossible à franchir ?

— Oui, dit-il enfin. Je vous aime, Gwen.

Comment ne s'en était-elle jamais rendu compte ? Même Richard l'avait su !

Il observa sa posture tandis qu'elle se retournait vers lui, et guettait l'instant où ses épaules se détendraient.

Ce qu'elles ne firent même pas lorsqu'elle leva les yeux et sourit, d'un sourire si rayonnant qu'il en fut brièvement effrayé. Il rêvait, rien de tout cela n'était vrai ; il rêvait et elle ne répondait pas :

— Alors, oui, Alex. Je vous épouserai...

15

Jusqu'à la fin de sa vie, Gwen ne garderait du bal masqué que des souvenirs vagues et indistincts, qui s'était déroulé dans une lumière aveuglante. Sur le moment, cependant, les lustres et les appliques de l'hôtel des Cornelyse conféraient à la scène une implacable précision. Les flammes se reflétaient sur les moulures écarlate et doré de style chinois, les bijoux des invitées, les paillettes fixées sur les masques impavides. Associé au tumulte de centaines de conversations, de trois orchestres rivaux disposés sur les deux étages et du tintement du cristal, cet éblouissement émoustillait les sens comme du champagne. Partie à la recherche des toilettes, Gwen s'était perdue et retrouvée deux fois de suite sur le seuil de la salle de bal.

Preuve qu'après tous ces événements, son cerveau fonctionnait mal. De Milan, elle avait télégraphié à Elma de venir rapidement – vœu qui avait été accompli encore plus rapidement qu'elle ne l'avait espéré. Elle n'avait passé qu'une nuit échevelée de plus avec Alex avant l'arrivée d'Elma, anxieuse de connaître la cause de son rappel précipité – lequel la contrariait visiblement bien que Gwen n'osât pas lui demander à quelle occupation on l'avait arrachée.

La révélation des faits avait accompli l'impossible : Elma était devenue momentanément muette. Puis, la stupéfaction passée, elle s'était mis en tête de trouver une solution.

— Faut-il soudoyer un prêtre italien ? Oh, sottise, ça nous ferait une bouche de plus à bâillonner. Non. Retournons chez nous, auprès de nos proches, et nous réfléchirons tous ensemble, décida-t-elle. Monsieur Ramsey, allez vite acheter des billets, vite !

Gwen avait alors songé qu'il était inutile de choisir une date de mariage qui convienne à lady Milton.

— Quelle importance ? avait-elle demandé à Alex lorsque Elma les eut laissés seuls assez longtemps pour qu'ils puissent entamer une conversation. Cela aura-t-il de l'importance à New York et à Buenos Aires si, à Londres, les gens racontent que nous avons voyagé ensemble avant d'être mariés ?

— Cela aura de l'importance à Londres, avait-il dit. Et un jour, il est possible que cela en ait pour vous.

Il n'avait pas voulu écouter plus avant ses arguments. En réalité, il avait subi avec beaucoup de docilité tous les sermons et toutes les remontrances d'Elma et de ses sœurs. Celles-ci étaient arrivées à la gare de Saint-Pancras quatre jours plus tard – alertées par le télégramme d'Elma annonçant qu'un « *terrible embrouillamini* » causé par « *deux tourtereaux imbéciles* » requerrait leurs efforts de réflexion.

Gwen avait prédit à Alex qu'au moins une de ses sœurs s'évanouirait en apprenant leur projet de mariage. Ce à quoi il avait répondu qu'elles pouvaient bien la surprendre.

Et, en effet, en entendant les nouvelles peu après leur arrivée, Belinda s'était contentée de hausser les sourcils et hocher la tête, tandis que Caroline s'était jetée sur Gwen puis sur Alex pour les étreindre.

— C'est merveilleux ! avait-elle dit à son frère.

Entre-temps, grâce à lady Milton, la nouvelle du mariage s'était répandue dans la société. Des quantités de cartes de visite ne cessaient d'arriver chez les Beechman, toutes émanant de relations mourant d'envie d'en apprendre plus. Il leur fallait désormais obtenir l'appui de quelque personnage très influent pour pouvoir convoler, sous peine de déclencher le nouveau scandale de la saison.

— Gwen a déjà deux scandales à son compte, disait Elma, car on raconte qu'elle a dû soudoyer Pennington pour qu'il se sauve et la rende disponible pour M. Ramsey.

Alex avait de nombreuses relations dans les milieux gouvernementaux, mais aucune parmi les gens d'Église. Si bien que la question de la licence spéciale fut soumise à Gerry.

Les jumelles et Alex entrèrent dans son cabinet de travail pour lui annoncer la nouvelle, tandis que Gwen et Elma attendaient à proximité. Tout ce qu'elles purent saisir de l'instant de la révélation fut un fracas et un choc sourd.

— Seigneur ! fit Gwen.

— Il sera ton beau-frère, dit Elma en lui tapotant la main.

Était-ce pour la préparer aux critiques ou bien pour la détourner de ce mariage ? Un autre fracas retentit. La main d'Elma se referma sur la sienne.

— On peut comprendre que M. Ramsey préfère sillonner le monde, dit-elle avec un sourire affable.

Un silence suivit. Puis une voix s'éleva – celle de lord Weston. Gwen tendit l'oreille, mais ne put saisir le sens de ses paroles.

Une voix féminine répliqua sèchement. Ce devait être Belinda.

La porte claqua et les jumelles apparurent, Belinda marchant d'un pas décidé, Caroline traînant les pieds.

Même la plume de son chapeau avait un petit air penché. Mais c'est avec un grand sourire qu'elle s'écria :

— Il faut juste leur laisser un moment. Gerry est très heureux de vous voir entrer dans la famille, Gwen.

— Il peut l'être, remarqua sèchement Elma. Mais il a une étrange manière de manifester sa joie.

Les jumelles échangèrent un regard.

— Ce n'est pas contre Gwen qu'il s'est emporté, dit Caroline.

— C'est à Alex qu'il en veut, dit Belinda. Il faut dire qu'Alex a la fâcheuse manie de toujours chercher les complications.

— C'est contre *Alex* que je l'entends crier ? demanda Gwen, bouleversée.

— Oui, en effet. Et celui-ci doit être assis et sourire tranquillement, ce qui ne fait qu'irriter un peu plus Gerry, expliqua Belinda.

— Gerry est odieux quand il est en colère, remarqua Caroline.

Sa sœur haussa les épaules.

— Tout à fait d'accord. Mais il se calme assez vite, fit-elle en s'asseyant à côté de Gwen. Entre-temps, nous allons attendre.

Caroline se mit à tourner en rond.

Au bout d'une minute, les cris cessèrent. Belinda rassembla ses jupes pour se lever tandis que Caroline tournait le visage vers le couloir.

Les cris recommencèrent. Belinda se rassit avec un soupir, mais Gwen sentit sa patience céder d'un coup. Elle bondit sur ses pieds et, ignorant les protestations qui s'élevaient, elle marcha à grands pas vers le cabinet de travail. C'était très bien d'attendre poliment si l'on avait pour objectif de séduire son futur beau-frère, mais elle savait qu'Alex s'en moquait, et cela faisait quelques semaines qu'elle-même en avait fini avec ce genre de politesses.

Elle leva une main à l'adresse du valet de pied posté dans le couloir, puis ouvrit la porte sans avoir été annoncée.

La scène était telle que l'avaient décrite les jumelles : lord Weston était debout et tempêtait tandis qu'assis confortablement dans un fauteuil, Alex écoutait poliment en pianotant sur son genou.

— Oui, dit ce dernier. Je suis tout à fait d'accord. As-tu fini, maintenant ? Elles attendent.

— Pas avant que tu admettes que le *comble*…

— Le comble ? répéta Gwen.

Lord Weston s'interrompit ; Alex pivota dans son fauteuil.

— Ah, Gwen…, dit-il d'un ton affable.

Il se leva et alla prendre les deux mains de la jeune femme pour les porter, l'une après l'autre, à sa bouche.

— Vous vous jetez dans ce mariage alors que vous l'avez déjà consommé, murmura-t-il. Sauvez-vous vite.

Elle rit malgré son anxiété et aurait répliqué si lord Weston ne s'était approché.

— Mademoiselle Maudsley… Bienvenue dans la famille. Mes excuses pour les circonstances vraiment impardonnables dans lesquelles devra se dérouler ce mariage. Je vous prie de nous excuser, mes sœurs et moi, pour ce voyou…

— Pardonnez-moi, protesta-t-elle. Votre frère n'est pas un voyou, je l'ai toujours admiré. Je ne comprends pas pourquoi vous le jugez aussi sévèrement, alors que…

— Vous ne comprenez pas pourquoi ? s'écria le comte dont les yeux menaçaient de jaillir. Vous soustraire à la surveillance d'Elma, vous mettre dans une telle situation… Je crains que vous n'ayez de désagréables surprises avant la fin de votre lune de miel.

Il se tut, et son visage vira au rouge sombre. Peut-être, se rappelant brusquement les circonstances dans lesquelles lady Milton avait découvert son frère et

Gwen, devinait-il que la lune de miel ne réservait pas autant de surprises qu'elle l'aurait dû.

— Il en a toujours été ainsi avec lui, poursuivit-il d'un ton hargneux. Vous connaissez sûrement la façon dont il gagne sa vie. Et puis, il y a la petite histoire avec votre frère...

Elle l'interrompit, d'une voix glaciale qu'elle n'avait utilisée avec personne.

— C'est avec joie que j'ai décidé d'épouser Alex. Je dois conclure de vos propos que soit vous me prenez pour une idiote, soit vous voulez me taquiner en tenant des propos offensants sans en croire un mot. Oui, il *gagne sa vie* – honnêtement, me semble-t-il. Vous me pardonnerez si mon expérience des hommes dotés de privilèges hérités me mène à croire qu'un homme qui travaille pour acquérir une position élevée est plus fiable qu'un homme qui l'a reçue à la naissance.

Lord Weston ouvrit la bouche pour répliquer, mais Alex le devança :

— Doucement, Gwen. Il est plus fragile qu'il n'en a l'air. Et les individus titrés ne sont pas tous mauvais...

Elle croisa les bras, attendant visiblement des excuses.

Mais les lèvres de lord Weston demeurèrent scellées.

— Je ne crois pas le comte si fragile que ça, riposta Gwen qui estimait que celui-ci souffrait au contraire d'avoir été trop ménagé par son frère et ses sœurs. En revanche monsieur, Alex a droit à vos remerciements.

— Mes... remerciements, répéta-t-il comme si le mot appartenait à une langue étrangère.

— Oui. Il vous a rendu un grand service. Vous avez été abusé par un criminel. Alex vous a rapporté de quoi le mettre en prison, et reprendre vos terres.

Les yeux de lord Weston avaient presque la même couleur que ceux d'Alex mais, lorsqu'ils s'écarquillèrent, ils lui parurent effrayants.

— Mmm, fit Ale. Je n'avais pas encore abordé ce sujet, Gwen.

— Oh… pardon, je suis désolée.

— Ce n'est pas grave. Que dis-tu de ça, Gerry ? La preuve des procédés criminels de Barrington en échange d'un petit service sous la forme d'une licence de mariage.

Lord Weston accepta, bien sûr. Mais sans se donner la peine de remercier son frère, remarqua Gwen. La famille n'offrait pas l'image idyllique qu'elle s'était imaginée.

Dès lors que lord Weston daigna s'en occuper, quatre jours suffirent pour obtenir cette licence. Debout à la porte de la salle de bal des Cornelyse, à l'abri de son masque, moins de douze heures avant son mariage, Gwen se demandait de nouveau ce qu'elle faisait là. Elle se sentait distante, curieusement étrangère à la scène. Alex et elle n'étaient venus que sur l'insistance des jumelles, car il n'était pas question que des nouveaux mariés fuient les événements de la Saison, sauf, bien sûr, s'ils étaient en voyage de noces. Les gens s'attendaient peut-être à d'étranges comportements de la part d'Alex, mais pas de Gwen. En conséquence de quoi, ils iraient tous les deux, avait dit Alex.

Le masque lui pesant, elle l'enleva et scruta la foule dans l'espoir de repérer les Ramsey. Des regards curieux se tournèrent immédiatement vers elle. Une galerie surplombait la salle sur un côté, et tout un groupe de femmes se pencha sur la balustrade pour l'observer. Des regards moins malicieux qu'intrigués. Il ne faudrait qu'un faux pas dans les jours à venir pour retourner l'opinion générale contre elle. Alors, l'événement romantique virerait au scandale sordide, du genre de ceux qui valaient à leurs victimes condamnation, réprobations, trahisons…

Un mois auparavant, elle se serait décomposée à l'idée d'une telle censure. À présent, cela lui paraissait juste ennuyeux.

Elle ne voulait pas vivre parmi ces gens.

Pourquoi Alex et elle étaient-ils venus, bon sang ?

Demain, à midi, elle serait l'épouse d'Alex Ramsey.

Elle le repéra, enfin. Il avait ôté son masque et se dirigeait dans sa direction, mais sans l'avoir remarquée. La vue de son profil, tandis qu'il promenait son regard sur la foule, et de son corps élancé, la remplit d'un sentiment proche de la convoitise.

Oh, oui, elle le voulait ! Elle n'avait jamais rien désiré autant que ce mariage-là – s'approprier par la loi son rire, son esprit, son espièglerie, sa férocité, son attitude protectrice, sa bienveillance, son courage, sa détermination.

Mais elle ne croyait pas une seconde qu'il l'aimait.

Oh, il le lui disait. Ses sœurs le lui affirmaient. Elma déclarait qu'elle le savait depuis toujours, qu'elle l'avait compris à la façon dont il la regardait à son insu. Balivernes. Elle voulait le croire – demain, elle feindrait de le croire. Mais elle le connaissait trop bien. Elle connaissait son secret : malgré ses pérégrinations, son indépendance et son comportement peu conventionnel, il prenait très au sérieux ses responsabilités. Il se chargeait même de celles d'autrui, simplement parce qu'il pensait qu'on devait ce service aux gens qu'on aimait. Dès l'instant où lady Milton les avait vus ensemble, la question avait été réglée. Il avait promis à Richard de veiller sur elle. Le mariage était la seule option possible.

Ses yeux la repérèrent enfin. Son expression changea. Il lui adressa un sourire si lent et si tendre qu'elle sentit un étau se resserrer sur ses poumons.

Peut-être qu'il l'aimait, après tout.

Elle resta immobile, le regardant approcher. Il n'avait pas besoin de son argent. Il avait obtenu sa virginité sans promesse faite ni demandée.

Il vint jusqu'à elle et ses mains se refermèrent sur sa taille. Elle résista à l'envie de lever les yeux sur la galerie. Tout le monde les croyait mariés, et de telles familiarités étaient permises aux jeunes époux. Ce qui ne modifiait pas leur effet : dans une minute, s'il ne la lâchait pas, ils produiraient un spectacle si étonnant que la galerie s'effondrerait probablement sous la foule des curieux.

Elle posa la main sur la sienne. Il lui adressa son sourire canaille, qui scellait la promesse de longues nuits de passion échevelée.

Sa main se resserra sur celle d'Alex. S'il l'aimait... alors, que ne pourrait-elle faire ? Qu'y avait-il d'impossible au monde ?

— Je meurs d'ennui, dit-il. Pensez-vous que nous avons passé assez de temps ici ?

— Nous avons promis de ne pas partir avant les jumelles.

Il inclina la tête, un éclat malicieux dans le regard.

— Je ne parlais pas de quitter la maison.

— Alex, voyons...

Il la fit pivoter.

— Venez ! Soyez donc un peu délurée, mademoiselle Maudsley, murmura-t-il à son oreille.

Voilà ce que c'était que d'être délurée : n'était-ce pas ce dont elle avait rêvé lorsqu'elle avait erré dans la maison ? Sachant exactement où aller, elle passa devant Alex qui la suivit sans mot dire, la caressant lorsqu'elle s'arrêtait, lui mordillant l'oreille et balayant ses doutes lorsque le regard intrigué d'un invité masqué qu'ils croisaient faisait chanceler son courage.

Elle s'arrêta devant la porte de la lingerie, à présent fermée, derrière laquelle un instant plus tôt elle avait vu d'immenses armoires.

— Je pense que ça pourrait convenir. À l'intérieur, il y a...

Il posa sa bouche sur la sienne tout en la faisant reculer dans la pièce. La partie de son cerveau qui raisonnait encore entendit le déclic signalant la fermeture de la porte ; le reste céda sous la pression exigeante du baiser. Ils ne s'étaient pas embrassés avec autant d'intensité depuis Milan, et elle s'était demandé si le sentiment de liberté qu'elle avait éprouvé dans ses bras était dû à son imagination enfiévrée, ou à sa hantise de retomber dans la routine et la tiédeur si familières.

Mais non, elle n'avait rien imaginé. Les lèvres d'Alex ramenaient à la vie chaque parcelle de son corps. Elle se pressait contre lui pour en réclamer plus et se laissait repousser contre le mur. Ses ongles s'enfonçaient dans les muscles d'Alex dont la bouche glissait dans son cou. Il mordit l'endroit où la gorge rejoignait les épaules, comme pour la clouer sur place, alors qu'elle ne voulait être nulle part ailleurs.

Elle goûta son menton, sa mâchoire, la peau rasée de près par une lame bien affûtée. La paume d'Alex souleva sa poitrine pour la dégager du corset tandis qu'il tétait la base de sa gorge. Elle espéra qu'il la marque, la rende sienne de manière indélébile. Qu'ils mélangent leurs sangs, comme le faisaient les enfants en signe d'amitié éternelle. La loi et le changement de nom n'offraient qu'une mutation fragile. Elle en voulait une autre, visible, afin que tous sachent qu'elle était à lui.

Le tissu de sa robe était si fin qu'elle avait l'impression qu'elle était nue, et lui aussi. Chair contre chair, tous les doutes qu'elle avait pu avoir se volatilisaient. Dieu du ciel, elle voulait être sienne !

La bouche d'Alex se referma sur son sein, à travers le tissu, déclenchant une onde de chaleur dans son ventre ; elle promena ses mains sur son dos, impatiente, exigeant qu'il la prenne tout de suite. C'était fou, insensé. Un domestique pouvait entrer à tout moment.

L'idée lui éclaircit un peu le cerveau. Elle ne voulait pas céder devant les conventions, mais la décence était tout de même un noble principe...

Elle tâtonna le mur derrière elle, cherchant la porte. Mais ses doigts ne trouvèrent rien.

— Attendez, souffla-t-elle.

— Non, dit-il en mordillant doucement son sein, ce qui lui arracha un râle sourd.

— Alex... quelqu'un pourrait venir. Il faut... s'arrêter.

Il la souleva par les fesses, la clouant au mur.

— Oui, acquiesça-t-il dans son oreille. Quelqu'un pourrait venir.

Un frisson brûlant la parcourut. Elle comprit soudain que le jeu avait aussi sa place dans cette affaire. Mais... une pointe de frayeur persista en elle, restreignant son ardeur. Elle n'était pas prête pour ce genre de choses. Pas encore...

— Alex... je vous en prie, murmura-t-elle.

Il n'hésita qu'une fraction de seconde avant de l'entraîner dans l'une des armoires. L'odeur du linge propre régnait dans l'espace étroit. La main d'Alex referma la porte et une obscurité complète les enveloppa.

— C'est bien mieux comme ça. Dans le noir, tout peut arriver.

Le désir assécha la gorge de Gwen. Elle chercha aveuglément la bouche d'Alex, et il suivit de la langue le contour de sa lèvre inférieure. Ses mains descendirent lentement, lentement le long de ses bras. Encerclant ses poignets, il les tira derrière elle et les pressa, lui intimant l'ordre silencieux de ne pas bouger.

La bouche d'Alex revint à la sienne, avec un baiser lent et profond tandis qu'elle restait immobile, tous les points sensibles de son corps palpitant, la contrainte nourrissant son désir : debout dans l'obscurité, elle s'abandonnait totalement à lui.

— Que voulez-vous ? demanda-t-il.

— Vous...

Sans préambule, le doigt d'Alex la caressa légèrement entre les jambes, ce qui la fit gémir.

— Et vous, Alex, que voulez-vous pour vous-même ?

— Vous.

Il rit, d'un rire grave, sensuel. Entre les cuisses de Gwen, ses caresses légères ne suffisaient plus ; la jupe de la robe, bien que fine, le gênait. Elle se pressa contre lui, et il dit dans sa bouche :

— Chut... Un moment.

Mais elle ne voulait plus attendre. Alors que sa main la stimulait, un étrange sentiment de panique revint s'insinuer dans ses pensées. *Prenez-moi, Alex...* Était-ce si facile pour lui d'attendre ? Ne brûlait-il pas, comme elle, d'assouvir son désir ?

Elle posa la paume sur son érection et, comme il émettait un petit cri, elle marmonna :

— Chut...

Les mains d'Alex s'arrondirent sur ses fesses, caressant, étreignant, la soulevant contre lui, contre sa propre main. Elle se hissa sur la pointe des pieds et murmura en ondulant contre lui :

— Prenez-moi...

Ses doigts trouvèrent l'ouverture du pantalon et le membre durci jaillit. Alex retroussa ses jupes, les saisissant à pleines mains. Leurs bouches se rencontrèrent et leurs langues se mêlèrent tandis que la main d'Alex se glissait jusqu'à la chair nue de sa cuisse. L'instant d'après, ses doigts effleuraient le bouton palpitant qui s'érigea à leur contact. Elle ravala un autre gémissement. Durant un instant, les seuls bruits furent celui de leurs respirations fiévreuses et le bruissement de sa robe.

— Oui, souffla-t-elle. Maintenant.

Empoignant ses fesses d'une seule main et plaquant l'autre sur sa nuque, il entra très lentement en elle.

Elle sentit son corps se contracter dans une brève résistance avant de se rappeler comment l'accueillir. Très doucement, il commença à pousser, à bouger, faisant naître en elle une foule de sensations enivrantes.

Elle laissa retomber sa tête dans la paume d'Alex. Elle se sentit clouée, terrassée, complètement immobilisée tandis qu'il la martelait à coups réguliers et agressifs, l'emplissant avec toute la force de sa passion. Si le placard avait été plus petit, s'il avait pu l'étreindre encore plus étroitement, elle en aurait été heureuse. *Faites-moi vôtre*, suppliait-elle en son for intérieur. *Ne me laissez jamais partir.*

L'orgasme la prit brusquement. Elle agrippa Alex et il répondit par un doux gémissement, puis pénétra encore plus profondément en elle, encore, et encore sur un rythme régulier qui décupla le plaisir de Gwen, déclenchant dans tout son corps de délicieux frissons. Ils atteignirent l'extase dans un même cri.

Ils regagnèrent séparément la salle de bal, Gwen la première. Sa mission, avaient-ils décidé, était de retrouver les jumelles et de s'en aller. En tant que future mariée, elle avait sûrement le droit de se coucher tôt...

Elle s'arrêta au bord de la salle, le masque relevé sur la tête afin de cacher le désordre de sa coiffure. La foule s'était épaissie et l'air avait à présent une forte odeur de sueur et d'alcool. Les Cornelyse devaient jubiler ; une réception n'était pas un succès si l'atmosphère n'était pas empuantie.

— Ainsi donc, il y est arrivé, le mufle !

Elle était si occupée à scruter la foule qu'elle mit un certain temps à reconnaître la voix familière.

Puis, se raidissant, elle jeta un regard sur le côté.

Trent était là, tout près d'elle. Il portait un masque, mais elle ne pouvait pas se tromper. Il avait une petite marque de naissance au coin de la bouche, très particulière, de la forme du continent africain.

La dernière fois qu'ils s'étaient parlé, elle était sa fiancée. Après le mot qu'il lui avait envoyé pour rompre, elle n'avait plus souhaité entendre sa voix, encore moins lui donner l'honneur d'entendre la sienne.

Elle chercha Alex derrière elle, mais chacun avait pris une porte différente. Cependant, il ne pouvait pas être loin puisqu'ils devaient se retrouver dès que possible. C'était lui qui l'avait suggéré. Il n'aimait pas s'éloigner d'elle, en avait-elle déduit.

Elle sourit. Elle ferait comme si elle n'avait pas entendu la remarque de Trent, quoi qu'il ait voulu dire.

Mais il eut le mauvais goût de poursuivre.

— Je paierais cher pour voir la tête de Pennington quand il apprendra ça !

Il n'y avait plus de doute, c'était à elle qu'il parlait. Elle se mordit violemment la lèvre, tandis qu'il éclatait d'un rire mauvais.

— Vous n'aviez pas idée de ses manigances pour nous séparer ? demanda-t-il. Que croyez-vous ? Que j'ai rompu de mon propre gré ?

Non, elle ne lui donnerait pas la satisfaction de répondre !

— Vous avez toujours été un peu lente, reprit-il, une pointe d'incrédulité dans la voix. Mais, affection mise à part, vous saviez combien j'avais besoin de votre argent. Je suis étonné que vous ne vous soyez jamais posé la question.

Elle pivota pour lui faire face.

— Monsieur, je ne sais pas pourquoi vous me parlez, mais je vous prie de cesser *tout de suite*.

— Bien sûr... Acceptez mes félicitations pour votre mariage, madame.

Il s'inclina profondément puis tourna les talons et sa cape virevolta derrière lui.

Elle le suivit des yeux.

Il mentait, bien sûr.

Mais dans quel but ?

Une main toucha son bras. Elle retint un cri et se retourna. Ce n'était qu'Alex. *Alex !* Il lui souriait, mais l'expression de la jeune femme le fit se rembrunir.

— Qu'y a-t-il ? demanda-t-il en scrutant la foule.

Tout le monde portait un masque. Peu de personnes connaissaient un homme suffisamment pour le reconnaître à une infime marque de naissance. Peut-être seulement les fiancées et les épouses.

Les cheveux d'Alex étaient ébouriffés – à cause d'elle. De ses doigts, de ses baisers, de ses soupirs…

Elle s'était mille fois posé la question : qu'est-ce qui avait pu pousser un homme ruiné à fuir trois millions de livres ?

« Rien, avait-elle conclu, à la fin. Tout est bien chez vous. »

— Qu'y a-t-il ?

Il chercha ses yeux. Sa main lui serrait le bras.

— Gwen, qu'est-ce qu'il y a ?

Elle ne pouvait croire cela de lui.

Elle voulut parler fermement, dire à quel point elle était choquée par l'affirmation de Trent.

Au lieu de quoi, elle murmura :

— C'était vous ?

À l'extrémité de la salle, l'orchestre se mit à jouer un quadrille écossais que saluèrent des cris de joie et la ruée de danseurs dans le salon, qui repoussaient les spectateurs contre les murs, coudes et talons tressautant, et la rejetaient telle une poupée de chiffon contre la poitrine d'Alex. Elle recula, accrochant le bas d'une robe et ignorant le cri de protestation qui s'ensuivit.

Il ne répondait pas et la regardait avec une expression qu'elle ne pouvait pas déchiffrer.

Elle redressa les épaules.

— Alex…

Il leva la main comme pour toucher sa joue.

— Est-ce à cause de vous qu'ils m'ont plaquée ?

La main d'Alex s'arrêta à un millimètre de ses cheveux.

Il n'eut pas besoin de répondre, car elle perçut le tressaillement du muscle de sa mâchoire. Il serrait les dents pour refouler quelque chose. Au temps pour sa franchise et sa droiture d'esprit…

Comme elle tournait les talons, il saisit son coude et la ramena face à lui.

— Pas Pennington. J'ignore ce qui s'est produit avec Pennington. Il n'y avait rien dans son passé qui puisse expliquer ça...

— Dans son passé ? répéta-t-elle, abasourdie. Alex, vous avez... vous avez *espionné* mes fiancés ? Comme si... comme des rivaux en affaires ?

Il laissa retomber sa main.

— J'ai fait une promesse à votre frère, répliqua-t-il.

Un rire incrédule échappa à Gwen.

— Oh, oui, je vois. Vous avez épié ces hommes...

— Moi, non. J'ai engagé des détectives privés. Pennington s'est révélé acceptable. Enfin, il en avait l'air. Trent, non. Alors, je suis intervenu.

— Intervenu ? répéta-t-elle en secouant la tête. Vous voulez dire qu'au lieu de venir me trouver, me faire part de... ce qui n'allait pas chez lui – du moins, de votre point de vue, vous...

— La syphilis, jeta sèchement Alex.

— Peu m'importe ce que c'était !

Bien que, juste ciel, cela expliquât l'allure maladive de Trent. Elle prierait pour lui ce soir.

— Vous n'êtes pas venu me trouver. Vous ne m'avez rien dit !

— Je ne pouvais... je ne pouvais pas être sûr que vous...

— Que je vous croirais ? Que je me montrerais raisonnable ? Que je m'estimerais valoir suffisamment pour éviter de sacrifier ma santé en échange d'un titre ? Bon sang, il faut que vous me preniez pour la femme la plus stupide de la planète !

— Non. Mais pouvez-vous me reprocher ma prudence ? Vos choix en matière d'hommes ne plaidaient pas en faveur de votre discernement.

La colère la fit frémir.

— Oui, en effet. Il faut que je sois vraiment stupide. Sinon, comment en serais-je venue à promettre de vous épouser, *vous* ? Une brute qui a saboté mon mariage afin que vous... afin que *quoi* ? Qu'aviez-vous à gagner ? À moins que... Vous avez des difficultés financières ?

Elle entendait la colère dans sa voix, mais tant pis ! Mon Dieu... quelques minutes plus tôt seulement, elle le suppliait de la prendre. De la *posséder*. Cet homme qui la jugeait trop bête pour décider toute seule de ce qu'elle voulait, et avec qui !

— Vous n'avez pas à faire ce sacrifice, dit-elle. Je serais heureuse de prêter de l'argent au meilleur ami de mon frère. Le mariage n'est pas indispensable.

Il avait pris un air indifférent, comme s'il discutait avec une étrangère.

— Je vous assure, Gwen, que je n'ai pas besoin de votre aide. Contrairement à d'autres personnes, je prépare soigneusement tout ce que j'entreprends...

— Oui, je n'en doute pas. Mais, dites-moi, en quoi consistent vos préparatifs ? Des menaces ? Du chantage ? Qu'avez-vous utilisé pour écarter Trent ?

— Il ne désirait pas que certains faits soient rendus publics, expliqua-t-il sans se démonter. Aussi, je lui ai promis de garder le secret.

— Du chantage..., murmura-t-elle.

Elle plaqua une main sur sa bouche pour étouffer un éclat de rire, qui fusa quand même – sauvage, fou.

— Imaginez-vous ce que je ressentais, ce que je pensais après ces dérobades – à quel point je doutais de moi-même ! Alors que je n'y étais pour rien du tout ! Seigneur, j'étais si sûre avec Pennington...

— Gwen...

Il la prit par les épaules, et elle crut qu'il allait la secouer. Mais ses doigts se contentèrent de lui presser les bras, comme s'il voulait imprimer sa marque dans sa chair.

— Gwen, répéta-t-il en se penchant afin que sa voix lui parvienne malgré le vacarme ambiant. Je jure sur tout ce qui m'est cher – mes sœurs, mes nièces, Richard, *vous* – que je n'ai rien à voir avec le vicomte.

Elle le regarda en se demandant désespérément si elle pouvait se fier à sa parole.

Stupéfiant ! Quelques minutes plus tôt, elle se demandait s'il pouvait l'aimer...

— Je vous crois.

Elle tenta de se dégager, mais les mains d'Alex se resserrèrent un peu plus.

— Qu'est-ce que ça change ? demanda-t-il.

Il parlait d'un ton si posé qu'il fallut un moment à Gwen pour comprendre qu'il lui avait posé une question : il lui demandait s'il fallait annuler le mariage...

Elle sentit un déchirement, un éclair de panique, un foudroiement. *Alex, souriez-moi. Dites-moi que vous m'aimez.*

Comme ses lèvres s'apprêtaient à prononcer ces mots, un accès de colère s'empara d'elle. Maîtrisant sa fureur, elle demanda d'une voix glaciale :

— Serez-vous devant l'autel demain ?

— Oui, dit-il, les yeux rivés sur ceux de Gwen. Je tiens toujours mes promesses.

Maintenant, il ne s'agissait plus d'amour, mais de devoir, d'honneur...

— En effet. Vous tenez toujours vos promesses. Mais en tout il y a une première fois. Je vous conseille de réfléchir au charme de la nouveauté.

— Gwen, voilà la vérité pure : je quitterai l'autel après que vous l'aurez fait, déclara-t-il avec emphase.

— Je suppose que nous verrons bien...

Elle remit son masque et tourna les talons.

Cette fois-ci, il ne l'empêcha pas de partir.

16

Alors qu'il attendait Gwen dans la bibliothèque de son frère, Alex en vint presque à espérer qu'elle ne vienne pas. Qu'elle renonce pour leur bien à tous les deux. Non parce qu'il ferait un piètre mari, car si elle lui en laissait l'opportunité, il l'aimerait plus sauvagement, plus fidèlement que n'importe lequel des salauds qui lui avaient jusqu'alors promis monts et merveilles sans jamais rien tenir. Et il était certain de ne pas regretter cette décision : il se connaissait trop bien à présent pour imaginer que la liberté résidait dans la fuite, ou qu'il puisse jouir de la beauté du monde sans une autre paire d'yeux, les yeux de Gwen, à travers lesquels la contempler.

Ses sœurs se penchaient par-dessus leurs maris pour bavarder avec lady Weston tandis que leurs fillettes gambadaient sur le parquet et que Gerry affirmait au pasteur intimidé que Gwen ne se montrerait pas...

Il n'était qu'un salaud et, s'il avait une once d'honneur, il la prierait de lui dire d'aller au diable. S'il avait le moindre instinct de conservation, il le ferait aussi, parce qu'il doutait que leur union soit heureuse. Il l'aimerait de tout son cœur, bien sûr, mais il connaissait ses propres défauts : l'impatience, la manie de s'ériger en juge, l'obstination et parfois l'impulsivité. Il n'essaierait pas de la soumettre ou de la plier à sa propre volonté, mais si elle n'exigeait pas le meilleur de lui, cela arriverait. Enfin, c'était une possibilité.

Un type honnête aurait trouvé le moyen de la prendre à part et lui dire ces choses. De la prévenir.

Au diable les types honnêtes ! C'étaient des personnages très sympathiques, mais c'étaient souvent aussi des perdants, alors que lui visait la victoire.

La porte s'ouvrit soudain. Elma et Henry Beecham entrèrent, Gwen entre eux. Elle portait une robe blanche, toute simple, et un bouquet de boutons de roses dans la main gauche. Le pasteur alla s'installer derrière le pupitre que Gerry avait emprunté à son club. Les jumelles se mirent debout, chacune attirant sa fille à elle pendant que leurs maris restaient assis, intrigués par ce lieu inhabituel pour une telle cérémonie. Alex était à sa place. Depuis un certain temps déjà. Il n'avait pas voulu que Gwen trouve l'autel désert en arrivant.

— En avant pour la musique nuptiale ! s'écria joyeusement Caroline tandis qu'Elma lâchait Gwen.

Henry Beecham, sa moustache argentée plus lustrée que jamais, redressa les épaules et conduisit Gwen à côté d'Alex.

L'expression de ses yeux noisette rendit Alex perplexe. Elle le fixait d'un air aussi belliqueux qu'un adversaire dans une salle d'armes. Il prit sa main, et les doigts de Gwen tapotèrent avec détermination un petit message qu'il aurait tout donné pour savoir déchiffrer.

Le pasteur commença à parler.

Le regard de Gwen se faisait de plus en plus défiant.

— Voulez-vous prendre cette femme pour épouse légitime ? dit enfin le ministre avec solennité.

Gwen haussa les sourcils lorsque le ministre se tut, et un soupçon se fit jour dans la tête d'Alex.

— Oui, je le veux, répondit-il clairement.

Le pasteur se tourna vers la mariée.

— Voulez-vous prendre cet homme…

Gwen hocha la tête tandis que l'homme d'Église achevait la phrase. Lorsqu'il se tut, elle promena son regard sur l'assistance avant de le ramener sur Alex.

— Quelle question inattendue !

Le ministre du culte tressaillit.

— Comment ?

Alex devina ce qui allait suivre. Elle voulait lui faire goûter la panique qu'elle avait éprouvée. Des sentiments mêlés s'éveillèrent en lui – amusement, fierté, tendresse, chagrin et incrédulité.

— Elle n'est jamais arrivée aussi loin dans la cérémonie du mariage, murmura-t-il à l'adresse du pasteur.

— Non, jamais, dit-elle, songeuse.

Alex s'efforça de sourire, de lui envoyer un message silencieux, mais le doute s'empara de lui. Elle avait l'air de se mordre l'intérieur de la joue, ce qu'il ne comprenait pas. Avait-elle besoin de se faire mal pour retenir un sourire, ou pour soutenir sa volonté ? Mais, en l'occurrence, aucun acte de volonté n'était nécessaire. Ne le comprenait-elle pas ?

— Eh bien, mademoiselle ? fit le pasteur.

— Réponds, Gwen, s'écria Elma d'une voix irritée. Ce petit jeu n'est pas amusant.

— Non, en effet, dit Gwen. Ce n'est pas amusant. Je ne prendrai *pas* cet homme pour époux.

Alex relâcha son souffle.

— Je ne peux pas vous épouser, dit-elle en le regardant courageusement dans les yeux.

L'incrédulité d'Alex était indicible.

— Quoi ? cria Elma.

Gwen se tourna vers l'assistance.

— Je vous demande pardon, continua-t-elle d'une voix tremblante avant de s'interrompre pour s'éclaircir la gorge. Je sais que c'est une déception pour vous tous.

Baissant les yeux sur le bouquet, elle voulut dégager son poignet du ruban. N'y parvenant pas, elle tenta de l'arracher frénétiquement.

Comme dans un rêve, Alex se vit tendre la main et faire glisser le ruban sur le poignet de Gwen pour la libérer.

Il était sidéré. Faire l'amour n'était pas dépourvu d'éventuelles conséquences et il avait cru – Dieu lui pardonne – que la peur de ces conséquences la lierait à lui autant que les sentiments qu'ils éprouvaient l'un pour l'autre.

Il la sentait capable de tout, même de quitter la pièce et ne plus jamais chercher à le revoir.

Il baissa les yeux sur le bouquet. Son cerveau était étrangement embrouillé.

— Jolies roses... Gloire de Dijon, non ?

Un millier de fois, son aptitude à réfléchir rapidement avait tourné à son avantage, et aujourd'hui il ne trouvait rien de mieux à faire qu'une stupide remarque sur des *fleurs* !

La poitrine de Gwen s'éleva et s'abaissa sur une profonde inspiration.

— Monsieur, dit-elle, j'espère que vous survivrez à votre premier abandon... Mais vous comprendrez que pour moi, il ne peut plus y avoir de simulacre de mariage.

Un simulacre de mariage ? En se répétant ces mots, Alex tenta vainement de trouver une raison de se mettre en colère. D'autres détails, plus importants, lui sautaient aux yeux : le visage blême de Gwen. Ses épaules anormalement redressées...

Il commença à y voir plus clair. En réalité, le planter là lui coûtait un effort terrible.

Ce qui permettait d'espérer... Elle ne viendrait pas à lui par la peur. Elle ne viendrait à lui qu'avec franchise et confiance. Soudain, il eut envie de prendre sa main et l'encourager, de dire : « Tout va bien. Continuez, envoyez-moi au diable. Vous avez presque réussi. »

Il sentit une épine s'enfoncer dans sa main : il serrait trop fort le bouquet.

— Bravo, murmura-t-il. Bien joué, Gwen. C'est courageux.

La remarque la choqua. Les lèvres tremblantes, elle recula d'un pas.

— Ceci a toujours été une plaisanterie pour vous ? murmura-t-elle. Vous n'avez jamais été sérieux ?

— Si, protesta-t-il et, ignorant l'assistance, il s'approcha d'elle et glissa la paume sous sa nuque. J'ai été sérieux de bout en bout, et je le suis toujours.

Il entendit Gerry grommeler, ses sœurs rabrouer leur aîné et Henry Beecham se racler la gorge. Mais rien de cela n'importait.

— Vous venez de m'éconduire, ma chérie, souffla-t-il à l'oreille de la jeune femme. Attendez au moins cinq minutes avant de me pousser à vous redemander en mariage.

Elle recula si vite qu'il craignit qu'elle ne heurte le mur derrière elle.

— Vous êtes fou, dit-elle, les yeux écarquillés.

— D'amour...

— J'en doute énormément.

— Oui, je le vois, admit-il. J'aurai donc à vous le prouver.

— Non. Ne vous donnez pas ce mal. Je suis sûre que vous m'aimez autant que Heverley End. Mais, je vous l'ai dit, j'en ai fini avec cette comédie.

Heverley End ? Que venait faire là-dedans cette pauvre petite propriété ?

— Et vous faites bien, répliqua-t-il avec un début d'exaspération. Mais je ne suis pas Pennington. Je n'ai besoin que de *vous-même*. Et je ne vais pas m'en aller.

Les lèvres de Gwen s'entrouvrirent. Elle allait parler et le cœur d'Alex se serrait d'avance, lorsque la voix de Gerry s'éleva, furieuse :

— Bon, à quoi jouez-vous, tous les deux ? Cela suffit, maintenant !

Gwen jeta un œil par-dessus l'épaule d'Alex sur l'imbécile qui s'impatientait, puis rassembla ses jupes. Ses yeux bruns lancèrent un dernier éclair.

— Vous n'avez pas besoin de vous en aller. C'est moi qui vais le faire.

Et, tournant les talons, elle se hâta vers la porte.

La stupeur le paralysa. Après un tel acte de courage, elle prenait lâchement la fuite ?

Une seconde trop tard, il s'élança derrière elle. Elma et Caroline se dressèrent devant lui, Caro s'emparant de sa main, et Elma, le visage rouge de colère.

— Qu'as-tu fait, Gwen ? cria celle-ci. Qu'as-tu fait ?

Elle virevolta et courut derrière la jeune femme.

La porte claqua, tandis que Caroline se suspendait comme un poids mort au coude d'Alex.

— Pas maintenant, soufflait-elle à son oreille. Dieu sait de quoi elle souffre, mais elle n'est pas en état de t'entendre ! Laisse-lui une minute – une heure, peut-être…

Une heure ? Il recula. Une heure pour faire *quoi* ? De quoi souffrait-elle, au juste ?

La question le fit s'immobiliser. Comment l'aider s'il ne comprenait pas ce qui la bouleversait ?

Il se tourna vers son frère, qui, les bras croisés et le front hautain, se tenait confortablement installé dans une légitime colère.

— Tu ne peux donc jamais te taire ? Seigneur – cinq minutes, Gerry ! C'était donc trop demander ?

— Je suis tout à fait d'accord, jeta Belinda.

Gerry devint écarlate et, désignant Alex à la vindicte générale, il bafouilla de fureur :

— Ne peut-il même pas… *convoler* sans faire fuir la mariée ? Sais-tu le mal que j'ai eu à obtenir la licence… sans parler de ce sacré pasteur…

— Monsieur, intervint l'intéressé. Votre langage est blasphématoire !

— Un blasphème ? Et lui ? Comment appelez-vous ce qu'il...

— Pouvez-vous *tous les deux* résister à l'envie de vous disputer, pour une fois ? coupa Caroline qui, les poings sur les hanches, les regardait sévèrement.

Sa fille, Madeleine, se mit debout et, du haut de ses cinq ans, imita sa mère, lèvres pincées, sourcils froncés.

Cette imitation fit taire Gerry. Il marmonna encore deux ou trois amabilités, mais d'un ton trop bas pour corrompre de jeunes esprits. Puis, revenant à un volume normal, il ajouta avec dégoût :

— C'est caractéristique...

Alex le regarda. Quel piètre jugement de la situation ! Une tête froide et une assurance sans faille lui ressemblaient davantage. Il voulait arranger les choses, mais ignorait comment procéder.

Il se détourna, les yeux dans le vide. Son rôle dans la débâcle de Trent ne pouvait expliquer ceci. Son intervention n'avait pas joué en sa faveur, mais elle ne pouvait inciter Gwen à douter de son amour – ni à le trouver semblable aux deux tricheurs qui avaient proposé de faire d'elle leur femme.

La porte claqua de nouveau, saluant le départ de Henry Beecham.

Attrapant sa bible, le ministre du culte se faufila à sa suite.

À chaque sortie, le bruit sourd de la porte se faisait de plus en plus significatif, comme pour ajouter encore au caractère dramatique de l'instant.

Bien sûr, qu'il pouvait régler le problème ! Il était inutile de paniquer.

— Il faut seulement que je sache quel est le problème, dit-il tout haut.

Belinda et Caro échangèrent des regards voilés.

Cela ne plut pas à Alex, qui lança d'un ton sinistre :

— Dites-le franchement, si vous avez une idée !

— Je crois qu'elle te l'a dit, intervint gentiment le mari de Belinda. Elle doute de ton amour pour elle.

Belinda lui décocha un regard assassin.

Ah... Cet homme avait peut-être raison, après tout. À présent, ce que pensait Alex n'avait aucune valeur ni aucun sens pour elle. Il ne pourrait la convaincre tant qu'il n'aurait pas résolu cette énigme. Cela prendrait sans doute du temps. Pourquoi diable doutait-elle de lui ?

— Pourquoi la mariée est partie, maman ? demanda la petite Madeleine.

— Parce qu'elle a eu peur, dit Caroline en lissant les cheveux de sa fille. Oncle Alex va arranger ça en lui prouvant qu'elle n'a plus besoin d'avoir peur.

— Oncle Alex l'aime ?

— Bien sûr ! jeta Gerry.

Entendre cette vérité de la bouche de son frère Gerry effraya Alex. Seigneur, si lui pouvait croire ça, pourquoi pas Gwen ?

— Bon, je n'en dirai pas plus, alors, poursuivit Gerry en s'affalant derrière son bureau. Mais c'est sacrément dommage. Trois millions de livres nous auraient bien rendu service.

— Oh, Gerry..., soupira Caroline.

Alex s'apprêtait à lâcher la repartie bien sentie que méritait la remarque stupide de son frère, lorsque l'intuition le retint.

— Ah bon ? fit-il doucement.

Les yeux de Gerry, rencontrant les siens, s'élargirent légèrement – puis se baissèrent.

— Qui n'en aurait pas besoin ? marmonna-t-il.

Alex ne se détourna pas. Une idée inouïe lui vint. Or il n'aimait pas les idées inouïes. « Vous m'aimez autant que Heverley End. » Était-ce ce qu'elle croyait être pour lui ? Un boulet ? Un fardeau ?

— Je vais tout arranger, dit-il lentement.

Une fois chez les Beecham, Alex découvrit que Gwen était partie pour Heaton Dale et qu'Elma s'était retirée. Elle le fit monter dans son boudoir où une servante était en train de lui appliquer une compresse froide sur le front.

— Ne la poursuivez pas, lui conseilla-t-elle. Vous feriez cet effort pour rien. Elle n'a même pas voulu que je l'accompagne. Je ne l'ai jamais vue dans un tel état !

— Si elle me demande...

Elma prit la compresse des mains de la servante et s'assit.

— Elle ne vous demandera pas, monsieur Ramsey. Je vous le dis, elle a perdu la tête. Je l'ai raisonnée tout le temps du trajet jusqu'à la gare. J'aurais pu aussi bien parler à un mur !

Il sourit.

— Si elle me demande, reprit-il, dites-lui que je suis allé à Heverley End.

La compresse tomba mollement sur le sol.

— Mais pourquoi ? s'écria Elma. C'est la direction opposée ! Vous n'allez quand même pas m'écouter ! Vous devez aller la retrouver !

— Je le ferai.

Mais, d'abord, il devait trouver ce qu'il avait promis à Gwen : la preuve qu'il l'aimait.

Heverley End était une maison de style jacobéen dont la façade était toute piquetée des embruns et du sable que l'océan charriait depuis des siècles. Elle se dressait sur le sommet d'une falaise et ses fenêtres à meneaux surveillaient la course des vagues. Dans le souvenir d'Alex, c'était un endroit fait pour l'abandon et la rêverie.

La réalité le surprit. La maison était jolie dans le soleil couchant. Pittoresque, même. Et, si Barrington était venu visiter son nouveau bien, il n'avait rien changé au personnel. Le gardien reconnut Alex, et la porte d'entrée s'ouvrit sur un autre visage familier : celui de la gouvernante, Mme Regis, toujours aussi maigre et rigide qu'un piquet. Il se souvenait bien d'elle. À sa grande surprise, elle pleura brièvement dans son tablier avant de l'emmener faire le tour de la maison de son enfance.

Ce qui, stupidement, le déçut. Il aurait eu plaisir à se battre pour entrer. Ce qui aurait été normal, vu le nombre de fois qu'il s'était battu pour en sortir.

— Nous avons entretenu la maison, dit Mme Regis en le précédant dans des corridors au plancher qui craquait.

L'électricité n'était pas encore arrivée jusque-là ; les lampes à gaz prêtaient à la scène la teinte bleuâtre du passé, d'événements déjà enfuis, bientôt oubliés du monde. Tout baignait dans une atmosphère de vacuité : les murs étaient nus, les tapis roulés, le mobilier endormi sous des housses. Mais Mme Regis disait vrai : une couche de cire fraîche faisait miroiter les parquets.

Au premier étage, elle s'effaça pour le laisser entrer dans son ancienne chambre et il se dit que là, sûrement, les choses deviendraient enfin difficiles. Il entra, le souffle court. Ils avaient enlevé la bibliothèque et l'armoire, ôté le matelas du lit. Mais la vue sur la mer, de la falaise blanchie et des eaux bleu pâle qui s'étiraient jusqu'à l'horizon, était la même.

Il alla à la fenêtre. Le spectacle lui sembla plus intime et familier que son propre reflet, lequel était un coup du hasard, un produit de la chance. Dans le spectacle de la mer, il avait cherché à puiser du courage et à deviner quel avenir l'attendait.

Il pressa les doigts sur la vitre et s'obligea à vider ses poumons.

Il cligna des yeux. La vue n'était pas si impressionnante, finalement. Elle était simplement... jolie. Si Gwen trouvait ravissant le spectacle de la Seine au lever du soleil, cette vue lui plairait. Comme cette maison. Il passa d'un air songeur la main sur le châssis de la fenêtre. Ce n'était qu'un bâtiment...

Il respira encore, plus profondément. Il lui suffisait de penser à Gwen pour se sentir léger. Enfant, si en regardant par cette fenêtre il avait pu la voir, *elle*, au lieu de la mer, cela ne l'aurait pas rendu moins ambitieux pour lui-même.

Enfin... peut-être que si. Il se sentit sourire. Les garçons étaient obtus dès qu'il s'agissait des femmes. Même une fois adulte, il s'était trop longtemps voilé la face.

Un craquement de parquet annonça Mme Regis. Il se retourna et le sourire qui s'attardait sur ses lèvres parut la surprendre. Les mains de la gouvernante s'enfouirent dans son tablier comme deux oiseaux maigrichons en quête d'abri.

Son arrivée imprévue et ses déambulations silencieuses devaient lui paraître étranges, maintenant que la maison appartenait à Barrington.

— Comment ça se passe, avec votre nouveau maître ? demanda-t-il pour la mettre à l'aise. Vous l'avez déjà rencontré ?

Elle fronça les sourcils et plissa ses yeux de myope.

— Monsieur ? Cela fait plusieurs mois que nous n'avons pas vu le maître. Mais... c'est juste pour dire, enchaîna-t-elle précipitamment, de peur, peut-être, que sa remarque soit prise pour une critique. Il communique régulièrement avec M. Landry – le régisseur. Un très bon maître que lord Weston ; la réduction des loyers a sauvé plus d'une famille au village, ce printemps.

Alex la regarda fixement.

— Lord Weston, dit-il lentement.

Elle cligna des yeux, tel un moineau effaré.

— Oui, monsieur. Votre... frère.

— Ce printemps ?

Décidément, il se comportait comme un vrai perroquet ! Le visage maigre de la gouvernante prit une délicate teinte bleue.

— Ah… peut-être que je devrais dire l'été, monsieur. Nous mettons mai au printemps, par ici, vous savez.

Le sourire revint sur les lèvres d'Alex. Un mois auparavant, alors que la nouvelle de la vente circulait, Gerry réduisait les loyers sur le domaine.

Il rit, et elle frémit. Pauvre Mme Régis ! Le village murmurerait bientôt que le garçon asthmatique qui tourmentait sa famille par ses sottises incessantes était devenu complètement fou.

— Il… il n'a jamais vendu cette propriété ?

Mme Regis se redressa dans un sursaut, choquée.

— Certainement pas ! Cette propriété est dans votre famille depuis presque trois cents ans, monsieur.

— C'est vrai, dit Alex.

Le menteur !

— Et elle le restera.

De toutes les choses à haïr dans la Saison de Londres – l'hypocrisie, les comédies, les cruautés petites et grandes, les compliments creux et les jugements plus creux encore – rien n'était pire que ceci : elle avait privé Gwen du printemps à la campagne. À tel point que celle-ci avait oublié comme Heaton Dale était beau en juin, même avec ces pagodes ridicules qui juraient avec les champs et les prairies des alentours.

Assise dans un fauteuil en osier, sur la terrasse, elle regardait la propriété, un châle dont elle n'avait plus besoin sur les épaules, le soleil ayant depuis longtemps chassé la fraîcheur matinale. Elle aurait dû l'enlever, mais elle ne bougea pas.

Elle avait peu bougé ces deux derniers jours. C'était comme si sortir de Londres l'avait épuisée et qu'à présent, elle n'était plus capable que de rester assise en essayant de ne plus penser.

Elle s'efforçait de se gorger de beauté. Heaton Dale était située sur une légère élévation à laquelle ses parents avaient ajouté des couches et des couches de sédiments, hissant la maison plus haut que la nature ne l'avait voulu. De ce poste d'observation, la campagne s'étendait dans toutes les directions, les allées herbues qui bordaient les prairies dessinant une grille géométrique. Les haies se hérissaient d'églantines et d'aubépines blanches, et plus près, entre les dernières pagodes – deux avaient été abattues, débitées en petit bois et emportées ce matin, et les autres le seraient le lendemain – des tilleuls et des buissons de chèvrefeuille parsemaient la pelouse. Des rossignols et des alouettes volaient de branche en branche, offrant leur sérénade au ciel, à la saison, au soleil.

Une si jolie vue ! Trop belle pour n'être admirée que par elle. Derrière, la maison était livrée au tohu-bohu. Il y avait dix-huit chambres à aérer – *dix-huit* ! Elle ne comprenait pas à quoi avaient pensé ses parents. Ainsi que deux salles à manger, une salle de billard, un fumoir, un petit salon, deux jardins d'hiver, une salle de musique, de quoi loger soixante domestiques, et, bien sûr, plusieurs nurseries. De vastes nurseries, avec de grandes fenêtres disposées de façon à attraper le soleil quelle que soit l'heure de la journée. Ses parents avaient nourri de grands projets pour leurs enfants, dont le mariage n'était que le commencement.

Après quoi, ils l'avaient envoyée au loin, avant de mourir. Ensuite, c'était Richard qui avait quitté ce monde...

La colère revint la torturer, et avec elle le besoin épouvantable de pleurer, qu'elle ne parvenait toujours pas à vaincre. Elle inspira pour le refouler. Tant pis pour les projets de ses parents. Si, quelque part là-haut, ils étaient tristes de voir qu'elle n'honorait pas leurs rêves, ils devaient en chercher la raison en eux-mêmes. Ils étaient morts. Tous les gens qui l'aimaient étaient morts. Elle avait survécu et fait de son mieux, mais elle en avait assez d'être abandonnée.

« Je vous aime, avait-il dit, et je vous le prouverai »,
comme s'il pouvait s'agir pour lui d'une seconde
chance. Oh, il était bien pire que Pennington et Trent !
Eux, au moins, n'en voulaient qu'à son argent. Lui voulait beaucoup plus que ça. Il était le dernier homme en
qui une femme saine d'esprit aurait confiance ; il était
passé maître dans l'art de l'abandon. Pourtant il voulait gagner sa confiance et se faire aimer d'elle, en
échange d'une promesse, unique et légère. Et en quoi
consistait cette promesse ? Quelques mots écrits par
quelqu'un d'autre, prononcés d'innombrables fois par
un million, ou plus, de mufles : « Oui, je le veux. »
Combien d'hommes les avaient dits tout en complotant
déjà leurs trahisons ? Ses parents l'avaient aimée sincèrement, et Richard aussi ; mais cela ne les avait pas
empêchés de partir. Comment Alex osait-il prétendre
lui offrir ce que sa propre famille n'avait pu lui donner ?
Personne ne pouvait promettre de rester.

— Mademoiselle…, fit une voix derrière elle.

C'était l'un de ses nouveaux valets de pied. Trouver du
personnel avait pris deux jours ; l'argent avait ses
avantages.

— Lady Anne aimerait vous voir, mademoiselle.
Êtes-vous à la maison ?

Elle se retourna dans son fauteuil. Elle n'imaginait
pas ce qui avait pu inciter lady Anne à venir lui rendre
visite. Heaton Dale était à deux heures de train de la
ville, effort considérable pour une jeune fille mondaine
à l'agenda bien rempli – comme l'intéressée s'en vantait
dans ses nombreuses missives.

— Amenez-la ici, dit-elle en se rasseyant face à la vue.

Quel parc immense ! Qu'allait-elle faire de tout cela ?
Elle l'avait travaillé et retravaillé pour le plier aux goûts
d'hommes qui ne s'étaient jamais souciés des siens, ni
même de venir voir les travaux qu'elle avait fait effec-
tuer pour eux. À la fin, l'unique transformation durable serait celle qu'elle avait choisie d'accomplir sur

elle-même. Alex avait *tort*. Elle pouvait changer. Elle ne chercherait plus à plaire. Elle pouvait vivre seule et heureuse. L'amour romantique n'était pas le rêve de tous. Et ce sentiment de deuil, tantôt vif comme un coup de rasoir, tantôt lourd et écrasant – eh bien, il s'effacerait ! Alex l'oublierait. Elle l'oublierait. Ils n'étaient pas parents, rien de permanent ne les unissait. Les gens pouvaient changer.

Lui-même avait changé. Il avait fait d'un petit garçon maladif un homme vigoureux. Cela lui avait coûté cher. Pour y arriver, il avait dû consentir des sacrifices. Elle ferait de même...

Sauf que... ce genre de pensées ne révélaient pas une femme indifférente et détachée. Il était vivant, mais elle le pleurait comme s'il était mort ! Elle ferma les yeux. Non, elle ne pleurerait pas.

Entendant des pas derrière elle, Gwen se leva.

— Lady Anne...

— Gwen ! s'écria la jeune femme qui lui déposa un léger baiser sur la joue. Quelle magnifique maison ! Et quel jardin intéressant !

— Il le sera encore plus, bientôt, dit Gwen en se forçant à sourire.

Elle pourrait le redessiner dès ce soir, quand ses pensées se tourneraient vers Alex, quand elle aurait envie de se demander où il était, s'il avait déjà tourné cette page, s'il ne voyait plus en elle qu'une côte qui s'éloignait dans le sillage d'un navire.

Elle inspira. Le parc serait magnifique. Des bois et des pelouses, presque naturels, à peine travaillés... avec des fleurs sauvages ! Et, une fois ce projet réalisé, peut-être chercherait-elle à utiliser quelques-unes des pièces de la maison, en particulier les nurseries désertes. Pourquoi ne créerait-elle pas un orphelinat ?

C'était une idée audacieuse, or elle ne se sentait pas audacieuse. Elle se sentait... abattue. Brisée.

— Vous voulez quelque chose ? Du thé, bien sûr, mais avez-vous déjà déjeuné ?

— Oui, merci, dit lady Anne. Je vous le jure, je ne suis pas mal élevée au point d'arriver à l'improviste chez les gens et de demander à être nourrie !

Le seul fait que lady Anne admette la possibilité que la fille d'un comte puisse être mal élevée sidéra Gwen. Lady Anne n'était jamais passée pour belle – son nez était trop proéminent, sa mâchoire plus large que ses tempes – mais aujourd'hui, elle rayonnait littéralement.

— Vous avez de bonnes nouvelles à m'annoncer ? demanda Gwen en se demandant si son amie ne venait pas lui annoncer son mariage.

— Je n'appellerai pas ça de *bonnes* nouvelles, dit lady Anne. Mais des nouvelles, oui. Qui m'ont surprise, moi aussi.

Elle s'arrêta pour respirer à fond, et son expression devint grave. Une main gantée se posa sur celle de Gwen. *C'est au sujet d'Alex*, songea Gwen. Mais non, ce n'était pas possible. Comment lady Anne aurait-elle su quoi que ce soit le concernant ? Elle sentit cependant son pouls s'accélérer tandis que la jeune femme reprenait :

— Préparez-vous, ma chère, dit-elle en pressant la main de Gwen. Cela concerne le vicomte Pennington.

— Oh ? Que lui est-il arrivé ?

Son ton froid étonna visiblement lady Anne qui se méprit complètement :

— C'est toujours un sujet douloureux ? J'avais espéré que M. Ramsey… il est là, à propos ? On entend de si délicieuses rumeurs à son sujet. J'avais espéré le voir, braver le diable en personne ! Je plaisante, chère Gwen – oh, il n'est pas là ? Dommage. Qu'est-ce que je disais ? Oui, j'avais espéré – mais je sais à quel point les espoirs guérissent lentement…

— Très lentement, murmura Gwen.

— Oui... Vous avez deviné, je pense, que pendant quelque temps, *avant* bien sûr que le gentleman en question ne s'intéresse à vous, il... me plaisait, à moi aussi. Et c'est pourquoi je pense que vous trouverez un certain réconfort à savoir pourquoi le vicomte a pris ignominieusement la fuite, à l'église.

Gwen cligna des yeux. Alex avait dit qu'il n'y était pour rien, et elle le croyait. En conséquence, la cause ne lui importait plus guère.

Mais lady Anne attendait manifestement une réaction. Son absence de curiosité était-elle due à l'état de confusion dans lequel elle se trouvait ? se demanda Gwen.

— Ah..., fit-elle sans trop savoir pourquoi.

— Oui, l'histoire est assez choquante, Gwen. Le vicomte s'est trouvé dans une... une situation délicate... avec un homme, un Allemand très riche de Baden-Baden qui le faisait chanter et menaçait de dénoncer ses agissements – s'il se mariait avec *vous*.

— Je ne connais aucun Allemand, dit Gwen, ahurie. Pourquoi ce monsieur s'opposait-il à notre mariage ?

— C'est ça, que je trouve choquant ! L'Allemand a été vu entrant dans l'église juste avant que le pasteur ne vous pose la question fatidique. Mais il ne voulait pas menacer le vicomte. Non – il était venu pour lui prouver son amour !

Il fallut à Gwen un instant pour comprendre ce que cela signifiait.

— Vous voulez dire que le vicomte...

— Était lié romantiquement avec cet homme, siffla Anne. Un étranger ! Et aujourd'hui l'Allemand a payé les dettes du vicomte et ils sont tous les deux partis sur le continent où ils espèrent qu'ils ne seront pas poursuivis pour comportement contre-nature !

— C'est... stupéfiant, dit Gwen.

C'était si éloigné de tout qu'elle ne savait comment réagir.

— Je me sens... terriblement navrée – pour le vicomte.

Et aussi – comment était-ce possible ? – un peu envieuse. Elle n'imaginait pas ce que pouvait être l'amour entre deux hommes mais, si Pennington avait pris le risque d'encourir le courroux du monde et de mettre en péril sa propre liberté, l'Allemand ne pouvait plus désormais douter d'être aimé.

— Je vous comprends, dit lady Anne qui, décidément, la surprenait. Il aurait pu se marier et utiliser votre fortune pour se défendre en justice si leur liaison était découverte. Mais il vous a épargné cette infamie, Gwen ! Vous voyez, le peu d'intérêt qu'il vous manifestait n'avait rien de personnel. *Aucune* femme ne l'intéressait.

Gwen ne put retenir un sourire. Rien d'étonnant à ce que lady Anne soit accourue ! En répandant l'histoire, elle sauvait aussi son orgueil blessé.

Son petit sourire parut agacer lady Anne qui se leva et prit son sac.

— Je pensais que ces nouvelles vous feraient du bien, fit-elle du ton raide et condescendant, plus en accord avec ce que Gwen se rappelait d'elle. Mais je suppose que tout cela vous est égal à présent que vous êtes mariée – même si les choses ont été un peu précipitées... Bien que je trouve étrange que M. Ramsey ne soit pas là, acheva-t-elle après avoir jeté un regard intrigué autour d'elle.

— Merci d'être venue me voir et de m'avoir annoncé tout ça dès que vous l'avez pu. En échange, voici une nouvelle encore plus palpitante à raconter dans les salons...

Pourquoi pas ? Sinon, elle attendrait, nauséeuse, que la vérité s'échappe. Autant la révéler elle-même.

— M. Ramsey et moi ne sommes pas mariés.

Anne cligna trois fois des yeux. Puis sa mâchoire se décrocha, et enfin elle émit :

— Quoi ?

— C'est la vérité.

Elle aurait voulu parler avec désinvolture, mais les mots pesaient dans sa bouche, donnant à sa voix une tonalité sourde.

— Mariés, nous ne l'avons jamais été.

Les yeux d'Anne se plissèrent. Son expression se fit rêveuse. Assurément, elle acquerrait une certaine célébrité lorsqu'elle lâcherait cette bombe dans Londres.

— Oh, Gwen, soupira-t-elle. Vous êtes complètement folle, vous le savez ?

Gwen hésita. Ce commentaire n'était pas conforme aux usages – elle n'avait perçu ni censure, ni stupéfaction, ni incrédulité, ni compassion, uniquement une note indulgente.

Un soupçon la prit. Que regardait donc lady Anne, au loin ?

Le soupçon se mua en certitude lorsque le sourire de lady Anne s'élargit avant de se briser en éclats de rire. Ses yeux bleus revinrent à Gwen, comme pour lui dire : « Vilaine fille ! Me raconter de telles fadaises ! »

Soudain, deux mains se posèrent sur les yeux de Gwen, qui se pétrifia. Elle l'aurait reconnu n'importe où, uniquement à ce contact, chaud et ferme. Sa peau ramenait la sienne à la vie.

— Il n'est pas mon mari, affirma-t-elle.

— C'est vrai, acquiesça-t-il tout près de son oreille. Parfois, elle aime m'appeler M. de Grey. C'est un charmant petit jeu entre nous.

Le son de sa voix déclencha une douleur physique en elle, une sensation de manque qui lui noua la gorge. Ce n'était pas juste – qu'elle éprouve cela alors qu'il était *là*, qu'il était *à côté* d'elle, qu'elle pouvait le toucher rien qu'en levant les mains.

Ses paumes pressèrent doucement les paupières de Gwen. Il sentait les larmes affluer.

— Peut-être que vous pourriez nous accorder une minute, lady Anne ? dit-il.

— Oh, oui ! répondit celle-ci, le souffle court. Je m'en vais tout de suite. Gwen, quelle facétieuse vous faites, à me taquiner comme ça ! Je vais vous écrire ce soir même, comptez-y !

Gwen resta immobile un long moment, attendant qu'Alex la lâche...

Ses mains glissèrent jusqu'à la taille de Gwen.

— Gwen...

Pressant la joue sur celle de la jeune femme, il referma les bras autour de son corps et chuchota à son oreille :

— Chérie, c'est le comble de la stupidité. Pourquoi pleurez-vous ?

— Vous savez pourquoi.

Je veux que vous partiez, aurait-elle voulu ajouter. Pourquoi ne pouvait-elle pas le dire ? Il avait vanté son courage, mais elle était lâche. Elle était lâche avec *lui*. Oublier Trent et Pennington avait été très facile. Leur perte l'avait moins blessée que le scandale qui avait suivi. D'abord, elle ne les avait jamais aimés. Attendre en vain un homme qu'on n'aimait pas était juste blessant. Sans amour, la perte ne vous torturait pas.

Mais Alex était là, debout, à côté d'elle.

Elle se dégagea de son emprise et alla s'appuyer à la balustrade de la terrasse.

— Vous, plus que quiconque, devez savoir pourquoi je vous repousse, dit-elle.

L'une des pagodes gisait en morceaux ; fatigués, les ouvriers avaient cessé de travailler avant d'avoir fini. Si elle en avait eu la force, elle aurait débité le reste elle-même. Oui, une activité violente lui plairait bien.

— N'est-ce pas vous qui m'avez recommandé de reconnaître mes propres désirs ? De les accepter sans honte ? Mais, en réalité, cela ne vous convient pas. Vous ne me respectiez pas suffisamment pour me laisser prendre ma propre décision au sujet de Trent. Vous n'avez pas cherché à connaître mes désirs.

— J'ai eu tort, admit-il. J'aurais dû vous dire ce que j'avais appris sur Trent. Ma seule excuse, c'est un cas de débilité mentale. J'en étais atteint, voyez-vous. Je me donnais beaucoup de mal pour vous éviter…

Les mains de Gwen se crispèrent sur la balustrade.

— Je ne le crois pas. Vous n'avez tout simplement pas voulu perdre de temps à m'informer. Aujourd'hui, vous me trouvez intéressante, mais demain…

Il la prit par le coude.

— Épargnez-nous ces contes, dit-il d'une voix dure. Vos objections n'ont rien à voir avec l'affaire Trent, et vous le savez.

Elle garda le silence.

— Ne soyez pas lâche, insista-t-il. Regardez-moi dans les yeux.

Elle se débarrassa de lui d'un haussement d'épaules et se retourna.

Rien d'étonnant à ce que lady Anne ait rougi comme une petite fille ! Il était en manches de chemise, et le tissu blanc offrait un contraste marqué avec la peau tannée de sa gorge. Une brise ébouriffa ses cheveux épais et joua avec le tissu de ses manches.

— Non. Cela n'a rien à voir avec Trent.

— À propos, voici quelque chose d'autre qui n'a rien à voir non plus avec ce pauvre Trent…

Il lui tendit des papiers.

Elle leur jeta un coup d'œil puis, remarquant le cachet, elle faillit les lâcher.

— On dirait… le titre de propriété de Heverley End.

— Oui, en effet.

— Mais comment… ? Barrington vous l'a procuré ?

— Il ne l'a jamais possédé. Gerry n'a pas vendu le domaine.

— Mais…

Elle plaqua une main sur sa bouche. Rien de tout ceci n'était compréhensible.

— Gerry est l'un des acteurs d'une comédie montée par Barrington. Enfin, il l'était, dit Alex en s'asseyant.

— Que voulez-vous dire ?

Il leva les yeux au ciel.

— C'est aberrant de niaiserie de la part de mon frère, je le sais, mais, hélas, c'est la vérité. Les rumeurs sur la vente étaient censées apporter de la crédibilité à Barrington. Gerry devait lui envoyer des clients cherchant à vendre leur propriété – de braves gens qui ignoraient la valeur de leurs terres, bien sûr – et, en échange, Barrington lui donnait un pourcentage de ses gains. Ces profits ont permis à Gerry de réduire, sans frais pour lui, les loyers de ses métayers car l'année avait été mauvaise. Une ânerie, conclut Alex en pianotant sur la table. Mon frère, se lancer dans le commerce !

Elle éclata de rire. Il avait l'air si agacé. Mais quelle scène irréelle – assis l'un en face de l'autre, causant très civilement de ventes de propriétés ! Au moins, son étonnement avait momentanément atténué sa détresse.

— Mais alors... Heverley End ? Pourquoi a-t-il mis cette propriété à votre nom ?

— C'était mon prix, expliqua Alex. Gerry mettait Heverley à mon nom, et en échange je lui laissais le grand honneur de livrer lui-même Barrington aux autorités. Sinon, je l'aurais fait et j'aurais aussi suspendu Gerry par les talons.

— Non, vous ne l'auriez pas fait ! protesta-t-elle instantanément.

Il hésita puis sourit.

— Sans doute pas. Mais Gerry m'en a cru capable.

Une brise tiède balaya la terrasse. Alex tendit son visage vers le soleil et ferma les yeux. Cette vue la poignarda, libérant en elle un sentiment de terrible urgence : tant que la conversation roulerait sur ce genre d'histoires, il resterait.

Mais cela ne durerait pas.

Quand cela s'achèverait, elle en aurait le cœur brisé, et attendre cette échéance était insupportable.

— Vous ne seriez jamais heureux ici, lâcha-t-elle tout à trac.

Il ouvrit un œil.

— Ah bon ? Et pourquoi ?

— Vous détestez la campagne. Les gens qui ont de l'ambition vont en ville. La campagne est morne et ennuyeuse. Vous l'avez dit, non ?

— Juste ciel, quel crétin prétentieux je suis parfois ! Gwen, j'ai obligé Gerry à me céder Heverley End par contrat notarié. Vous m'auriez interrogé l'année dernière, j'aurais cité cette propriété comme le dernier endroit au monde où je voudrais vivre. Et, maintenant, il est à moi ! Réfléchissez à ça un instant.

Elle hésita, apeurée.

— Je ne suis pas votre raisonnement, murmura-t-elle enfin.

Il la regarda, un petit sourire aux lèvres.

— C'est le seul bien que je possède. J'ai toujours pensé à investir dans la terre, mais... bon. Je vous ai dit que la prochaine fois que vous déciderez de vous marier, vous devez choisir un homme qui a un toit au-dessus de la tête. Un toit qui ne fuit pas. Or le toit de Heverley End ne fuit pas du tout.

— Alex...

— Vous pourriez aimer cette maison, dit-il. Je n'étais pas très désireux d'y revenir hier et j'y suis entré en m'attendant presque à suffoquer. Et puis... j'ai imaginé que vous étiez à côté de moi. Je me suis demandé ce que vous verriez lorsque vous regarderiez par les fenêtres. Et, du coup, j'ai découvert que c'était plutôt joli. Plus que joli, en fait. La prison de mon enfance est tout à fait charmante. Et, si vous y viviez avec moi, ce ne serait aucunement une prison. Ce serait... un foyer.

— Heverley End, souffla-t-elle, incrédule. Vous...
Vous aimeriez vivre là ? De nouveau ?

— Avec vous, acheva-t-il, ses yeux bleus rivés sur le
visage de Gwen. N'importe où, d'ailleurs, du moment
que c'est avec vous. C'est cela, la liberté que j'ai toujours cherchée. Ne pas être ligoté à un endroit, mais à
une personne. Vous. Et, sans vous... peu importe où je
me trouve : dans une rue grouillante de passants, sur un
bateau cinglant vers un nouveau port... sans vous, cela
n'a pas d'importance. Autant être ce garçon qui suffo-
que et tend l'oreille en guettant les pas d'un valet. Sauf
que maintenant, ce sont vos pas que je guetterai.

Il la regarda se débattre avec ce qu'elle voulait dire, ce
qu'elle avait à dire.

Mais l'habitude l'emporta et elle dit :

— Vous m'aimez. Vous m'aimez vraiment !

Elle bondit sur ses pieds, mais il resta assis. Il leva les
yeux sur elle, la main en visière.

— Pour l'amour de Dieu, Gwen, quelle importance ?

Les lèvres de Gwen s'entrouvrirent. Une question
demeurait. Mais Alex risquait de dire n'importe quoi.
Aussi, elle ne la posa pas sous forme interrogative.

— Vous ne me quitterez pas, affirma-t-elle.

Il inspira profondément.

— Nous y sommes, dit-il d'une voix tranquille, en se
levant. Il y a quantité de promesses que je peux faire, et
une seule que je ne peux pas faire...

Ses mains se refermèrent sur les poignets de Gwen, et
les étreignirent.

— Je ne vous quitterai jamais de mon plein gré, ma
chérie. La vie est un risque, et l'amour aussi. Mais, je le
jure devant Dieu, vous ne regretterez pas d'avoir joué.

Les yeux de Gwen s'emplirent de larmes. Au lieu de
baisser les paupières, elle les ouvrit carrément et le
soleil l'aveugla. Alex devint une silhouette sombre qui
se détachait sur le ciel. Et dont le visage s'estompait.

310

Mais elle le connaissait assez bien pour le voir dans l'obscurité. Et ses mains étaient chaudes et vivantes...

— Je vous aime, murmura-t-elle.

C'était à la fois horrifiant et palpitant. Comme un défi au destin.

Mais il ne paraissait pas y trouver un pari audacieux.

— Je sais, murmura-t-il en caressant du pouce les poignets de Gwen. Nous nous aimons. Et regardez, chérie, le monde continue à tourner.

Elle libéra ses poignets, et il ne la retint pas, ses doigts glissant doucement sur les siens, telle une caresse d'amant. Elle le contourna pour mieux distinguer ses traits. Il sourit, et une douleur douce-amère étreignit le cœur de Gwen.

Depuis la mort de Richard, elle n'avait plus eu peur de perdre quelqu'un. Aucun de ses soupirants ne lui avait inspiré cette frayeur.

J'ai tellement peur de le perdre...

Était-il préférable de le perdre tout de suite, le plus vite possible ? Quelle sorte de logique était-ce donc ?

Elle le regarda, ses yeux si bleus, ses cheveux qu'ébouriffait la brise, les mains dans les poches, dans une attitude décontractée que les gentlemen n'étaient pas censés prendre. Au-delà, gisait une pagode démantelée et deux autres attendaient les coups de hache. Et, au-delà encore, s'étendaient les champs de blés inondés de soleil, le ciel et, plus loin, la mer.

— Je vous aime, dit-elle.

— Oui, c'est bien. Redites-le. Plus fort, s'il vous plaît.

Elle éclata de rire. Elle pouvait le dire à haute voix. Elle pouvait le crier. Il ne partirait pas ; aucun éclair ne déchirerait le ciel. Le jeu était honnête, et il n'entraînait pas de gage. Comment le destin pourrait-il être cruel ? Le destin lui avait apporté Alex. Le soupirant le plus improbable de toute l'Angleterre l'aimait, *elle* !

Elle bondit, puis éclata d'un rire frais.

— Je vous aime ! clama-t-elle.

Que ne pouvait-elle faire, maintenant ? Surtout dans ce jardin !

— Alex... aidez-moi à trouver une hache !

Tournant les talons, elle s'élança vers la maison.

Il la retint par le coude, riant, hors d'haleine. Ses yeux brillaient.

— Une *hache*, Gwen ?

— Pour la pagode... Plus tard !

Et elle se précipita vers lui, jeta les bras autour de son cou et chercha sa bouche. Il la fit pivoter et son regard se fixa sur quelque chose dans le jardin.

— Mon Dieu ! Les pagodes...

— Une hache..., souffla-t-elle.

— Plus tard...

Il l'embrassa de nouveau, et elle plongea les mains dans ses cheveux et le tira vers le bas – toujours plus bas, sans se soucier de le faire tomber ni d'être surprise par des domestiques. Elle ne songeait pas non plus au lendemain, ni aux dix années à venir. Il la tenait dans ses bras, et il l'embrassait, et c'est cela qu'elle voulait, rien de plus. Puis, quand les lèvres d'Alex se promenèrent sur sa gorge, elle sut qu'elle ne pourrait pas vivre sans lui. Lorsque enfin il referma les bras autour d'elle et que le soleil se répandit sur eux comme une bénédiction, elle murmura :

— Je suis à vous, Alex...

Découvrez les prochaines nouveautés
de nos différentes collections J'ai lu pour elle

AVENTURES
& PASSIONS

Le 2 novembre

Inédit ***La famille Blakewell - 3 - La femme farouche***
❧ **Pamela Clare**
Lorsqu'un homme frappe à sa porte, Elspeth Stewart est terrifiée.
Veuve depuis peu et enceinte de son premier enfant, elle doit à tout
prix se protéger des dangers qui l'entourent. Et ce Nicholas Kenleigh,
dont le corps est couvert de cicatrices, en est un. Elspeth a longtemps
enduré la cruauté des hommes, elle a donc toutes les raisons de se
méfier mais, peu à peu, la frayeur laisse place à la curiosité. Qui est-il
vraiment ? Plus elle se rapproche de lui, plus leurs destins se lient...

Inédit ***L'héritage*** ❧ **TJ Bennett**
Allemagne, 1525. Sabina von Ziegler s'enfuit du couvent dans lequel
elle est enfermée depuis ses seize ans. Elle découvre qu'elle contrarie
les projets de son père adoptif, qui la contraint à un mariage forcé,
auquel elle se soumet dans l'unique but de remettre la main sur
l'héritage de sa mère. Wolfgang Behaim, simple roturier, n'a rien de la
noblesse qu'elle possède ! Ce veuf inconsolable, père d'une petite fille,
est loin d'être l'époux dont Sabrina avait rêvé...

L'Imposteur ❧ **Lisa Kleypas**
Quand Cameron disparaît dans un naufrage, Lara n'est guère chagri-
née de perdre cet époux détestable. Exilée dans un petit cottage, la
jeune femme mène une vie paisible, jusqu'au jour où l'on murmure
que Cameron est de retour ! Résignée à reprendre sa triste vie d'autrefois, Lara se jure pourtant de ne plus jamais le laisser approcher de
son lit... Or, après un si long voyage, son mari semble changé et, elle-
même se sent très troublée en sa présence. S'agirait-il du même
homme ?

Le 16 novembre

Inédit *Les débauchés - La fille du Lion* ∝

Loretta Chase

Esme Brentmor a grandi en Albanie, une terre dure et sauvage qui a forgé son caractère. La célèbre fille du Lion rouge est la digne héritière de son père : fière, courageuse, combative. À la mort de ce dernier, elle jure de se venger et nul ne se mettra en travers de son chemin ! Pas même Varian St. George, cet aristocrate anglais déchu, charmeur et corrompu. Sous ses airs d'insolent, Varian ne serait-il pas un homme de courage et d'honneur, prêt à se battre et à la défendre coûte que coûte ?

Soif d'amour ∝ **Linda Lael Miller**

Même réfugiée au fin fond du Connecticut, ils ont retrouvé sa trace ! Depuis qu'elle a dénoncé son patron au FBI, Neely Wallace est traquée sans relâche par les tueurs de la Mafia. Qui pourrait la protéger de ces assassins ? Peut-être Adrian Tremayne, cet étranger rencontré à Halloween. Mais Neely éprouve d'étranges sensations en sa présence, il semble venu d'un autre temps… Adrian, lui, est ravi : Neely le sauvera peut-être, car nul mortel ne peut imaginer la solitude d'un vampire…

Les sœurs Lockwood - 1 - La belle et l'espion
∝ **Julie Anne Long**

Susannah Makepeace a tout pour être heureuse, sauf l'amour d'un père distant. Mise au ban de la société à la mort de ce dernier qui ne lui a pas laissé un sou, elle quitte Londres pour le village de Barnstable. Elle y fait la rencontre de Christopher, un drôle de personnage, un naturaliste. Si elle accepte de mettre à profit ses talents de dessinatrice pour qu'il réalise un herbier, c'est parce qu'il est séduisant. Mais d'étranges incidents surviennent. Elle doit se rendre à l'évidence : on cherche à la tuer.

Le 2 novembre

Inédit *Les Highlanders - 1 -*
La malédiction de l'Elfe noir ❧ **Karen Marie Moning**
Écosse, 1513. Célèbre dans tout le royaume pour ses exploits guerriers et pour sa beauté ravageuse, à laquelle aucune femme ne résiste, le comte de Dalkeith, surnommé l'Elfe noir, est le grand favori de la reine. Ce qui lui vaut la jalousie du roi et de son fou, Adam Black, qui fomentent une terrible conspiration à son encontre : l'Elfe noir sera contraint d'épouser Adrienne de Simone, une jeune captive venue d'un autre temps.

Inédit *Les ombres de la nuit - 6 -*
Le baiser du roi Démon ❧ **Kresley Cole**
Élevée dans un monde violent et sans lois, Sabine, la Reine de l'Illusion, vit sous le joug de son terrible beau-frère, Omort. Ce puissant sorcier, fou et sanguinaire, a autrefois volé le royaume de Rothkalina, dont il a dépossédé Rydstrom Woede, le roi Démon. Une prophétie prédit à Sabine que l'enfant qu'elle aura de Rydstrom pourra seul venir à bout d'Omort. N'hésitant pas une seconde, elle enlève Rydstrom. Car si elle veut échapper à Omort, qui la désire et la terrorise, Sabine doit accepter sa destinée... séduire le roi Démon.

Le 2 novembre

PROMESSES

Inédit   *Un petit secret entre nous* ❧ **Starr Ambrose**

Entre un métier monotone et un fiancé ennuyeux, Lauren Sutherland s'efforce d'être un exemple pour son impulsive sœur jumelle, Meg. Quand celle-ci épouse en douce son patron, un sénateur, Lauren prend le premier avion pour Washington, dans l'espoir de faire annuler le mariage. Et c'est Drew, le séduisant fils du sénateur qui l'accueille… Malgré eux, ils sont embarqués dans une affaire des plus déconcertantes : au cœur de la haute société new-yorkaise, ils découvrent un complot à base de photos compromettantes et de chantage. Chaque minute compte et, tandis que les étincelles entre Lauren et Drew s'embrasent, les pistes s'enchevêtrent.

Inédit   *À toi pour la vie* ❧ **Rachel Gibson**

Retourner à Truly est loin d'être une partie de plaisir pour Delaney Shaw. Cela fait dix ans qu'elle n'a pas mis les pieds dans sa ville d'enfance. Depuis le jour où son beau-père, Henry Shaw, a brisé sa relation avec Nick Allegrezza. Certes, Nick était un coureur, mais Delaney en était folle. Quelle surprise de le revoir lors de la lecture du testament de Henry ! Quitter la ville au plus vite, impossible ! D'autant que le défunt a posé certaines conditions : si elle veut toucher sa part de l'héritage, il lui faudra rester à Truly une année entière… sans avoir de relation sexuelle avec Nick ! Nick, aujourd'hui plus sexy que jamais.

Et toujours la reine du roman sentimental :

Barbara Cartland

« Les romans de Barbara Cartland nous transportent dans un monde passé, mais si proche de nous en ce qui concerne les sentiments. L'amour y est un protagoniste à part entière : un amour parfois contrarié, qui souvent arrive de façon imprévue. Grâce à son style, Barbara Cartland nous apprend que les rêves peuvent toujours se réaliser et qu'il ne faut jamais désespérer. »

Angela Fracchiolla, lectrice, Italie

Le 2 novembre
Pas d'ombre sur notre amour

Le 16 novembre
Rencontre dans la nuit